La maîtresse d'un duc espagnol

Le mensonge d'une princesse

CAITLIN CREWS

La maîtresse d'un duc espagnol

Traduction française de
SOPHIE BRUN

DIADÈME

HARLEQUIN

Titre original :
SECRETS OF HIS FORBIDDEN CINDERELLA

Ce roman a déjà été publié en 2020

HARPERCOLLINS FRANCE
83-85, boulevard Vincent-Auriol, 75646 PARIS CEDEX 13
Service Clients — www.harlequin.fr
ISBN 978-2-2805-0536-9

Édité par HarperCollins France.
Composition et mise en pages Nord Compo.
Imprimé en mars 2024 par CPI Black Print (Barcelone)
en utilisant 100% d'électricité renouvelable.
Dépôt légal : avril 2024.

FSC
www.fsc.org
MIXTE
Papier issu de sources responsables
FSC® C159065

Pour limiter l'empreinte environnementale de ses livres, HarperCollins France s'engage à n'utiliser que du papier fabriqué à partir de bois provenant de forêts gérées durablement et de manière responsable.

1

Le majordome toisa Amelia Ransom, l'air outré.

— Je regrette, madame. Son Excellence n'est pas là.

Il avait entrouvert la porte d'entrée monumentale sculptée des siècles auparavant par un maître artisan pour les nobles occupants de cette demeure palatiale digne d'un conte de fées, à laquelle ses proportions gigantesques valaient le surnom de *El Monstruo.*

En domestique zélé, l'homme affichait une attitude condescendante propre à dissuader les importuns les plus téméraires.

Bien que pas une goutte de sang aristocratique ne coule dans ses veines, Amelia n'avait pas l'intention de se faire éconduire de la sorte. Elle adressa au maître d'hôtel son sourire le plus désarmant.

— Je sais de source sûre que le duc se trouve ici.

D'après l'une de ses anciennes amies qui vivait dans un village voisin – c'est-à-dire à plusieurs kilomètres de là, le domaine de Marinceli s'étendant sur des dizaines d'hectares –, le jet privé du duc avait atterri deux jours plus tôt, et la bannière arborant le blason de la famille de Luz avait été hissée peu après sur la plus haute tour du château. Ce qui signifiait que le propriétaire des lieux était présent.

— Personne ne rend visite à l'improviste au duc de Marinceli, dix-neuvième du nom.

D'accord, c'était ainsi que les choses devaient se passer autrefois dans cette région d'Espagne. En d'autres circonstances, l'expression de profonde indignation du majordome l'aurait probablement incitée à battre en retraite. Toutefois, l'information qu'elle devait transmettre à Teo de Luz, son ex-frère par alliance, était de la plus haute importance.

— Annoncez-moi, s'il vous plaît, dit-elle comme si elle n'avait pas entendu.

— Je crains que vous ne m'ayez pas bien compris, madame. Je reformulerai donc de façon plus claire, au risque de paraître désobligeant : selon toute vraisemblance, Son Excellence n'est pas là *pour vous*. Je vous prierai donc de ne pas insister.

Comme si elle avait le choix !

Elle aurait nettement préféré ne pas avoir à effectuer ce voyage exténuant de San Francisco à Madrid avec escale à Paris. Elle avait dû ensuite louer une voiture à l'aéroport et conduire sur des routes le plus souvent étroites et sinueuses.

— J'ai la conviction que *Son Excellence* me recevra, déclara-t-elle avec une assurance qui la surprit, compte tenu de son état de fatigue et de l'appréhension que suscitait la perspective de cette entrevue. Demandez-le-lui, et vous comprendrez que j'ai raison.

— C'est absolument hors de question, décréta le majordome de façon catégorique. J'ignore comment vous avez réussi à vous introduire dans la propriété pour tambouriner à cette porte comme… Comme une vulgaire représentante de commerce.

Manifestement, l'homme ne portait pas les commerciaux dans son cœur. Elle imaginait sa réaction horrifiée si elle lui révélait l'objet de sa visite. Peut-être irait-il jusqu'à se signer pour conjurer le mauvais sort ?

Elle-même avait eu l'impression que le ciel lui tombait sur la tête en apprenant la nouvelle.

— Je ne doute pas que vous ayez fort à faire pour protéger le duc de toutes les importunes qui tentent de forcer le passage dans l'espoir d'obtenir ses faveurs, répondit-elle d'un ton léger, comme si son interlocuteur ne venait pas tout juste de l'insulter.

Teo était probablement le parti le plus convoité de la planète. Elle avait déjà eu l'occasion de constater l'effet qu'il produisait sur les femmes en quête d'époux, et ce bien avant qu'il n'hérite du titre de duc. C'était d'ailleurs pourquoi elle ne s'était pas présentée aux grilles principales, surveillées par des gardes dont la mission consistait à ne laisser entrer personne sans un carton d'invitation en bonne et due forme.

Elle avait emprunté le sentier situé à l'autre extrémité du domaine, celui qu'utilisaient le garde-chasse et son équipe, et elle avait garé son véhicule à côté du lac où, à une époque pas si lointaine, elle s'isolait souvent pour lire. Le reste du trajet, elle l'avait effectué à pied afin de ne pas attirer l'attention. La marche lui avait permis de chasser un peu la fatigue du voyage et de s'éclaircir les idées avant la confrontation avec Teo.

Car il ne pouvait pas s'agir d'autre chose que d'une confrontation…

Si elle s'était rendue en voiture jusqu'au château,

elle aurait à coup sûr été interceptée avant d'avoir pu atteindre cette porte monumentale qui n'aurait pas déparé dans une cathédrale. Elle aurait dû opter pour l'entrée des domestiques, beaucoup plus discrète, mais elle avait jugé plus correct de se faire annoncer.

— Je ne suis pas une des admiratrices du duc, ajouta-t-elle précipitamment en voyant le maître d'hôtel sortir un téléphone portable pour alerter la sécurité. En réalité, je suis une sœur de Teo.

Et tant pis si elle travestissait un peu la vérité, surtout après ce qu'il s'était produit. L'important, c'était de parvenir à franchir ce fichu seuil.

Son interlocuteur se renfrogna encore davantage. Il n'appréciait visiblement pas qu'une inconnue se permette d'appeler l'illustre châtelain par son prénom. Une familiarité proche du crime de lèse-majesté, à en juger par son expression ulcérée.

— Son Excellence n'a pas de sœur.

— Ex-sœur par alliance, précisa-t-elle en souriant. Mais certains liens subsistent au-delà d'un divorce.

Son sourire s'évanouit devant la moue dubitative du domestique, qui l'examinait comme s'il avait affaire à une misérable vermine.

Elle regretta de ne pas s'être arrêtée quelque part en route pour se rafraîchir et se changer. La tenue de voyage qu'elle avait enfilée à la hâte des heures auparavant à San Francisco manquait d'élégance. Elle se moquait bien de l'opinion de Teo, mais le personnel au service de la noblesse est souvent plus snob que ses employeurs, il a une fâcheuse tendance à considérer que l'habit fait le moine. En l'occurrence, son caban épais, son jean fripé et ses bottines qui auraient mérité un bon coup de cirage ne servaient pas ses intérêts.

D'autant que le cadre convenait davantage aux robes longues et aux smokings, avec sa façade imposante surmontée d'une multitude de tourelles et de flèches et son parc paysager aux pelouses entretenues avec soin.

Elle ne s'était jamais sentie à l'aise dans cette somptueuse demeure, propriété des de Luz depuis plusieurs siècles et qui semblait figée dans le temps. De tous les maris successifs de sa mère – aristocrates, célébrités du show-biz, hommes d'affaires à la tête d'un empire financier, ou politiciens de premier plan ayant succombé tour à tour au charme maternel ravageur –, aucun ne l'avait autant impressionnée que Luis Calvo, dix-huitième duc de Marinceli, le père de Teo que la superbe Marie French avait pris dans ses filets puis quitté au bout de quelques années tumultueuses.

Sa mère avait, certes, toujours eu une prédilection pour les hommes riches et puissants, mais la fortune des de Luz, consolidée génération après génération, dépassait l'imagination la plus délirante. Adolescente à l'époque, Amelia s'était trouvée propulsée sur une autre planète.

Cet endroit l'avait marquée, mais surtout l'homme qui y habitait depuis le décès de son père et qu'elle ne parvenait pas à oublier. Une sorte d'obsession qu'elle avait décidé d'exorciser par un petit stratagème.

Mais celui-ci n'avait pas eu l'effet escompté, bien au contraire... Et maintenant, elle était là pour régler le problème qu'elle avait elle-même créé en croyant agir intelligemment.

Plutôt que de se présenter ainsi à l'improviste et de s'exposer à un accueil glacial, elle aurait cent fois préféré une rencontre fortuite. Mais Teo de Luz, héritier d'une auguste lignée vieille de plusieurs siècles, ne se montrait pas dans les lieux fréquentés par le commun des mortels comme les cafés, les salles de sport ou les cinémas. Les boutiques fermaient leurs portes le temps de sa visite, les restaurants lui réservaient un salon particulier, et lorsque le duc se rendait dans un lieu de villégiature où il ne possédait pas de propriété, il ne descendait jamais à l'hôtel mais louait une villa luxueuse à l'abri des regards. Par ailleurs, il se déplaçait le plus souvent à bord de son jet, et quand il avait envie de se divertir, il sortait dans des clubs privés sélects dont le nom n'était même pas indiqué sur la porte d'entrée.

Impossible, donc, de le croiser par hasard.

Elle aussi faisait partie de la classe des privilégiés, mais pas à ce point. Les divorces à répétition de sa mère avaient permis à celle-ci de se constituer un patrimoine non négligeable, ses ex-maris se comportant pour la plupart en gentlemen. Pour autant, elle ne jouait pas dans la même cour que les grands de ce monde.

Si seulement elle n'avait pas eu cette brillante idée il y a quatre mois, elle n'en serait pas là : songea-t-elle avec amertume.

— Il m'étonnerait fort que Monsieur le duc ait ce *genre* de relations dans son entourage, jeta le domestique. Il descend d'une lignée de la haute aristocratie, voire de sang royal, et si je ne m'abuse, son arbre généalogique ne fait état d'aucune demi-sœur, fût-elle par alliance.

Ils s'affrontèrent du regard.

— Vous oubliez le cas des familles recomposées, répliqua-t-elle, à court d'arguments. Dois-je vous rappeler que son père – paix à son âme – s'est remarié ? Êtes-vous prêt à risquer votre place en me congédiant sans même avoir pris la peine de prévenir votre maître de ma visite ?

Le majordome semblait indécis.

Si elle ne parvenait pas à forcer le barrage, elle rentrerait directement à San Francisco. Après tout, elle serait allée jusqu'au bout de ce qu'elle estimait être son devoir moral.

Elle fit une ultime tentative.

— Veuillez, je vous prie, informer Teo de Luz que sa demi-sœur Amelia souhaite s'entretenir avec lui.

L'automne dernier, Teo ne se barricadait pas comme aujourd'hui. Il avait même ouvert les portes de son château à l'occasion du bal masqué donné chaque année depuis trois cents ans fin septembre en l'honneur de l'anniversaire de son très lointain aïeul, le dixième duc de Marinceli.

Elle s'y était invitée, profitant de l'obscurité et de la foule pour se faufiler à l'intérieur. Pour elle, il ne s'agissait pas d'honorer la mémoire du défunt mais de mettre son plan à exécution. Afin d'éviter que le maître de maison ne la reconnaisse malgré le loup en satin noir qui lui dissimulait la moitié du visage, elle avait pris soin de teindre ses cheveux en roux et de porter des lentilles de couleur verte, ses yeux violets – qu'elle tenait de sa mère – risquant de la trahir. Sa tenue se composait d'une robe sexy qui épousait ses formes sans trop les mouler et d'escarpins aux talons vertigineux.

Elle s'était acquittée de sa mission avec détermination, voire avec brio, et elle avait obtenu exactement ce qu'elle était venue chercher. En revanche, son exploit n'avait pas été sans conséquences.

Elle frissonna.

Cette région montagneuse de l'Espagne connaissait

un hiver particulièrement froid, et bien qu'il soit midi, un vent glacial soufflait.

Fatiguée, frigorifiée et perdant patience, elle s'apprêtait à tourner les talons, quand, contre toute attente, le majordome s'effaça pour la laisser entrer.

— Si Madame veut bien se donner la peine, grommela-t-il à contrecœur.

Elle ne se fit pas prier.

Les proportions du hall d'entrée évoquaient davantage une salle de bal. Toute en lustres en cristal, miroirs immenses et statues imposantes, la décoration s'employait à intimider le visiteur dès son arrivée. Il faut dire que la bâtisse avait servi tour à tour de forteresse, de foyer d'une révolution, de refuge à un souverain déposé, de berceau à une future reine, et autres événements historiques. Elle avait passé deux longs hivers à étudier son histoire pour tromper sa solitude dans la bibliothèque qui réunissait presque autant d'ouvrages qu'une bibliothèque universitaire.

Elle offrit un sourire de gratitude au maître d'hôtel, qui se contenta en retour de lui indiquer un banc en marbre.

— Vous vous trouvez dans une résidence privée, pas dans un musée, jugea-t-il bon de préciser. Cette demeure n'est pas ouverte au public. Je vous demanderai donc de respecter la volonté du duc et de ne pas fureter partout. Me suis-je bien fait comprendre ?

— Parfaitement.

Déjà à l'époque où elle habitait ici, dix ans auparavant, elle n'osait pas se promener à sa guise dans le château. Elle n'était pas la bienvenue, et Teo ne s'était pas privé de le lui signifier par son attitude hostile. Quant au duc, il l'avait complètement ignorée, n'ayant d'yeux que pour la magnifique créature qu'il venait d'épouser, au grand dam de la haute société, mais aussi de l'armée de domestiques qui affichaient clairement leur mépris à l'égard de la fille comme de la mère.

Mais c'en était fini de la timide adolescente qu'Amelia était alors. Elle s'était muée en une jeune femme fermement décidée à prendre son existence en main et à ne pas se laisser imposer des choix qui ne lui convenaient pas. Elle avait d'ailleurs franchi un nouveau cap l'été précédent en s'installant à San Francisco : désormais, elle n'accompagnait plus sa mère dans ses voyages incessants et ne s'obligeait plus à jouer toutes sortes de rôles pour se conformer au mode de vie maternel.

Le premier pas vers l'indépendance, elle l'avait franchi en insistant pour poursuivre des études universitaires. Un projet que Marie avait jugé amusant, voire saugrenu.

« Il n'y a qu'une formation efficace, ma petite, avait décrété celle-ci en éclatant de son rire suave auquel peu d'hommes résistaient. Elle s'appelle l'école de la vie, et, devine quoi, elle dispense un enseignement gratuit ! »

Contrairement aux femmes qui, comme elle, se mariaient et divorçaient avec la régularité d'un métronome, Marie était heureuse d'avoir eu un enfant, même si elle ne lui avait pas donné une éducation conformiste. Un trait de sa personnalité qu'occultaient volontiers les tabloïdes qui s'acharnaient contre elle, s'obstinant à la présenter sous le jour d'une croqueuse de diamants.

L'était-elle ?

Sans aucun doute. Mais elle était avant tout une mère aimante et une personne spontanée, drôle et sympathique. Elle collectionnait les époux parce qu'elle tombait facilement amoureuse, dépensait leur argent parce qu'elle avait un sens inné du luxe, puis les quittait parce qu'elle se lassait assez vite. Elle en avait fait sa philosophie et restait en bons termes avec la plupart de ses anciennes conquêtes.

Amelia n'avait jamais réussi à déterminer si, dans ses sentiments pour sa mère, c'était l'admiration ou l'exaspération qui dominait. Mais une chose était sûre : elle refusait que son avenir dépende des hommes, aussi beaux, fortunés et gentils soient-ils. Elle n'en avait donc pas démordu, et Marie avait fini par admettre sa volonté.

Amelia gardait un souvenir merveilleux des quatre années passées à Boston – l'une des meilleures villes universitaires au monde – à étudier l'anthropologie, la poésie et la sociologie pour son plaisir, ainsi que les finances et le droit par nécessité. Car, une fois son diplôme en poche, elle était devenue ce que son éducation l'avait préparée à être : l'assistante personnelle de Marie French, sa gestionnaire de patrimoine, son experte en logistique de déménagement et, bien trop souvent à son goût, sa psychothérapeute.

C'était ce dernier rôle qui lui pesait le plus et qui l'avait incitée à s'installer à San Francisco.

« Mais je n'ai presque jamais l'occasion de me rendre là-bas », avait protesté sa mère.

Justement.

Un choix judicieux.

Amelia se plaisait à San Francisco. Son existence commençait à ressembler à celle à laquelle elle aspirait. Elle gérait les affaires maternelles à distance et consacrait son temps libre à découvrir la ville. Un élément important manquait cependant pour qu'elle soit pleinement heureuse : une vie amoureuse. Sur les conseils de ses amies qui lui martelaient que, à vingt-six ans, il est grand temps de se dévergonder, elle s'était mise à sortir. Néanmoins, chaque fois qu'elle rencontrait un homme séduisant, elle s'en désintéressait au bout du premier baiser. Le souvenir du regard de braise de Teo de Luz, de son profil altier et de sa bouche sensuelle lui ôtait toute envie d'aller plus loin.

Au cours de cet été, elle avait pris conscience que, aussi longtemps qu'elle ne tournerait pas la page et ne reléguerait pas aux oubliettes celui qui monopolisait ses pensées, elle ne parviendrait pas à s'épanouir en tant que femme. C'est alors qu'elle s'était souvenue du bal masqué de Marinceli. Elle n'aurait peut-être pas effectué le voyage jusqu'en Europe dans l'unique but de régler ce problème, mais l'emménagement de sa mère chez un nouvel amant qui possédait une villa somptueuse sur la côte amalfitaine lui en avait fourni l'occasion. Elle avait donc réservé un billet trois jours plus tôt que la date initialement prévue, à destination de l'Espagne et non de l'Italie.

La solution envisagée pour chasser Teo de son esprit lui avait paru un peu radicale au début. Par la suite, l'idée avait fait son chemin dans son esprit et s'était imposée comme la meilleure. Elle avait préparé son plan dans les moindres détails et s'y était tenue – du moins pour les étapes du début et de la fin, car entre deux, la situation avait échappé à son contrôle. Une fois son forfait accompli, elle avait profité de la liesse générale pour s'esquiver par une porte de service, sans regrets ni remords mais avec la ferme intention de ne plus jamais revenir dans cet endroit.

Or, voilà qu'elle s'y trouvait de nouveau quatre mois

plus tard, assise sur ce banc froid et entourée de vieilles statues qui la toisaient d'un air réprobateur comme si elles lui reprochaient l'acte irréversible qu'elle avait commis.

Elle déboutonna son caban, songeant de nouveau qu'il n'était guère approprié dans ce lieu chargé d'histoire, imbu de son importance et plongé dans un silence presque oppressant.

Mais à quoi bon vouloir se fondre dans le décor ? Elle n'y parviendrait pas. Quoi qu'elle porte et quelque attitude qu'elle adopte, elle passerait toujours pour l'Américaine dont les manières ne sont jamais assez raffinées aux yeux de la noblesse européenne. D'autant plus qu'elle portait une tache originelle, et pas des moindres : elle avait pour mère Marie French, une séductrice et intrigante patentée !

Un bruit de pas interrompit le cours de ses pensées, et elle sentit un nœud se former dans son estomac.

Mais ce n'était que le majordome, qui lui jeta un regard suspicieux comme s'il la soupçonnait d'avoir profité de son absence pour dérober quelque objet.

Elle lui adressa un sourire innocent, ce qui ne fit qu'accentuer l'expression méfiante du maître d'hôtel.

— Si vous voulez bien me suivre. Son Excellence est un personnage très important du royaume et il a un emploi du temps surchargé. Qu'il vous reçoive ainsi alors que vous n'avez pas jugé bon d'annoncer votre visite ni de vous vêtir pour la circonstance est une grande faveur. J'espère que vous en avez conscience.

Pour qui se prenait-il ? Ce type au verbiage ridiculement pompeux commençait à lui taper sur les nerfs avec ses remarques désobligeantes, voire insultantes.

Elle réprima son envie de le remettre à sa place, car elle avait besoin de lui pour accéder au duc.

— Je veillerai à le remercier comme il se doit, se contenta-t-elle de répondre en se levant.

À sa suite, elle traversa l'immense hall d'entrée, puis la longue galerie qui reliait le corps principal du château à une aile, sous le regard sévère et hautain des portraits d'ancêtres portant des costumes de différentes époques.

Elle était déjà venue dans ce lieu dix ans auparavant, et avait examiné chaque tableau, cherchant les similitudes de traits entre Teo et ses aïeux. Aujourd'hui, elle crut sentir peser sur elle la réprobation de générations d'aristocrates.

Elle s'efforça de chasser cette impression désagréable tandis qu'elle pénétrait plus avant dans le labyrinthe de cette vaste demeure dont toutes les salles se ressemblaient. La décoration, d'un goût parfait, évoquait néanmoins plus celle d'un musée que d'une résidence privée. Pas besoin d'être experte en antiquités pour deviner que chaque meuble, chaque bibelot, valait une fortune. Une précieuse collection avait été rassemblée là au fil des siècles par une dynastie puissante vivant dans l'opulence. Aucun objet personnel ne traînait. Pas de livre oublié sur un canapé ou de mug abandonné sur une table. Il régnait partout un ordre déprimant à force d'être irréprochable.

Le majordome s'arrêta devant une porte qui devait être celle du bureau du duc.

Elle se rappela que le père de Teo s'y enfermait souvent pour travailler, ce qui avait le don d'irriter Marie. À l'époque, on avait clairement signifié à Amelia qu'elle n'avait pas à s'aventurer dans cette partie du château, et, hormis une première visite à son arrivée, elle n'y avait pas mis les pieds.

Sans un mot, le maître d'hôtel frappa discrètement, ouvrit le lourd battant, puis s'effaça pour la laisser passer avant de refermer la porte derrière elle.

L'estomac plus que jamais noué, Amelia eut l'impression de s'être jetée dans la gueule du loup.

La pièce, aussi somptueuse que toutes les autres, n'avait en revanche rien de protocolaire. Un feu crépitait dans la cheminée, et des rayonnages chargés d'ouvrages couraient le long des murs. Il ne s'agissait pas de volumes reliés en cuir, aux titres inscrits en lettres d'or et à vocation décorative, mais bel et bien de livres qui, à en juger par leurs couvertures, avaient été lus. Il y avait même des photographies sur les étagères, comme une touche personnelle destinée à rendre cet endroit plus chaleureux. Elle fut également surprise par la clarté de la pièce où la lumière hivernale pénétrait à flots par un dôme en verre au plafond et par de hautes portes-fenêtres donnant sur le parc.

Toutefois, ce qui l'impressionna plus que tout, ce fut l'homme qui, assis derrière la table de travail monumentale, l'observait avec l'immobilité d'une statue.

Teo de Luz. L'homme qui s'invitait si souvent dans ses rêves depuis une dizaine d'années. Celui qui, sans le savoir ni le vouloir, avait bouleversé son existence à jamais.

De dix ans son aîné, il portait la trentaine avec une élégante désinvolture. Grand, une carrure de sportif, des yeux presque aussi noirs que sa chevelure coupée court, un nez droit, des pommettes hautes qui lui donnaient un air hautain, à peine adouci par la sensualité de ses lèvres pleines et bien dessinées.

Il lui parut plus beau et plus viril encore que dans son souvenir. Plus impressionnant, aussi. Certes, en septembre dernier, elle ne l'avait pas réellement *vu* avec son déguisement et la majeure partie de son visage dissimulée sous un masque. Et puis, Teo avait l'art de préserver sa vie privée. Il fuyait les réseaux sociaux, et les photographies de lui qui circulaient sur Internet se comptaient sur les doigts d'une main.

Elle ressentit tout à coup une fatigue immense. Contrecoup du voyage ou émotion que lui causait cette rencontre ? Elle l'ignorait.

Au prix d'un violent effort de volonté, elle lutta contre son envie de s'affaisser sur un siège et s'obligea à soutenir le regard qui la fixait avec une froideur indicible.

La même froideur que les rares fois où il avait daigné poser les yeux sur elle dix ans auparavant, pour lui signifier tout le mépris qu'elle lui inspirait. Rien à voir avec la passion débridée qu'il lui avait témoignée lors du bal masqué quand il l'avait plaquée contre un mur...

Il fronça les sourcils d'un air réprobateur.

— Pour une surprise, c'est une surprise, déclara-t-il, rompant le silence. Et pas des plus agréables.

— Bonjour, Teo.

— Pourrais-tu me rappeler ton prénom ? Je n'ai pas retenu ceux de toutes les conquêtes que m'a imposées mon père, et encore moins de leur progéniture.

Il mentait, elle le sut immédiatement. C'était une façon de la rabaisser et de lui indiquer qu'elle ne représentait rien pour lui. Juste une personne insignifiante qui avait fait irruption dans sa vie et en était sortie aussi vite.

— Je comprends. J'ai moi-même une fâcheuse tendance à ne pas me souvenir des hommes dont s'entiche ma mère.

Elle surprit une lueur de contrariété dans le beau regard noir. Elle l'avait piqué au vif.

— Avant que cette conversation n'aille plus loin, je tiens à t'avertir que si tu es venue me trouver pour m'extorquer de l'argent sous quelque prétexte que ce soit, tu t'exposes à une déception. Et comme je ne vois aucune autre raison plausible justifiant cette visite inopportune, je te prierai de prendre congé.

— Dans ce cas, pourquoi n'as-tu pas demandé au majordome de me jeter dehors ?

— Une curiosité bien regrettable, je l'avoue.

Il l'examina des pieds à la tête.

— La voilà satisfaite. Maintenant, tu peux partir.

Quelle arrogance ! Il la congédiait comme s'il avait affaire à une vulgaire servante.

— Tu ne veux pas savoir pourquoi je suis venue ?

— Franchement, non. Je n'en ai pas la moindre envie.

— Parfait. Plus vite nous en aurons terminé, et mieux ce sera.

Pourtant, elle hésitait. Malgré l'assurance qu'elle affichait, elle éprouvait au fond d'elle un vague sentiment de honte de s'être introduite ainsi chez lui en septembre dernier.

Un conseil de sa mère lui revint en mémoire.

« Va droit au but. Inutile de prolonger les moments désagréables ou embarrassants plus que nécessaire. Il faut apprendre à tourner la page. »

Elle déglutit péniblement.

— Je suis enceinte, et tu es le père de cet enfant. Avant que tu me rétorques que c'est impossible, sache que j'ai assisté au bal masqué de Marinceli et que la rousse avec laquelle tu ne t'es pas contenté de flirter, c'était moi.

Elle vit le regard de Teo se durcir.

— À propos, s'empressa-t-elle d'ajouter avant que le duc n'explose de colère, permets-moi tout de même de me présenter : je suis Amelia Ransom. Il y a dix ans, ton père et ma mère étaient mariés, et j'ai vécu quelque temps ici.

2

Son Excellence Mateo Enrique Armando de Luz, Grand d'Espagne et duc de Marinceli, dix-neuvième du nom, n'avait aucune attirance pour les Américaines en général, et envers l'exécrable Marie French en particulier. Il considérait comme une offense personnelle la conduite dépravée de son père après qu'il avait rencontré cette intrigante. Aussi avait-il accueilli avec soulagement la nouvelle de leur divorce qui libérait Luis Calvo des griffes de cette femme calculatrice.

Teo était l'unique héritier d'une famille ducale qui, avant cette fâcheuse incartade, pouvait s'enorgueillir d'avoir su préserver sa réputation. Il avait vécu cette union contre nature comme une terrible humiliation, l'infamie risquant de rejaillir sur leur nom illustre pendant plusieurs générations. Les de Luz n'étaient pas censés s'encanailler avec ce genre de relations, a fortiori les épouser.

S'il y avait à redire sur les femmes que son père avait fréquentées par la suite, du moins avaient-elles une qualité : celle d'appartenir à la noblesse européenne. Seule Marie French avait réussi par ses manigances à inciter le dix-huitième duc de Marinceli à enfreindre la sacro-sainte règle, rompant ainsi avec des siècles de traditions.

Tout ça pour une croqueuse de diamants !

Telle mère, telle fille. Il y avait fort à parier qu'Amelia ne valait pas mieux que Marie, dont elle avait hérité ces yeux violets capables de vous ensorceler.

Durant le séjour de l'adolescente au château, il l'avait fuie autant que possible. D'autant que les courbes prometteuses de la jeune fille ne le laissaient pas indifférent.

— Enceinte, répéta-t-il, dubitatif.

— Oui. De seize semaines. La date de conception coïncide avec celle du bal masqué.

— Merci pour cette précision, mademoiselle Ransom, répliqua-t-il du ton glacial qui donnait d'ordinaire à ses interlocuteurs l'envie de courber l'échine – ce qui n'était manifestement pas le cas de cette impudente –, mais je sais compter. Surtout s'agissant d'un calcul mathématique aussi simple.

La jeune femme se contenta de sourire comme si elle en doutait mais que, dans sa grande mansuétude, elle préférait garder cette opinion pour elle.

Cette réaction agaça Teo au plus haut point, sentiment rarissime chez lui, qui organisait sa vie de manière à ce que rien ni personne ne risque d'en perturber le cours.

Ce n'était pas la première fois – ni probablement la dernière – qu'une femme prétendait attendre un enfant dont il était le père dans le but de profiter de la fortune de la famille de Luz ainsi que des honneurs et privilèges allant de pair avec ce nom. La démarche d'Amelia Ransom le surprenait d'autant moins que l'impertinente créature avait dû nourrir des rêves de grandeur en se remémorant les années fastes passées à Marinceli.

Avait-elle seulement conscience de la valeur inestimable du tapis que ses bottines d'une propreté discutable risquaient d'endommager ? Probablement pas. Ce tapis était pourtant tellement ancien que les historiens ne parvenaient pas à se mettre d'accord sur son âge réel. L'incongruité de sa présence parmi tous ces meubles et objets précieux ne semblait même pas lui effleurer l'esprit. Et pour couronner le tout, voilà qu'elle l'accusait d'une chose complètement abracadabrante, si absurde qu'il ne se donnerait pas la peine d'y répondre.

Cette importune ignorait-elle que la disponibilité et l'attention du chef de l'une des dynasties les plus anciennes de la planète sont réservées à un petit nombre de proches dont elle ne faisait pas partie ? S'imaginait-elle que n'importe qui pouvait frapper à sa porte sans avoir sollicité au préalable un rendez-vous ?

Ce cas ne s'était encore jamais présenté, le service de sécurité qu'il employait à plein temps veillant à chasser les importuns… Du moins jusqu'à maintenant.

Il nota dans un coin de sa tête de licencier les gardes qui avaient laissé Amelia Ransom franchir les grilles du domaine. Sans doute n'avaient-ils pas résisté à l'éclat enjôleur de son sourire et de ses yeux à la couleur si particulière. Décidément, la fille de Marie French avait autant de culot que sa mère, laquelle se souciait peu des dommages collatéraux qu'elle pouvait causer pourvu qu'elle parvienne à ses fins.

— Ce qu'il s'est produit à ta fête a été pour moi riche en enseignements, déclara la jeune femme, brisant le silence. L'un d'eux est que le fait d'avoir des relations avec son ex-frère par alliance est fortement déconseillé.

La Palisse n'aurait pas dit mieux, songea-t-il, amer.

Bien entendu, il avait reconnu la fille de son ex-belle-mère dès qu'elle avait pénétré dans son bureau, mais il avait feint d'avoir oublié son prénom afin d'égratigner son amour-propre. Une manière de lui signifier qu'elle n'était pas la bienvenue. Or, elle ne semblait pas lui en tenir rigueur. Elle s'adressait même à lui avec une amabilité étonnante, compte tenu de l'hostilité qu'il lui témoignait et de la gravité des circonstances, à supposer qu'elle dise vrai.

— Je n'ai pas encore accepté l'hypothèse selon laquelle j'aurais eu « des relations » avec toi.

Il surprit une lueur de dureté dans son regard.

— Que tu l'acceptes ou non ne changera rien à la situation, qui se résume de la façon suivante : je suis enceinte, et ce bébé est aussi le tien.

— Comme c'est commode !

L'absence de réaction de sa visiteuse commençait à le déstabiliser. Il se serait attendu à ce que la jeune femme l'invective ou, au contraire, craque et éclate en sanglots.

— J'ai jugé bon de te l'annoncer par souci d'honnêteté, parce qu'il me paraissait injuste de te le cacher. Toutefois, sache que je ne veux rien de toi. Maintenant, te voici informé.

Sur ces mots, elle tourna les talons.

Il faillit la laisser partir, persuadé qu'elle se raviserait. Une fois la porte refermée derrière elle, il lui serait en effet beaucoup plus difficile de lui extorquer de l'argent, ce qui était vraisemblablement le but de sa visite.

Elle posait la main sur la poignée quand il décida de la retenir, du moins le temps de comprendre exactement ce qu'elle avait en tête en débarquant ainsi à l'improviste.

— Pour une Mata Hari qui prétend s'être déguisée

afin de s'introduire chez moi incognito, et avoir eu des « relations » avec moi, je trouve que tu bats en retraite un peu vite.

Il aurait tout aussi bien pu examiner de près les photos du bal masqué pour en avoir le cœur net. Certes, il avait dansé avec une rousse ensorcelante et avait disparu un moment avec elle. Mais rien ne prouvait qu'il s'agissait d'Amelia. Son esprit refusait cette possibilité, même si le réveil de sa libido indiquait le contraire.

La jeune femme ne se donna pas la peine de se retourner.

— Je me moque de ce que tu penses de moi, Teo. Et peu importe que tu me prennes pour une affabulatrice. Je ne m'attendais de ta part ni à un accueil chaleureux ni à des remerciements. À présent que tu es au courant, tu peux faire ce que bon te semble de cette information.

— Un courrier aurait suffi, non ?

Cette fois, elle daigna se retourner vers lui, et il reçut le choc de son regard violet.

Jamais il n'aurait imaginé que la mystérieuse inconnue avec laquelle il avait connu un moment de plaisir d'une intensité qui le dépassait encore puisse être Amelia Ransom. Et pourtant...

Le souvenir de ces instants demeurait gravé dans sa mémoire, intact. Il se rappelait la chevelure d'un roux vif et les yeux d'un vert lumineux qui, tout bien réfléchi, n'avait rien de naturel. La pulpeuse créature avait refusé d'ôter son masque sous prétexte qu'elle avait eu beaucoup de mal à l'attacher, et il n'avait pas insisté, trop occupé à l'embrasser et à la caresser. Elle lui avait littéralement fait perdre la tête...

— Exact, répondit-elle sur le ton du défi. La question

est : aurais-tu ouvert cette lettre, sachant qu'elle venait de moi ?

— Mon secrétaire s'en serait chargé.

— Et, bien sûr, tu m'aurais crue sur parole !

— Je ne le crois pas plus, maintenant. J'ignore ce que tu espérais obtenir d'une visite personnelle, mais tout ce que tu as réussi à faire, c'est me remémorer le peu d'estime que j'éprouve pour ta famille.

— Que sais-tu à son sujet ? Rien, n'est-ce pas ? Tu n'as jamais condescendu à t'intéresser à elle. Car, chez les de Luz, on ne mélange pas les torchons et les serviettes ! Comparé au musée poussiéreux qui te sert de résidence, il est clair que les roturiers de mon espèce vivent dans des masures.

Quelle insolence ! Comment cette femme pouvait-elle témoigner aussi peu de considération vis-à-vis d'une dynastie vieille de plusieurs siècles et indissociable de l'histoire de la couronne d'Espagne, de ce château qui avait vu naître bon nombre de personnages illustres ? Elle piétinait allègrement toutes les valeurs qu'il tenait pour sacrées, avec une impudence incroyable.

— J'en déduis que tu fais un amalgame et que ton mépris concerne essentiellement ma mère, ajouta-t-elle.

— Marie French ne vaut guère mieux qu'une terroriste. Elle se choisit une cible, puis elle la détruit.

— À première vue, elle n'a pas commis de dommages irréversibles dans cette noble demeure.

Malgré lui, il se leva et contourna son bureau avant d'inspirer profondément.

Surtout, ne pas perdre son sang-froid, ce qui indiquerait à Amelia qu'elle commençait à prendre l'ascendant sur lui.

— Mon père n'a plus été le même après l'avoir rencontrée.

— Je suis navrée de l'apprendre, rétorqua-t-elle, ironique. J'ai dû rater un épisode. Je voyais plutôt Luis Calvo, dix-huitième duc de Marinceli, personnage puissant à la tête de la fortune colossale dont tu as hérité, comme un homme invincible. Tandis que ma mère n'est qu'une simple femme divorcée dont le pouvoir se borne à son charme. Des deux, je me demande bien qui est la victime et qui est le bourreau.

— Marie, une victime ? Tu plaisantes ! C'est une véritable prédatrice.

Les prunelles violettes s'assombrirent.

— Je n'ai pas envie de me lancer dans une discussion qui ne mènerait nulle part. Que cela te plaise ou non, nos parents respectifs ont été mariés pendant quelque temps, et ni toi ni moi n'y pouvions rien. En raison de ce lien, la courtoisie voulait que je te prévienne de vive voix de ma grossesse.

— Une telle attention me va droit au cœur !

Cette fois, elle se tourna complètement vers lui, et leurs regards s'affrontèrent.

S'il s'attendait à la voir baisser les yeux, il fut déçu... Mais pas désarçonné. Un duc n'est jamais désarçonné.

Son titre, son pouvoir et son argent lui valaient la déférence de bon nombre de ses interlocuteurs, qui ne se hasardaient jamais à soutenir son regard bien longtemps. Il s'était habitué à cette marque de respect due à son rang. Et voilà qu'une Américaine mal fagotée, de surcroît la fille d'une croqueuse d'hommes, le défiait avec un aplomb déconcertant, sans animosité aucune, juste une sorte de compassion ironique, ce qui était peut-être pire.

— Que veux-tu réellement, Amelia ? s'enquit-il avec une froideur qui en aurait réfrigéré plus d'un, mais sembla sans effet sur la jeune femme.

Celle-ci le fixa avec un air de douce commisération, comme si elle avait affaire à un demeuré.

— Combien de fois faudra-t-il que je te le répète ? Rien, absolument rien.

Personne ne l'avait encore traité de la sorte !

— Si je comprends bien, tu souhaitais simplement m'informer de ma prétendue paternité... Et après, quoi ? Disparaître, t'évaporer comme un nuage dans le ciel ?

Elle lui adressa un sourire, mais sa voix manqua singulièrement de chaleur.

— Rien d'aussi poétique. Je vais rentrer à San Francisco, profiter de ma grossesse et me préparer à ma future vie de mère célibataire.

— Je vois. Tu as donc décidé de garder cet enfant miraculeux.

Elle pencha la tête sur le côté, l'examinant d'un œil perplexe.

— Je ne me serais pas donné la peine d'effectuer un si long voyage ni de forcer ta porte si je n'envisageais pas de le garder. Cela paraît logique, non ?

Ne sachant pas où cette joute orale les entraînerait, il éprouva soudain le besoin de se donner une contenance. Une sensation totalement inédite.

Il enfouit ses mains dans ses poches.

— La logique est parfois subjective, et j'avoue ne pas avoir la moindre idée de ta façon de réagir dans une telle circonstance.

— Cela ne me surprend pas, répliqua Amelia en inspectant la pièce d'un regard amusé. Nous ne vivons pas dans le même siècle, toi et moi.

Il ignora la pique.

— J'admire ton altruisme. À ma connaissance, tu es la seule femme enceinte au monde portant l'héritier d'un duché, a fortiori celui de Marinceli, qui n'espère pas en tirer un profit.

— Je préférerais avoir une fille. Chez les de Luz, si mes souvenirs sont exacts, le titre ne se transmet qu'entre mâles. Cela réglerait le problème une bonne fois pour toutes.

Elle avait prononcé cette phrase d'un ton anodin, mais l'expression de son visage trahissait tout autre chose.

— Puisque, selon tes dires, ni mon statut social, ni mon patrimoine ne t'intéressent, tu aurais pu t'épargner la démarche de m'annoncer la nouvelle en direct, et le coût des billets d'avion par la même occasion. Je n'ai pas de temps à perdre.

— Que Son Excellence me pardonne cette méprise ! J'ai cru avoir affaire à un être humain et non à... À une caricature.

Cette témérité le prit tellement de court qu'il ne sut quoi répondre.

Amelia croisa les bras dans une attitude de défi et soutint son regard.

— Mon temps étant aussi précieux que le tien, je ne vais donc pas m'attarder. Tu recevras le document officiel d'ici une quinzaine de jours. Tu n'auras qu'à le signer en toute discrétion et me le retourner. Ensuite, nous ferons comme si rien ne s'était produit.

— Je te demande pardon ? Quel document ?

Contre toute attente, un élan de désir presque animal submergea Teo. Aussi brutal et impérieux que celui qui l'avait saisi au bal masqué, lorsqu'il avait dansé avec une inconnue. Ce qui ne signifiait pas pour autant qu'Amelia Ransom soit cette rousse ensorcelante, même si les réactions qu'elle lui inspirait avaient quelque chose de troublant. Son « ex-sœur par alliance » - pour reprendre ses termes - était également très désirable avec ses cheveux blonds jusqu'aux épaules, son visage au teint de porcelaine dépourvu de tout maquillage et ses yeux couleur lilas, sans oublier les courbes prometteuses de son corps...

Quoi qu'il en soit, il ne céderait pas à ses pulsions. L'enjeu était trop important.

— Qu'imaginais-tu ? Que je me fierais à ta parole ? Pas question ! Je ne suis pas si naïve.

— Moi non plus ! s'exclama-t-il du tac au tac. As-tu la moindre idée du nombre de femmes arrivistes qui prétendent porter mon enfant ?

— Libre à toi de me traiter comme l'une d'entre elles. D'ailleurs, pour ne rien te cacher, cela m'arrange.

Était-il responsable de ce désastre ?

Elle paraissait si sincère que le doute s'insinua dans l'esprit de Teo.

— Très bien. Nous établirons si tu dis ou non la vérité de la même façon qu'avec les autres.

— Comptes-tu me faire avouer sous la torture dans l'un de tes donjons ?

Il ne put s'empêcher de sourire.

— Rassure-toi, les donjons ne servent plus depuis des siècles. Un simple test de paternité suffira.

— Si cela peut te faire plaisir.

— Cela me semble indispensable.

Elle haussa les épaules.

— L'analyse ADN ne fera que prouver mes dires. La seule chose qui m'importe, c'est que tu ne reconnaisses pas le bébé et que tu renonces par écrit à tes droits de père.

Il ressentit un curieux pincement au cœur.

Une blessure d'amour-propre, certainement. Cette impertinente s'obstinait à rejeter tout ce qu'il représentait. Soit elle n'avait vraiment que faire de son titre de noblesse et de ses milliards, soit elle jouait parfaitement la comédie.

— En supposant que tu ne mentes pas, le bébé sera le premier enfant du dix-neuvième duc de Marinceli. Le cas échéant, je ne fuirai pas mes responsabilités. N'as-tu rien appris sur le code de l'honneur des de Luz durant ton séjour ici ? Il t'aura peut-être échappé que nous ne plaisantons pas avec la légitimité des liens du sang.

— J'en ai parfaitement conscience...

Le ton d'Amelia, assorti d'une moue, montrait combien l'auguste lignée ducale l'impressionnait peu.

— D'ailleurs, ajouta-t-elle, je me souviens que, au mariage de nos parents respectifs, tu t'es réjoui ouvertement que ma mère n'ait plus l'âge de procréer. Quelle formulation avais-tu employée, déjà ? Ah oui : « de souiller le sang de ta lignée par sa progéniture » ! J'en conclus que c'est valable pour moi et que mon enfant porte la tache originelle. Tu as donc tout intérêt à me laisser partir et à nous oublier.

Il mit un moment à identifier la sensation désagréable qui l'envahit.

À l'époque, il avait vingt-six ans et une très haute opinion de ses origines. Il n'avait pas imaginé que son père, à la moralité jusqu'alors irréprochable, pourrait s'amouracher d'une femme de basse extraction, qui plus est à la réputation sulfureuse, au point de l'épouser. Il se rappelait s'être senti trahi et en avoir voulu terriblement à son père d'avoir ainsi sali la mémoire de sa mère. En revanche, il ne se rappelait pas avoir exprimé son point de vue.

— Je n'ai aucun souvenir d'avoir dit cela, déclara-t-il sèchement. Non parce que cela ne correspondait pas à ce que je pensais, mais parce que c'eût été discourtois de ma part.

— Rassure-toi, tu ne l'as pas clamé sur les toits. Tu en as fait part discrètement à l'un des invités du mariage, tout en t'arrangeant pour que je l'entende.

Contre toute attente, Amelia lui adressa un de ces sourires qu'il avait tant de mal à interpréter.

— Quant à moi, ajouta-t-elle, j'ai jugé qu'il serait « discourtois de ma part » de ne pas t'informer de ma grossesse... Voilà, ton implication dans cette affaire s'arrête là. Aucun petit bâtard ne viendra polluer la noble dynastie de Marinceli. Je ne doute pas que, en temps utile, tu trouveras une riche héritière ayant du sang bleu dans les veines et que votre descendance d'une pureté indiscutable flattera ton ego surdimensionné.

Il n'y avait ni agressivité ni tristesse dans son ton. Juste une froide indifférence qui, paradoxalement, rendait les propos plus insultants.

Il n'en revenait pas d'une telle audace. Jamais personne n'avait encore osé manquer de respect à sa famille et aux valeurs qu'elle incarnait.

Amelia prétendait être enceinte de lui. Une hypothèse qu'il ne pouvait pas se permettre d'écarter d'un revers de main. D'autant que, plus il l'observait, plus il lui découvrait des points communs avec la jolie rousse qui avait enflammé ses sens au bal masqué et qu'il ne parvenait pas à chasser de sa mémoire. Une réaction pour le moins insolite...

Mais l'heure n'était pas à l'érotisme. Si Amelia Ransom disait la vérité à propos de sa paternité, le cours de sa vie qu'il avait planifié avec un soin méthodique s'en trouvait à jamais bouleversé.

Au fond, l'important n'était pas de connaître les raisons qui avaient poussé la jeune femme à lui rendre visite aujourd'hui, mais de remonter à l'origine du problème : pourquoi s'était-elle invitée au bal masqué ?

Il fit un geste vers les fauteuils disposés devant la cheminée.

— Viens. Ôte ton manteau et assieds-toi. Tu ne peux pas balancer une telle bombe et repartir aussitôt comme si de rien n'était.

Amelia n'esquissa pas un geste pour se plier à ce qui n'était pas une demande mais un ordre. Elle resta plantée devant la porte à le fixer d'un regard interrogateur.

Il réprima à grand-peine un soupir d'exaspération. Il avait l'habitude qu'on lui obéisse sans discuter.

— S'il te plaît, insista-t-il, sur un ton qui se voulait conciliant.

Elle s'approcha avec une réticence manifeste, comme pour mieux lui signifier qu'il n'avait pas de prise sur elle.

— La plupart des gens sont honorés que je les reçoive personnellement.

— Sans doute parce qu'ils ne savent pas à qui ils ont affaire.

L'affront fit remonter à la surface des souvenirs qu'il

s'était efforcé d'oublier. En vain apparemment. Ceux, très embarrassants, de l'épisode américain.

Marie French, ayant investi le château, se pavanait dans les pièces somptueusement décorées et éclatait à la moindre occasion de ce rire un peu rauque qu'il trouvait si vulgaire. Quant à sa fille, elle se fondait dans le décor la majeure partie du temps. Cependant, par moments, elle n'hésitait pas à se rebiffer et n'était pas à court de remarques cinglantes. Lui, et même son père – ce qui était totalement inacceptable – en avaient fait les frais à plusieurs reprises au cours de ces années désastreuses.

Amelia enleva son caban avec une lenteur délibérée et s'assit sur le bord du fauteuil, visiblement prête à bondir du siège si les circonstances l'exigeaient. Elle serrait son manteau contre elle à la manière d'un bouclier.

Il s'installa en face d'elle.

— À présent, dis-moi : comment et surtout *pourquoi* t'est venue l'idée saugrenue de te grimer et de te présenter au bal alors que je ne t'y avais pas conviée ? Et tu ne t'es pas contentée d'y assister. Tu as déployé les grands moyens afin d'attirer mon attention. S'agissait-il d'un défi, d'un stratagème destiné à me piéger ? Si, comme tu le prétends, ni mon nom ni mon argent ne t'intéressent, à quoi rimait cette mise en scène ? J'aimerais que tu m'expliques.

— Je n'ai pas de comptes à te rendre.

— Dans ce cas, pourquoi t'être donné la peine de traverser l'Atlantique pour me traquer jusque chez moi ? C'est un peu paradoxal, non ?

— Combien de fois vais-je devoir te le répéter ? Je souhaitais t'informer de la situation. Rien d'autre.

Faisait-elle semblant ou ne comprenait-elle réellement pas le sens de ses questions ?

Il commençait à perdre patience. Il sentait bouillonner en lui des sentiments confus, un mélange de colère et de concupiscence. Comment avait-il pu être assez naïf pour se laisser flouer par la dernière personne qu'il ait envie de revoir ?

— Malheureusement, je n'en crois pas un mot. Je me demande pourquoi tu as inventé cette histoire à dormir debout.

— Libre à toi de penser ce que tu veux.

— Il y aurait bien un moyen de prouver la véracité de tes dires.

— Le test de paternité.

— Non, un autre, plus immédiat… Et plus agréable.

Amelia se figea, mais il surprit dans son regard une lueur fugace qui ressemblait à s'y méprendre à du désir.

— Lequel ? demanda-t-elle d'une voix hésitante.

— Renouvelons l'expérience. Les baisers et les caresses s'avèrent parfois plus convaincants que les paroles.

3

— *Pardon ?*

Amelia crut avoir mal entendu ou mal interprété, mais le regard ténébreux de Teo lui confirma qu'elle avait parfaitement compris. Elle n'y décelait plus l'expression hautaine et aristocratique habituelle. Plutôt un intérêt auquel se mêlait un profond scepticisme.

De toute évidence, Teo venait de lui lancer un défi et ne s'attendait pas à ce qu'elle le relève. Il s'imaginait probablement qu'elle allait devenir rouge comme une pivoine et se mettre à bredouiller, éclater en sanglots ou, au contraire, exploser de colère et lui jeter des objets à la figure…

Malgré l'envie qu'elle en avait, elle s'en abstiendrait. Il ne lui échappait pas que Teo commençait à douter. Elle s'en rendait compte à la façon dont il la regardait avec insistance, en quête d'une ressemblance avec la rousse du bal masqué qu'il avait serrée dans ses bras avec cette ardeur qu'elle n'était pas près d'oublier.

Pour ce qui était de sa grossesse, elle aurait dû anticiper le fait qu'il exigerait des preuves tangibles, scientifiques. Ce qui, en revanche, l'intriguait, c'était qu'il ait accepté de la recevoir, sachant qu'elle n'avait pas pris la peine d'annoncer sa visite et qu'il ne lui avait jamais témoigné la moindre marque de sympathie. Il lui aurait suffi de demander au majordome d'appeler les gardes pour l'escorter *manu militari* jusqu'aux grilles du parc.

Pourquoi ne pas l'avoir fait ? Jouait-il un quelconque jeu, et le cas échéant, lequel ?

En son for intérieur, elle admettait avoir initié cette partie dangereuse en s'invitant au bal masqué, en prenant ce qu'elle était venue y chercher puis en disparaissant. Une initiative lourde de conséquences et qui, de surcroît, n'avait pas produit l'effet escompté : Teo l'attirait toujours autant. Et voilà que, sous prétexte d'honnêteté morale, elle s'était de nouveau jetée dans la gueule du loup.

Pour autant, l'idée que, aujourd'hui comme quatre mois plus tôt, elle ait le contrôle de la situation flattait son amour-propre.

La dernière fois qu'elle avait éprouvé une sensation de ce genre en face de Teo, elle s'était retrouvée enceinte, lui souffla la voix de la raison.

Refusant de l'écouter, elle posa son caban sur le bras du fauteuil et se leva.

En septembre, elle avait choisi de porter une robe longue assez ajustée qui mettait en valeur sa silhouette et dont la jupe était fendue d'un côté jusqu'au milieu de la cuisse. Son décolleté plongeant lui avait valu les regards admiratifs de bon nombre d'hommes, et ceux courroucés de leurs épouses. Une paire d'escarpins aux talons vertigineux complétait sa tenue... Ou plutôt son déguisement de vamp. Ainsi vêtue, elle s'était glissée dans la peau de quelqu'un d'autre, ce qui lui avait permis de libérer ses inhibitions. Elle n'était plus la fille de

Marie French. Pour une fois, elle ne risquait pas d'être comparée – toujours en sa défaveur – à sa mère.

Elle qui s'efforçait d'ordinaire de passer inaperçue, elle avait déambulé avec une nonchalance étudiée dans l'immense salle de bal, distribué des sourires faussement ingénus et pris des poses suggestives, imitant les héroïnes des films des années 1950 que, plus jeune, elle aimait tant regarder avec sa mère.

Elle s'était prise au jeu et avait joué son rôle à la perfection... jusqu'au bout : elle n'avait pas tardé à attirer l'attention de Teo, et bien plus encore. Cette expérience l'avait transportée dans l'univers inconnu de la passion charnelle où l'envie de l'autre l'emporte sur tout le reste.

Malgré le bébé qui poussait dans son ventre, elle ne regrettait pas ce moment exceptionnel, dont elle avait rêvé depuis l'âge de seize ans. Mais même dans ses fantasmes les plus débridés, elle n'avait jamais pensé en éprouver autant de plaisir.

Aujourd'hui, elle avait de nouveau capté l'attention de Teo. La différence, c'est que sa tenue se résumait à un jean, des bottines défraîchies et un vieux pull tout doux que sa mère lui avait offert à un anniversaire. Elle n'avait rien d'une femme fatale et tout d'une Américaine qui avait passé des heures dans un avion bondé, avec les cheveux tirés vers l'arrière en une queue-de-cheval faite à la va-vite.

Pourtant, il lui semblait distinguer une lueur de désir dans le regard de Teo. Comme s'il commençait à voir en elle la femme qui lui avait arraché un râle de jouissance quatre mois auparavant.

« Le jour où tu te rendras compte que la sensualité

est une force, ma chérie, ce jour-là, tu seras enfin libre », ne cessait de lui répéter sa mère.

Amelia n'avait jamais compris ce que cela signifiait. Or, à présent, ce message prenait tout son sens. En face d'elle se tenait un homme assez puissant pour influer sur la politique d'un État en un simple coup de téléphone. Un homme autoritaire, habitué à donner des ordres. Pourtant, elle avait la sensation exaltante de détenir le pouvoir, du moins dans une certaine mesure et pour un laps de temps limité.

Elle serait stupide de ne pas en profiter.

— Je crois que tu as parfaitement compris, répondit Teo dont le ton, soudain radouci, était plein de promesses.

Bien sûr qu'elle savait ! Le souvenir de cette soirée la poursuivait depuis quatre mois.

D'abord, il y avait eu la danse. Elle avait feint un léger accent allemand pour pimenter l'espagnol qu'elle parlait couramment. Elle s'était enhardie à inviter Teo à danser, et il avait accepté, avec ce demi-sourire dévastateur dont il avait le secret. Il avait placé sa main droite au creux de ses reins, et elle avait senti un frisson délicieux courir le long de son dos. De la gauche, il avait emprisonné ses doigts.

Ils n'avaient pas échangé un mot, mais leurs regards étaient restés soudés l'un à l'autre. Pas une seconde Teo n'avait détourné les yeux. Malgré l'espèce d'onde électrique qui les unissait, ils avaient pris soin de conserver entre eux la distance qu'imposait la bienséance.

Elle avait l'impression qu'un brasier lui consumait le corps. Plus ils dansaient, plus le feu se propageait en elle, au point qu'elle avait perdu la notion du temps et des personnes qui l'entouraient.

Combien de danses avaient-ils enchaînées, incapables de se séparer, elle n'aurait su le dire.

Puis la musique s'était interrompue.

Teo l'avait alors entraînée dans un corridor où s'alignaient les portraits à l'air sévère de la dynastie de Luz. Au bout, le couloir formait un angle droit. À peine l'avaient-ils franchi qu'il l'avait plaquée contre le mur et s'était emparé de ses lèvres. Leurs langues s'étaient cherchées avec impatience. Un baiser tout de suite torride. C'était la première fois qu'elle ressentait de telles sensations en embrassant un homme. Jusqu'alors, elle avait toujours été déçue.

Elle s'était abandonnée tout entière au plaisir de cette découverte et ne se rappelait plus comment ils s'étaient retrouvés dans une petite pièce – une sorte de boudoir – où Teo s'était laissé tomber sur un sofa et l'avait attirée sur ses genoux.

La suite, en revanche, elle n'était pas près de l'oublier. Cela avait été une tentative d'exorcisme ratée, mais une première fois fabuleuse.

Elle se souvenait dans les moindres détails de la bouche de Teo sur la sienne, de ses mains sur sa peau, sous la soie de sa robe. Tout s'était enchaîné très vite, trop vite...

Il l'avait débarrassée avec dextérité de son sous-vêtement avant d'ouvrir sa braguette. D'un geste rapide, il avait enfilé un préservatif sur son membre fièrement dressé.

D'instinct, elle s'était installée à califourchon au-dessus de lui, puis, lentement, tandis qu'il la fixait d'un regard brûlant de désir, elle l'avait accueilli en elle. À l'exaltation s'était mêlé un sentiment de victoire.

Elle avait réussi à emmener Teo là où elle voulait sans qu'il se ravise et la rejette !

S'était-il seulement rendu compte qu'elle lui offrait sa virginité ?

L'espace d'un instant, elle avait craint que son inexpérience ne la trahisse, mais c'est alors qu'il avait emprisonné ses hanches entre ses mains puissantes et l'avait guidée. Le rythme, lent tout d'abord, s'était accéléré à mesure que l'excitation montait, l'emportant vers des sommets de volupté qu'elle ne soupçonnait pas. Quand la jouissance avait atteint son paroxysme, Teo avait étouffé ses cris en plaquant ses lèvres contre les siennes, avant de céder à son tour. Elle n'oublierait jamais son long râle de plaisir, témoignage d'un abandon qu'elle avait reçu comme un cadeau.

Plus tard, il y avait eu les nausées des premières semaines de grossesse, l'obstination avec laquelle elle avait refusé de voir la réalité en face, puis le test qui lui avait confirmé ce qu'elle redoutait : malgré les précautions prises, elle était enceinte.

Et voilà que tout recommençait. Son désir pour cet homme renaissait, plus fort encore, envers et contre tout.

Son trouble ne datait pas d'hier. Adolescente, il suffisait qu'elle croise Teo au détour d'un couloir pour sentir une bouffée de chaleur lui empourprer les joues. À l'époque, elle était encore naïve et mettait son émoi sur le compte de la timidité. Teo l'avait toujours impressionnée. Elle s'était parfois rebellée, mais elle s'efforçait dans la mesure du possible d'éviter ce frère par alliance qui manifestement ne l'aimait guère.

— Aurais-tu besoin que je te rafraîchisse la mémoire ? s'enquit-il sur le ton du défi.

En d'autres circonstances, elle aurait détesté son

arrogance, mais en l'occurrence, celle-ci ne faisait qu'aiguiser sa sensualité.

Il la croyait incapable d'aller jusqu'au bout, c'était évident. Tout les séparait : le mépris qu'il affichait à l'égard de sa mère, l'attitude insultante qu'il avait vis-à-vis d'elle, le fait qu'il la considérait ouvertement comme une personne de rang inférieur.

Toute femme avisée aurait battu en retraite… Pas elle. Elle n'avait peut-être aucune origine aristocratique, mais elle était la fille de l'une des séductrices les plus expertes que la terre ait portées – du moins à en juger par son palmarès –, et Teo n'était pas insensible à son charme.

Elle franchit l'espace qui les séparait, s'assit à califourchon sur ses genoux et le regarda droit dans les yeux.

Teo l'enveloppa dans ses bras.

Il était grand, musclé, et, à la dureté de son sexe contre le sien, elle sut qu'il éprouvait un désir aussi fort que le sien.

Elle en conçut une certaine fierté.

— Tu te souviens de moi, maintenant ?

Teo l'examina comme s'il cherchait à lire en elle.

Qu'espérait-il découvrir ? Elle n'en avait aucune idée.

Son regard s'assombrit.

— Oui, je me souviens. En revanche, je ne parviens pas à comprendre pourquoi tu as jugé bon de faire irruption à cette soirée à laquelle tu n'étais pas conviée, ni pourquoi tu as dissimulé ton identité et poussé la supercherie jusqu'à coucher avec moi, sachant pertinemment que si tu t'étais présentée sous ton vrai nom, je t'aurais rejetée.

Elle sentit une boule se former dans sa gorge.

Formulée ainsi, son initiative paraissait davantage honteuse qu'audacieuse.

— Tu es le duc de Marinceli, rétorqua-t-elle s'efforçant d'adopter un ton décontracté, le célibataire le plus convoité de la planète. Tu dois avoir l'habitude que les femmes soient prêtes à tout pour éveiller ton intérêt.

Il leva la main vers son visage et prit une mèche de ses cheveux qu'il enroula distraitement autour de ses doigts. Il semblait plongé dans ses pensées, en proie à une réflexion intense.

Quand il leva de nouveau les yeux vers elle, son regard était redevenu glacial, accusateur.

— Tu connaissais pourtant mes sentiments à l'égard de ta mère.

— Je savais ce que tu pensais d'elle il y a dix ans. En revanche, j'ignorais quelle opinion tu avais de moi, à supposer que tu en aies eu une.

Son cœur se mit à tambouriner dans sa poitrine et son ventre à palpiter sous l'effet conjugué du désir et de l'angoisse. Elle inspira profondément, s'attendant à une réponse incisive.

— Alors, tu as décidé de te faire passer pour une autre... Je te félicite, tu maîtrises parfaitement l'espagnol. En revanche, ce pseudo-accent allemand que tu as cru malin de prendre était franchement absurde. Mais pourquoi...

— Je voulais voir s'il y avait quelque chose entre nous en dehors de tout préjugé, si une sorte d'étincelle allait se produire.

Teo eut l'air tellement désarçonné par cette idée qu'elle ne put réprimer un sourire.

Les Européens, surtout ceux issus des castes dites

supérieures, ont une fâcheuse tendance à considérer les Américains comme des êtres naïfs et incapables de la moindre subtilité. Le fait d'avoir été abusé par une jeune Yankee égratignait manifestement l'amour-propre de Teo, lui qui avait une si haute idée de ce qu'il était et de ce qu'il représentait.

— Partout dans le monde les petites filles croient aux contes de fées, ajouta-t-elle, souriant de plus belle. J'ai bien conscience que, en l'occurrence, je n'avais pas affaire à un prince, simplement à un duc. Néanmoins, pourquoi le « duc charmant » n'existerait-il pas aussi ?

À la vue de la mine offusquée de Teo, elle faillit éclater de rire.

De toute évidence, Mateo Enrique Armando de Luz, descendant de dix-neuf générations de Grands d'Espagne, n'appréciait guère ce nouveau titre.

— Je ne saurais trop te recommander de ne plus jamais m'affubler de ce surnom grotesque. *Jamais*, me suis-je bien fait comprendre ?

Elle fut frappée par le ridicule de la situation. Leur discussion tournait à la joute oratoire alors qu'elle était là, assise sur les genoux de Teo, sentant son sexe tendu pressé contre elle, tous deux feignant d'ignorer les vibrations de leurs corps attirés l'un vers l'autre comme deux aimants.

— D'accord, Ton Excellence, j'ai compris qu'il ne faut pas plaisanter au sujet de ton rang ni te manquer de cette déférence que tu estimes être ton dû. Mais comment devrais-je t'appeler alors ? plaisanta-t-elle, espérant détendre l'atmosphère. « Noble géniteur » ?

Il eut un rictus.

— Ne t'y avise surtout pas ! protesta-t-il d'un ton menaçant.

Cette fois, elle ne put se retenir de rire.

— Décidément, tu mords à l'hameçon trop facilement !

Teo bougea à peine, mais elle sentit le désir lui vriller le ventre, et une délicieuse onde de chaleur l'envahit.

— Désolé de te décevoir, grommela-t-il. À moi maintenant de te rafraîchir la mémoire.

Et il joignit le geste à la parole.

Il lui suffit d'une seule main pour emprisonner sa nuque. D'un mouvement, il la fit légèrement basculer sur le côté et, se penchant au-dessus d'elle, il pressa sa bouche contre la sienne et força le barrage de ses lèvres.

Le baiser manquait de douceur et ressemblait davantage à un acte de domination qu'à une caresse. Pourtant, elle se trouva happée dans un tourbillon de volupté, et le souvenir de leur première étreinte revint en force, tandis qu'une multitude de sensations la submergeait.

Impossible de résister. De toute façon, il la maintenait serrée contre lui, les seins pressés contre son torse dont elle mesurait ainsi toute la puissance.

Elle eut soudain conscience que les rôles s'étaient inversés. À présent, c'était lui qui menait la danse, lui qui avait le contrôle de la situation. Comment avait-elle pu imaginer une seconde qu'elle en garderait la maîtrise ?

Elle aimait le goût de sa bouche, l'exigence de sa langue qui enlaçait la sienne. Elle gémit de plaisir, priant pour que ce baiser ne finisse jamais…

Une prière vaine, car, alors qu'elle s'abandonnait tout entière aux délices de cet instant, Teo y mit brusquement un terme.

Il fallut plusieurs secondes à Amelia pour réaliser qu'il

s'était levé et la tenait dans ses bras avec une aisance déconcertante. Il l'observa un long moment, s'attardant sur ses lèvres brûlantes de l'ardeur du baiser et ses yeux qu'elle sentait s'embuer, puis il la déposa sur le sol.

Elle faillit s'effondrer tant ses genoux tremblaient. Au prix d'un effort considérable, elle réussit à se maintenir debout, désemparée.

— À présent, chacun de nous sait à quoi s'en tenir, déclara-t-il d'un ton sec et satisfait. Il semble, mademoiselle Ransom, que vous avez quelque peu surestimé l'ascendant que vous croyiez avoir sur moi.

Horrifiée, elle se rendit compte que ce baiser qui l'avait complètement chavirée n'avait eu aucun effet sur lui, si ce n'est celui de renforcer ce détestable sentiment de supériorité et le mépris qu'il éprouvait à son égard.

— Tu as essayé de me manipuler en me soumettant à une épreuve, ajouta-t-il, confirmant ses craintes. Épreuve à laquelle tu as échoué, toi, avec une facilité prévisible.

Quel goujat !

Mais sans doute le duc de Marinceli n'était-il pas la seule personne arrogante dans cette pièce...

Dans un sursaut d'orgueil, elle fixa le renflement de sa braguette.

— Es-tu vraiment sûr de l'avoir passée avec succès ? lança-t-elle sur un ton de défi.

Au lieu de déstabiliser Teo, la bravade parut l'amuser.

Il se dirigea vers sa table de travail et saisit un téléphone mobile. Elle le vit pianoter sur l'écran tactile puis reposer le portable sans ménagement, avant de se tourner vers elle.

— Voici comment les choses vont se dérouler, déclara-t-il avec autorité, comme s'il présidait un conseil d'administration. J'ai envoyé un message à mon conseiller juridique pour l'informer qu'il devait procéder à un énième test de paternité. Je ne te surprendrai pas en te disant que nous avons mis en place une procédure spécifique pour traiter ce genre de cas.

Chaque mot la blessait plus qu'elle ne l'aurait imaginé – une émotivité probablement due à la fatigue du voyage et au jet-lag –, mais elle conservait une certaine combativité. Malgré sa furieuse envie de flanquer une claque à Teo afin de lui remémorer les règles élémentaires universelles de la courtoisie, elle parvint à sourire.

— Bravo, tu as paré à toute éventualité ! Te connaissant, j'aurais dû m'en douter.

Il ignora ostensiblement la pique.

— Mon conseiller juridique viendra demain, accompagné de mon médecin personnel qui se chargera d'effectuer les prélèvements à analyser. Mieux vaut te montrer coopérative. Dans le cas inverse, nous utiliserons une autre méthode pour établir la vérité sur cette paternité. D'où la présence de mon avocat.

Teo ne précisa pas en quoi consistait ce plan B, et elle se garda bien de le lui demander, jugeant que c'était sans doute ce à quoi il s'attendait.

— Si je ne suis pas le père de l'enfant que tu prétends porter ou si, comme cela arrive, tu t'es, disons, « trompée » concernant ta grossesse, tu seras priée de signer un accord de confidentialité. Tu as d'autant plus intérêt à accepter que, pour encourager les bonnes volontés, nous accordons parfois aux jeunes femmes une contrepartie financière. Mon intimité a plus d'importance à mes yeux que l'argent, et je suis prêt à en dépenser pour m'assurer que des mensonges de ce genre ne circulent pas sur mon compte dans la presse people et n'entachent pas la réputation de ma famille.

— Et, dans l'éventualité où tu serais le père, as-tu aussi prévu une procédure, ou improviseras-tu ? s'enquit-elle d'un ton égal, alors que, au fond d'elle, elle avait envie de hurler.

Il la fixa de son regard ténébreux.

— S'il s'avère que, tout compte fait, tu es la mère de mon futur enfant à la suite d'un subterfuge qui frise la malhonnêteté, j'ai la ferme intention d'appliquer un protocole très particulier.

— Je me fiche pas mal de ta morale et de tes sacro-saintes formalités.

— Libre à toi, mais sache que tu as affaire à plus fort que toi. Aucun de Luz jusqu'à présent n'a jamais fui ses responsabilités, et je suis déterminé à suivre l'exemple de mes ancêtres. Que tu sois d'accord ou non, mon héritier recevra une éducation digne de son rang, dans ce château qui a vu naître tous les membres de ma dynastie sans exception.

— Je ne veux ni de ton argent, ni de ta protection. Ce bébé est le mien, et je ne l'abandonnerai jamais.

Teo la foudroya du regard.

— Qui te parle de l'abandonner ? Croise plutôt les doigts pour que cet enfant ne soit pas de moi, conclut-il d'un ton sans appel.

4

Immobile devant la porte-fenêtre, Teo contemplait sans le voir le parc qui s'étendait sous ses yeux et qu'il connaissait par cœur.

Durant certains week-ends de printemps, il en ouvrait les portes afin que le public puisse profiter de la beauté des jardins qu'une armée de jardiniers veillaient à entretenir avec un soin méticuleux. En cette journée d'hiver, il n'y avait pas âme qui vive.

— Votre Excellence ?

Sans se retourner, il se contenta d'incliner la tête, sachant que son avocat interpréterait son geste comme une permission tacite de s'exprimer.

— Le test est positif, déclara le conseiller juridique d'un ton plein de déférence.

L'espace d'une seconde, Teo sentit son cœur cesser de battre.

Il y avait forcément une erreur... Ou peut-être avait-il mal entendu.

— Positif ?

— Oui, Votre Excellence. L'enfant est bien le vôtre.

— Merci. Vous pouvez vous retirer.

Il entendit le cliquetis discret indiquant que la porte

s'était refermée. Alors seulement il se rendit compte qu'il avait retenu sa respiration tout ce temps.

Il inspira profondément dans l'espoir de chasser la tension qui lui nouait l'estomac.

Il avait l'impression que l'univers autour de lui, cet univers dont il avait hérité et qu'il s'était engagé à préserver, venait de s'ébranler.

Lui qui avait vu son père ruiner sa réputation à cause de ses fréquentations féminines plus que douteuses, lui qui s'était juré de ne jamais souiller l'auguste duché dont il avait la responsabilité jusqu'à ce qu'il le transmette au représentant de la génération suivante, lui qui se voulait le garant des valeurs morales aristocratiques... Il avait conçu un enfant en dehors des liens sacrés du mariage. Et, pour comble de malheur, avec la fille de Marie French !

L'idée lui semblait tellement incongrue qu'il en avait presque le tournis. Colère, honte, désespoir : il éprouvait tout à la fois.

Jusqu'à maintenant, son avenir était tout tracé. Lorsqu'il avait atteint l'âge de comprendre sa place dans le monde, l'importance de sa lignée et donc sa dette vis-à-vis de ses ancêtres ainsi que son devoir à l'égard de ses futurs descendants, il avait commencé à organiser sa vie dans les moindres détails afin de se montrer à la hauteur d'une telle ambition et de mener avec dignité la mission qui l'attendait.

Il était le maillon d'une longue chaîne. Un jour, il succéderait à son père, et le titre de duc lui reviendrait. Pour s'y préparer au mieux, il s'était plongé dans l'histoire des dix-sept générations qui avaient précédé son père, essayant d'en tirer les leçons susceptibles de le guider par la suite. Il avait examiné chacun des portraits suspendus dans la galerie, tentant de deviner les vraies personnalités dissimulées sous ces masques austères et réprobateurs.

En revanche, rien ne l'avait préparé à devenir père par accident.

Contrairement à d'autres jeunes gens de sa caste, il n'avait jamais été attiré par le jeu ou les sports à risques. Il prévoyait de se marier, d'engendrer un héritier destiné à reprendre le flambeau ainsi que quelques autres enfants pour éviter que le duché échoie en cas de malheur à un lointain cousin n'ayant pas reçu l'éducation adéquate.

Ce n'était pas seulement la perspective de perpétuer une dynastie auguste qui le séduisait. Il avait beau se montrer parfois arrogant – il en avait conscience –, il ne l'était pas à ce point. Ce à quoi il aspirait, c'était d'enseigner à sa progéniture ce que signifiait vraiment le fait d'appartenir à la famille de Luz, d'être le fruit d'une histoire pétrie de mythes, de lui apprendre à apprécier à leur juste valeur les privilèges dont elle jouissait et de mesurer les responsabilités qui lui incombaient.

Il avait aussi établi le profil de la femme idéale avec qui partager sa vie et fonder une famille. Or, elle ne ressemblait en rien à la rousse incendiaire à l'origine de sa débâcle.

La future duchesse serait raffinée, élégante tant par son apparence que par sa personnalité, d'une réputation sans tache, intelligente, cultivée et capable de gérer avec lui le domaine ainsi que les nombreuses autres propriétés acquises par les de Luz au fil du temps un peu partout dans le monde. Aristocrate de naissance, elle ne se laisserait pas impressionner par le pouvoir que donnent l'argent et les titres et saurait déjà par expérience qu'une existence considérée comme oisive par les autres s'avère souvent bien plus complexe qu'il n'y paraît.

Tout le portrait de sa mère...

Cette mère qui l'avait entouré de tendresse et de douceur quand son père se contentait de lui imposer des devoirs. Cette mère qui l'avait initié à la beauté de la nature. Cette mère, enfin, qu'il avait tant aimée et qu'il avait eu l'impression de perdre une seconde fois quand son père avait sali sa mémoire en épousant une croqueuse de diamants.

Voilà que, d'une certaine manière, il la trahissait à son tour. Dans ce moment d'égarement, il avait bafoué les valeurs qu'elle lui avait inculquées, piétiné les vertus auxquelles elle croyait... C'était pitoyable, impardonnable.

Peu importe ce qu'Amelia Ransom voulait ou ne voulait pas. Les dés étaient jetés : puisqu'elle portait son enfant, cela faisait d'elle, forcément, la prochaine duchesse de Marinceli.

C'en était fini de ses rêves de la femme idéale. Celle-ci n'avait pas le profil requis, mais il se trouvait désormais contraint de l'épouser. Il n'avait pas d'autre option. Ensuite, une fois sa descendance assurée, peut-être envisagerait-il le divorce.

Il scruta le parc comme s'il le découvrait pour la première fois, comme s'il pouvait y trouver une issue de secours. Mais il n'y avait pas d'échappatoire.

Comment avait-il pu être assez stupide pour tomber dans le piège le plus vieux du monde ?

Sentant l'exaspération le gagner, il s'efforça de prendre du recul.

S'il s'était agi de quelqu'un d'autre, il aurait défendu l'idée qu'il est bon parfois d'injecter du sang neuf dans les vieilles familles. Et l'on peut dire tout ce qu'on veut sur les Américains, mais leurs racines paysannes leur donnent souvent un caractère plus entreprenant. Leur enfant devrait donc être d'une constitution saine et robuste, et lui-même serait là pour le guider et l'aider à devenir son digne successeur.

Donc, la vraie question était : qu'allait-il faire de cette femme que les circonstances l'obligeaient à épouser ?

Il se retourna et, songeur, se mit à contempler le feu qui brûlait dans la cheminée.

Il y eut un crépitement, puis une bûche s'effondra en cendres, projetant des étincelles.

À cet instant, un déclic se produisit dans son cerveau en ébullition.

Amelia avait beau prétendre le contraire, il savait par expérience que personne ne restait insensible à son titre, à son statut social et à son immense fortune. Or, la fille de Marie French avait vécu ici un certain temps. Au cours de son séjour au château, elle avait forcément surpris des conversations à propos des de Luz, de leur histoire et de leur avenir. Elle savait donc exactement à quoi s'en tenir au sujet de celui qui dirigeait désormais leur empire.

Elle semblait avoir un petit côté fleur bleue. Ne l'avait-elle pas qualifié – sur le ton de la plaisanterie, certes – de duc charmant ?

« Duc charmant » : quel surnom ridicule ! C'était à vomir. Et pourtant, cela lui donnait une idée. Puisque Mlle Ransom avait un faible pour les contes de fées, il allait lui en offrir un. Après tout, c'était elle qui avait commencé ce jeu malsain à l'automne dernier, en se faisant passer pour quelqu'un d'autre.

Il avait la ferme intention de reconnaître cet enfant comme étant le sien, ce qui supposait, conformément à la tradition, d'épouser la femme qui le portait. Car si l'ère moderne avait cours à l'extérieur du duché, à l'intérieur, certaines valeurs médiévales prévalaient.

D'ailleurs, Amelia ne l'ignorait pas, et elle comptait certainement là-dessus. Il allait donc se plier à la règle, mais rien ne l'obligeait à rendre les choses trop faciles à la jeune Américaine.

Puisque, a priori, elle se voyait bien dans le rôle de cendrillon, il allait lui donner satisfaction.

Des suites étaient aménagées dans le corps principal du château afin de préserver l'intimité des propriétaires qui occupaient une aile à l'écart. Ainsi, les invités se sentaient les bienvenus sans pour autant empiéter sur la vie privée de leurs hôtes. Amelia avait été conduite dans l'une d'elles.

Elle avait d'abord eu droit à la visite du conseiller juridique de Teo, sourire forcé aux lèvres et épais dossier sous le bras. La lecture de ces documents avait pris plus de temps que l'examen médical auquel le praticien, aussi compétent que discret, l'avait soumise ensuite. Il s'agissait du médecin de famille, elle se rappelait l'avoir rencontré dix ans auparavant.

Pour elle, il n'y avait aucun suspense quant au résultat. Elle savait qui était le père de son bébé. Aussi avait-elle dû prendre sur elle pour contenir son agacement lorsque, au bout de ce qui lui avait paru durer une éternité, le tandem s'était de nouveau présenté, la mine réprobatrice, afin de lui annoncer un scoop qui n'en était pas un.

— Si vous voulez bien attendre ici, madame, avait murmuré l'avocat avant de s'éclipser avec le médecin pour porter la mauvaise nouvelle à Son Excellence.

À présent que la porte s'était refermée derrière eux, elle se trouvait confrontée à une décision à prendre. Cependant, la fatigue accumulée depuis son départ de San Francisco et les événements de la matinée ne l'aidaient pas à y voir clair. Elle avait envie de s'extraire de cette situation et de faire comme si tout cela arrivait à quelqu'un d'autre.

Impossible, hélas. Elle avait encore sur ses lèvres le goût de celles de Teo et pouvait encore sentir le parfum épicé et viril de sa peau.

Quelle idiote ! Elle avait espéré se vacciner alors que, en réalité, elle n'avait fait que décupler l'effet du virus !

Assise sur le sofa moelleux de cette suite élégante où ils l'avaient laissée seule, elle avait parfaitement conscience que rien ni personne ne la retenait ici. Pas même les papiers qu'elle avait signés et dont la majeure partie visait à protéger le duc dans le cas où l'enfant ne serait pas de lui. Un seul document envisageait la possibilité inverse. Un peu paradoxal, tout de même !

Elle l'avait informé de vive voix, et maintenant que la preuve irréfutable avait été fournie, elle avait fait ce qu'elle considérait comme un devoir moral et n'avait donc plus aucune raison de rester. Mieux valait partir avant qu'il ne mette à exécution ses vagues menaces.

Mais elle avait beau se dire et se redire qu'il lui suffirait de se lever et de gagner la sortie, elle n'en fit rien. Elle attendit et attendit encore, ses paupières s'alourdissant de minute en minute.

Quand elle rouvrit les yeux, la pénombre commençait à envahir le salon, et Teo se tenait au-dessus d'elle, la dévisageant d'un regard qu'elle aurait volontiers qualifié d'assassin.

S'agissait-il d'un cauchemar ?

Elle se frotta les yeux dans l'espoir de le dissiper. Peine perdue.

— Que se passe-t-il ? s'entendit-elle demander d'une voix ensommeillée.

— Il se passe que nous allons avoir un enfant, répondit Teo, d'un ton hautain où perçait une pointe d'ironie glaciale.

Piquée au vif, elle se redressa vivement.

— Merci de m'apporter la nouvelle en personne, mais tu ne m'apprends rien, je le savais déjà. Compte tenu des circonstances, il serait bon que tu abandonnes cette attitude méprisante à mon égard. Dois-je te rappeler que tu as couché avec moi de ton plein gré ? Si ma mémoire est bonne, je n'ai exercé aucune contrainte sur toi. Et je ne suis pas plus responsable que toi de la situation.

Il eut un rictus.

— J'ai demandé à mon service de sécurité de localiser le véhicule avec lequel tu as pénétré en cachette chez moi.

— Je n'ai pas pénétré en cachette ! Ce n'est pas parce que ces anciennes allées ne sont plus utilisées que par le garde-chasse et par les jardiniers que le fait de les emprunter constitue un acte délictueux.

Il ignora la repartie.

— J'ai pris la liberté de rapporter tes bagages.

Il avait sans nul doute chargé un serviteur de le faire,

car elle l'imaginait mal en train de porter sa valise jusqu'au château. Un duc de Marinceli ne s'abaissait à ce genre de tâches indignes de son rang.

En d'autres circonstances, elle ne se serait pas privée de formuler cette pensée sarcastique à voix haute, mais en l'occurrence, elle jugea préférable de s'abstenir. L'ambiance pesante qui régnait dans la pièce de plus en plus sombre commençait à l'angoisser.

Teo l'étudia un moment, avec une insistance telle qu'elle finit par se demander de quoi elle pouvait bien avoir l'air.

Son mascara avait-il coulé durant son sommeil ? Était-elle complètement échevelée ?

Faute de miroir, impossible d'en avoir le cœur net.

— Si tu veux bien me suivre. Nous partons pour un petit voyage, et il se fait tard.

Sans plus d'explications, il se dirigea vers la porte.

Elle se leva comme un automate et jeta un rapide coup d'œil par la fenêtre.

Elle avait dû dormir longtemps car le crépuscule s'annonçait. D'ordinaire, elle résistait mieux au décalage horaire. Elle s'acclimatait facilement, où qu'elle se trouve sur la planète – et Dieu sait que les amours de sa mère les avaient entraînées dans de nombreux pays ! En revanche, son organisme était réglé comme une horloge, et son estomac criait systématiquement famine vers 15 heures, heure de San Francisco.

Cependant, le corps d'une femme enceinte réagissait différemment. Elle avait eu l'occasion de le découvrir, et elle se réjouissait que les désagréments se limitent à quelques accès de fatigue. Tout valait mieux que les nausées des premières semaines !

Elle suivit Teo dans le corridor.

Elle commençait à presser le pas pour ne pas se laisser distancer, lorsqu'elle prit conscience de la situation.

Pourquoi courait-elle ainsi derrière cet homme comme un membre servile de son armée de domestiques ? D'autant qu'elle n'avait plus rien à faire avec lui.

— Attends ! Pourquoi as-tu récupéré mes bagages ?

Teo ne s'arrêta pas. Il ne daigna même pas tourner la tête vers elle, poursuivant à grandes enjambées en direction de l'immense vestibule.

— Et de quel voyage parles-tu ?

— Tu en sauras plus en temps utile, se contenta-t-il de répondre d'un ton péremptoire.

Paradoxalement, cette fermeté naturelle avait quelque chose de rassurant. Un peu comme si Teo détenait toutes les réponses.

Elle avait passé sa vie avec des adultes imprévisibles et pas toujours fiables. Par la suite, c'était toujours elle qui avait dû trouver les solutions aux problèmes. Même des hommes influents et sûrs d'eux venaient solliciter ses conseils quand leur histoire avec sa mère tournait court, ce qui finissait toujours par se produire. À la longue, ce rôle devenait pesant. Elle en avait assez de devoir gérer l'inconséquence des autres. Comparée à cela, l'autorité de Teo semblait presque reposante.

Elle serait peut-être bien inspirée de se méfier, lui murmura une petite voix intérieure.

Pourtant, elle suivit docilement Teo jusqu'au perron, devant lequel les attendait une voiture.

Dehors, le froid hivernal de cette fin d'après-midi de janvier la fit frissonner. Ce n'est qu'une fois assise sur la banquette arrière du véhicule qu'elle mesura l'étrangeté de la situation.

Qu'avait donc cet homme pour qu'elle lui obéisse sans protester, alors qu'elle ignorait l'endroit où il l'emmenait ? Pourquoi lui accordait-elle si spontanément sa confiance, au mépris de toute prudence, alors qu'en temps normal elle se serait montrée plutôt circonspecte ?

Elle avait bien une petite idée sur la question, cependant elle préféra ne pas creuser le sujet.

La voiture démarra. Elle n'emprunta pas la longue avenue menant aux grilles de l'entrée principale, mais une allée qui conduisait vers l'arrière du château et s'enfonçait dans le parc. Derrière eux, le majestueux édifice se dressait dans toute sa splendeur. De la lumière brillait à plusieurs des fenêtres.

Elle ne put s'empêcher d'admirer Teo. Beaucoup d'autres aristocrates de sa génération avaient cédé aux sirènes de l'argent facile et transformé leur demeure familiale en attraction touristique, hôtel ou centre de conférences. Lui, au contraire, il entretenait la sienne avec un soin méticuleux.

Elle ne connaissait pas réellement son ex-frère par alliance. Elle avait simplement eu l'occasion de découvrir certaines facettes de sa personnalité complexe quand elle était adolescente, puis un autre aspect moins policé, quatre mois auparavant. Toutefois, si elle avait dû citer trois de ses qualités principales, elle aurait mentionné sans hésitation l'efficacité, la fiabilité et la droiture.

Voilà sans doute pourquoi elle ne s'inquiétait pas outre mesure de cette mystérieuse expédition. D'autant que le bébé qui poussait dans son ventre lui garantissait une certaine sécurité. Teo ne s'en prendrait pas à elle, sachant que cet enfant était le sien.

Elle décida donc d'aller jusqu'au bout de l'aventure, aussi bizarre soit-elle, et monta sans se faire prier dans le jet privé stationné sur la piste d'atterrissage de la propriété.

La cabine était aménagée avec une élégance discrète. Pas de luxe tapageur, mais tout avait manifestement été prévu pour le confort des passagers.

Le vol fut de courte durée, et lorsque l'appareil amorça sa descente, elle n'avait toujours pas la moindre idée du lieu où elle allait atterrir. À en juger par le peu d'habitations éclairées et disséminées qu'elle avait aperçues du hublot, il s'agissait certainement d'une zone rurale et isolée. Cette constatation ne fit que renforcer sa perplexité.

C'est alors que Teo émergea de la cabine particulière où il s'était enfermé dès le décollage.

Sous l'effet de la stupéfaction, elle écarquilla les yeux, croyant à une hallucination.

Son Excellence si distinguée et aristocratique avait revêtu... un jean. Et un T-shirt qu'elle eut juste le temps d'entrevoir avant qu'il n'enfile par-dessus un pull épais qui aurait mieux convenu à un pêcheur scandinave qu'à un duc espagnol. Une paire de bottes robustes, dignes d'une expédition polaire, complétait sa tenue.

La pointe d'ironie dans le regard ténébreux qui la dévisageait l'empêcha de satisfaire sa curiosité, et pourtant ce n'était pas l'envie qui lui manquait.

À quoi rimait cet accoutrement ?

Une autre surprise l'attendait à la descente de l'appareil.

Il ne s'agissait pas d'un aéroport ni même d'un aérodrome, mais d'une simple bande de tarmac au milieu de nulle part. Et il n'y avait absolument personne pour les accueillir. Pas un bâtiment n'indiquait une quelconque présence humaine à proximité. Pas même le moindre hangar.

Dès sa sortie, elle fut frappée par le froid sec et glacial. Malgré l'obscurité, elle distingua des silhouettes sombres et imposantes qui ressemblaient à celles d'une chaîne montagneuse.

— Où sommes-nous ? s'enquit-elle en s'empressant de boutonner son caban, épais mais peu adapté. En pleine montagne ?

— Bienvenue dans les Pyrénées, répondit Teo sur le ton de la moquerie.

Tout à coup, elle se sentit beaucoup moins en sécurité. Toutefois, lorsqu'il s'éloigna à grandes enjambées, s'enfonçant dans la noirceur de la nuit, elle le suivit, le cœur battant à tout rompre.

De toute façon, qu'aurait-elle pu faire d'autre ?

Quel ne fut pas son soulagement en apercevant un énorme 4x4 garé un peu plus loin.

Elle tourna la tête en direction du jet qui venait de les déposer et se rendit compte qu'il s'apprêtait à redécoller.

Elle se retrouvait donc seule au monde avec Teo dans cette immensité glaciale et peu hospitalière.

Une bouffée d'angoisse la saisit, et elle faillit faire demi-tour, courir vers l'avion et supplier le pilote de la sortir de ce guet-apens. Mais elle n'en fit rien, et lorsque Teo ouvrit la porte avant du véhicule côté passager, elle trouva la force de lui adresser un sourire contraint.

Un sourire qui s'effaça vite quand le 4x4 s'engagea sur une route sinueuse, si étroite que deux voitures n'auraient pas pu s'y croiser. Les virages en épingle à cheveux se succédaient, les phares éclairant par intermittence des parois rocheuses verticales et ce qui ressemblait à des précipices vertigineux.

Teo n'avait connecté aucun système GPS. Il semblait connaître l'itinéraire et se concentrait sur sa conduite, sans lui adresser la parole.

Avait-il décidé de se débarrasser d'elle en l'abandonnant dans un endroit désert où elle mourrait de froid et où son corps gelé ne serait jamais retrouvé ?

Elle agrippa la poignée de la portière et pria intérieurement pour que son supplice s'achève vite.

Elle se rassura comme elle pouvait en songeant qu'il ne ferait jamais de mal au futur héritier, appelé à devenir le vingtième duc de Marinceli. À défaut de cœur, Mateo Enrique Armando de Luz avait le sens de l'honneur, et la pérennité de sa lignée passait avant tout.

Elle était convaincue qu'elle attendait un garçon, et le test l'avait confirmé. Maintenant qu'il n'y avait plus de doute possible, elle avait hâte de rencontrer cet enfant.

Leur fils...

À condition, bien entendu, qu'elle survive à cette expédition suicidaire.

Celle-ci se termina soudain. Non parce que la voiture versa dans un fossé, mais parce que le ruban de goudron s'interrompit brusquement.

Dans le faisceau des phares, elle devina un minuscule chalet au toit couvert de neige. On aurait plutôt dit une cabane de bûcheron rudimentaire, somme toute assez peu accueillante.

S'agissait-il de la maison du gardien ?

Si elle s'attendait à en voir surgir un homme à tout faire qui les conduirait à une demeure plus cossue, il n'en fut rien. Teo coupa le moteur, puis jeta un bref coup d'œil dans sa direction avant de sortir du véhicule sans plus de formalités.

Hors de question de le suivre. Dehors, il faisait nuit noire, et la bise soufflait.

Elle resta à l'abri dans l'habitacle, une main pressée contre son ventre pour protéger d'un danger éventuel le petit être à l'intérieur. Elle vit le futur père – cette idée la mettait mal à l'aise – se diriger vers l'entrée et fouiller dans sa poche d'où il tira une clé qu'il inséra dans la serrure. Il poussa la porte en bois rustique et disparut à l'intérieur.

Pendant un moment qui lui parut une éternité, elle se retrouva seule dans l'obscurité. Pour chasser son appréhension, elle s'efforça de respirer calmement.

Pas si facile quand les scénarios les plus lugubres se succédaient dans son esprit...

Une lumière vacillante se mit à briller faiblement dans la cabane. Quelques minutes plus tard, Teo ressortit. Il souleva le hayon du coffre et entreprit de transférer les bagages ainsi que plusieurs sacs contenant manifestement des provisions.

Elle attendit de voir passer sa valise pour se décider à contrecœur à quitter l'habitacle. Elle pénétra prudemment dans la pièce principale, où elle découvrit avec stupeur qu'une cheminée où brûlait un feu trônait au centre. Celle-ci n'était pas toute jeune, à en juger par l'usure des pierres et la crémaillère où était suspendu un chaudron.

On se serait cru au Moyen Âge !

La décoration, pour le moins spartiate, indiquait qu'il s'agissait d'une cabane de chasse. Non loin de l'âtre se trouvaient un vieil évier, une petite table et un placard tout aussi vétustes. Le coin cuisine, probablement. Deux canapés en cuir râpé aux coussins avachis complétaient cet ameublement sommaire. Derrière, une porte menait à une chambre exiguë, occupée en majeure partie par un lit double.

Elle sentit son pouls s'accélérer.

Teo s'évertuait à bricoler un objet. Ce ne fut que lorsqu'il se retourna qu'elle comprit de quoi il s'agissait.

Une lampe à huile.

Il venait d'allumer *une lampe à huile* !

Son cœur fit un bond dans sa poitrine.

Un feu de cheminée, quelques lanternes... Sauf erreur de sa part, ils se trouvaient complètement isolés au sommet d'une montagne, sans électricité et vraisemblablement sans eau courante. Elle était prête à parier qu'il n'y avait pas non plus de couverture réseau. Donc impossible de se servir de son téléphone portable pour demander de l'aide au cas où les choses tourneraient mal.

— Que faisons-nous ici, Teo ? Un retour au Moyen Âge ?

Il sourit, mais elle surprit dans son regard une lueur très nettement inquiétante.

Celle qui brille dans les yeux d'un prédateur peu avant qu'il se jette sur sa proie.

5

Inutile de dramatiser, songea Amelia. Elle avait devant elle un duc, pas un fauve. Par ailleurs, elle-même n'avait rien d'une gazelle fragile et sans défense.

Pourtant, le sourire de Teo ne lui disait rien qui vaille.

— Je viens ici au moins une fois par an pour échapper aux pressions de la vie moderne, déclara-t-il avec une froideur qui avait quelque chose d'insultant. Je chasse pour me nourrir ou je prépare mes repas selon ce qui me tombe sous la main. Je m'immerge dans le silence de la nature, ce qui me permet d'en apprendre plus sur moi-même. Je ne saurais trop recommander ce genre d'expérience extrêmement salutaire.

Elle aussi aimait communier avec la nature, et ce n'étaient pas les vastes espaces naturels qui manquaient en Californie. En revanche, dans ces rares moments privilégiés, elle aspirait à la solitude et non à un tête-à-tête. Encore moins avec Teo de Luz...

— Je suis flattée que tu aies pensé à m'en faire profiter, rétorqua-t-elle d'une voix trop haut perchée à son goût. Cette invitation me va droit au cœur quoique ton refuge puisse être qualifié de « rudimentaire ».

— Je l'admets volontiers. Un peu de simplicité de

temps à autre aide à garder les pieds sur terre. Nous verrons si tu réussis à t'adapter à ce confort rustique, voire à l'apprécier à sa juste valeur.

Son air suffisant était à la limite du supportable.

— Les gens ont souvent du mal à supporter l'isolement et le silence. Quoi qu'il en soit, je dois avouer que tes états d'âme m'importent peu. Ce qui compte, c'est que tu portes le futur héritier de mon duché.

— Il me semble que tu me l'as déjà dit quand nous nous trouvions dans une autre de tes vieilles demeures. Tu sais, celle où il y a l'électricité.

— Le problème avec toutes mes autres propriétés, c'est qu'elles sont trop dépendantes de la modernité, répondit-il, songeur, comme s'il avait soudain oublié sa présence et qu'il se parlait à lui-même. Ici, il n'y a rien ni personne entre un individu et le Créateur. Juste du temps et de l'espace, deux facteurs propices à la réflexion.

— En ce qui me concerne, c'est tout réfléchi. J'ai déjà pris ma décision, et je n'ai pas l'intention de revenir dessus.

Elle distingua une pointe d'hystérie dans sa propre voix. Quelle idiote ! Elle n'allait tout de même pas céder à la panique pour une malheureuse nuit dans un chalet ! Si Teo cherchait à la déstabiliser, elle n'avait pas l'intention de lui donner satisfaction. À coup sûr, ils reprendraient l'avion le lendemain matin pour regagner la civilisation.

Il s'installa sur l'un des canapés et étendit nonchalamment les jambes.

— En l'occurrence, il me semble préférable que nous réfléchissions à deux.

— Pardon ?

De nouveau, il lui offrit ce sourire qui n'en était pas un et s'apparentait davantage à une menace.

— Je me suis toujours arrangé pour éviter de me retrouver dans ce genre de situation. Et pourtant, me voilà bel et bien pieds et poings liés.

Dans les veines de cet homme coulait le sang de plusieurs générations de seigneurs de guerre et de hauts dignitaires experts dans l'art de déjouer les complots et de tirer les ficelles dans l'ombre des monarques. Elle ferait bien de se le tenir pour dit.

— Dois-je te rappeler que tu as utilisé un préservatif ? Tu ne peux donc pas insinuer que je t'ai piégé en me faisant délibérément faire un enfant. C'est moi qui pourrais éventuellement t'en vouloir de ne pas l'avoir mis correctement.

D'autant qu'il s'agissait pour elle de sa première expérience, que Teo s'en soit rendu compte ou non... Mais elle n'avait pas l'intention de s'aventurer sur ce terrain.

Il l'étudiait de cet air distant et supérieur derrière lequel il avait une fâcheuse tendance à s'abriter.

— Toujours est-il que nous n'aurions pas cette discussion si, en septembre dernier, j'avais su qui tu étais.

— Cela ne...

— Cela suffit.

Il n'avait pas haussé la voix, mais son ton impérieux lui cloua le bec.

Et dire qu'elle s'imaginait connaître son ex-frère par alliance ! En fait, elle avait affaire à un inconnu. Un inconnu avec lequel elle se trouvait coincée au sommet d'une montagne, loin de tout, dans une cabane dépourvue d'électricité et de téléphone, sans possibilité de joindre qui que ce soit puisque, comme un coup d'œil discret à l'écran de son téléphone portable le lui avait confirmé, il n'y avait aucun réseau.

Cette pensée lui fit froid dans le dos, et le sentiment de panique revint en force.

— Ne compte pas sur moi pour argumenter, reprit Teo. Je n'ai pas la moindre envie de t'entendre débiter des excuses ou des arguments qui, de toute façon, ne changeront rien. Nous savons, toi comme moi, ce que tu as fait. Le résultat, c'est que, à présent, tu portes mon enfant.

D'un geste instinctif, elle posa une main sur son ventre, et elle vit le regard de Teo se fixer au même endroit.

Cet instant fugace d'intimité partagée la mit étrangement mal à l'aise. Debout près de la porte, elle avait l'impression d'être une domestique en train de se faire sermonner par le maître de maison parce qu'elle avait brisé un vase. Tout duc qu'il était, Teo n'avait pas à lui parler sur ce ton condescendant. Il n'était pas son patron, et elle détestait la soumission.

Par la fenêtre, elle jeta un coup d'œil à la voiture garée dehors.

Si seulement il avait laissé la clé sur le contact ! Elle aurait pu partir et le planter là, dans ce fichu chalet.

D'accord, mais pour aller où ? Il faisait nuit noire, et c'eût été une folie de s'aventurer sur la route tortueuse qui les avait conduits jusqu'ici. D'autant qu'elle aurait risqué de mettre la vie de son bébé en danger.

Nerveuse, elle entreprit d'ôter son manteau, qu'elle jeta sur une chaise. Puis, avec une nonchalance affectée, elle prit place sur le canapé en face de Teo.

— Que Son Excellence me pardonne, mais toute cette mascarade commence à ressembler à un kidnapping.

Teo se contenta de hausser les épaules, comme s'il se moquait éperdument de ce qu'elle pouvait penser.

— Appelle cela comme tu veux. Je t'ai amenée ici parce que cet endroit se prête particulièrement à la méditation.

— J'habite à San Francisco où, crois-moi, il y a des tas de lieux propices à ce genre d'exercice. En l'occurrence, j'ai l'impression qu'il s'agit plutôt d'un « stage de méditation encadrée » que d'une réelle opportunité pour moi de développer mon propre mode de réflexion.

— Les circonstances en ont décidé ainsi, *cariña*.

Un mot tendre qui, dans la bouche de Teo, sonna presque comme une insulte tant son ton était railleur.

Elle ressentit un petit pincement au cœur, qu'elle se reprocha aussitôt.

Elle n'allait tout de même pas traîner toute sa vie ses sentiments d'adolescente comme un boulet ! Il était plus que temps de tourner la page et de se concentrer sur l'avenir. Un avenir avec l'enfant de Teo...

— Il est inenvisageable qu'un Marinceli naisse en dehors des liens sacrés du mariage, ajouta celui-ci comme s'il formulait une évidence.

— Pourtant, je ne t'épouserai pas.

— Cela n'a rien à voir avec une quelconque inclination. Il s'agit purement et simplement d'un état de fait. Mon enfant – mon fils – sera le prochain duc, le vingtième du nom. Il doit non seulement porter mon patronyme, mais recevoir une éducation digne de son rang et conforme à nos traditions familiales. Il lui faut être formé dès son plus jeune âge aux responsabilités qui seront les siennes plus tard.

— Je ne me marierai pas avec toi, et il est hors de question que tu te mêles d'éduquer mon enfant !

En surprenant une lueur de satisfaction dans le regard ténébreux de son « hôte », elle se rendit compte que sa voix était montée dans les aigus.

— Tu ne seras sans doute pas étonnée d'apprendre que tu n'es pas la première jeune mariée rétive de notre lignée. Le premier duc de Marinceli a épousé une jeune femme contre son gré. C'est ce qui l'a incité à bâtir *El Monstruo*. Une prison ayant les apparences d'un château.

Elle sentit un frisson lui parcourir le dos.

— Tu n'écoutes pas ce que je te dis, Teo. Il n'y aura pas de noces. Je me suis promis il y a longtemps de ne jamais me marier.

— Et moi, je m'étais promis de ne jamais approcher Marie French ou qui que ce soit de son entourage. Il semble que les serments soient faits pour être brisés.

— En ce qui me concerne, je me suis fixé une règle stricte : celle de ne fréquenter que des hommes normaux. Des hommes ayant les pieds sur terre et jugeant plus correct pour un premier rendez-vous d'inviter une jeune femme à boire un verre ou à dîner quelque part plutôt que de la séquestrer en pleine montagne. Quelque chose de simple, en somme. Pas besoin de titre ronflant, de jet privé et de rapt.

— Ou, pour prendre un autre exemple, de se déguiser pour séduire un homme trop confiant, ajouta Teo avec un demi-sourire perfide.

— Cela ne me viendrait pas à l'esprit de qualifier une personnalité de ta trempe de « trop méfiante » ! s'exclama-t-elle sur le ton de la raillerie.

— Pour ma part, je préfère les femmes qui sortent de

l'ordinaire et ne se contentent pas de banalités d'usage, rétorqua-t-il, visiblement piqué au vif par sa remarque.

À en juger par son expression, il n'y avait pas l'ombre d'un doute : elle n'appartenait pas à cette catégorie.

Elle pencha la tête de côté, une attitude qu'elle avait vu sa mère répéter des dizaines de fois quand elle cherchait à convaincre son interlocuteur.

— À force d'évoluer parmi le gotha des puissants et des riches, on finit par perdre le sens des réalités. Moi, je préfère les hommes qui s'intéressent à moi pour ce que je suis. Pas parce que je représente un futur trophée ou que je fais partie de la même caste. Des relations saines, en quelque sorte.

Teo eut une moue dédaigneuse.

— Médiocres, je dirais. De toute façon, inutile d'ergoter. Que cela te plaise ou non, tu m'épouseras. Tu deviendras la duchesse de Marinceli, et si tu t'imagines que je m'engage de gaieté de cœur, tu te trompes lourdement. Cette perspective ne me transporte pas de joie plus que toi.

Elle s'efforça de lui opposer un masque imperturbable, comme si ses propos blessants ne l'affectaient pas le moins du monde.

C'en était fini de l'adolescente qui espérait vainement la reconnaissance de son frère par alliance.

— Ma compagnie ne t'insupporte sûrement pas à ce point. Sinon, tu ne t'imposerais pas l'épreuve d'un huis clos au milieu de nulle part.

— Adolescente, déjà, tu avais la langue bien pendue et tu cherchais à avoir le dernier mot. Je constate que le temps et la maturité n'ont pas réussi à adoucir ton caractère.

— Raison de plus pour ne pas m'épouser.

— Le devoir m'y oblige bien que tu me sois inférieure, déclara Teo d'une voix impassible, comme s'il énonçait une évidence incontestable. Et malgré tout ce que cela peut avoir d'humiliant de me trouver contraint de brader mon nom, mon statut et les valeurs ancestrales des Marinceli en m'unissant à la fille d'une croqueuse de diamants que sa réputation précède.

Il s'était exprimé sur un ton si policé, en dépit de la dureté de son regard, qu'elle crut avoir mal entendu.

— Et pas n'importe quelle intrigante. Marie French en personne ! ajouta-t-il, enfonçant le clou avec un dégoût manifeste. Malheureusement, il n'y a pas d'autre solution. Ce qui arrive par ta faute est irréversible, et maintenant nous allons tous les deux en payer le prix pour le restant de nos jours.

Quel détestable goujat !

Amelia encaissait les insultes sans ciller. Elle ne donnerait pas à Teo la satisfaction de perdre son sang-froid et de lui bondir à la gorge pour lui faire ravaler ses propos injurieux, même si ce n'était pas l'envie qui lui en manquait.

— On ne peut pas non plus franchement dire de toi que tu es le candidat idéal.

Contre toute attente, il éclata d'un rire sans joie.

— Tu mens mal, ma chère ! Il n'y a pas meilleur parti que moi, et tu le sais pertinemment. Ton initiative éhontée va te valoir une ascension sociale vertigineuse, ascension que tu ne mérites en aucune façon. Je ne connais pas une seule princesse célibataire en Europe qui refuserait le privilège d'intégrer la famille de Luz.

Elle fut saisie d'un tremblement incontrôlable. Pas de froid ou de désir, mais de colère.

— Je ne suis pas sûre de bien comprendre... Insinuerais-tu par hasard que l'humble roturière que je suis a prémédité son coup pour piéger l'illustre rejeton d'une noble lignée afin d'assouvir ses rêves de grandeur ? attaqua-t-elle d'un ton acerbe.

Teo écarta la question d'un revers de main.

— Après tout, ma descendance tirera peut-être profit de l'injection imprévue dans ses veines d'un sang...

— De paysan yankee ?

— Inutile d'épiloguer, le mal est fait. À présent, nous devons en gérer les conséquences. Nous avons plusieurs mois avant l'échéance. Assez de temps, à mon avis, pour nous concentrer sur les réels enjeux.

— Le seul enjeu qui compte à mes yeux, c'est le bien-être de mon bébé ! Or, au vu de cette cahute et de ta réaction, je me dis que j'aurais mieux fait de rester bien tranquillement dans mon appartement à San Francisco, où je pourrais oublier jusqu'à ton existence !

Il l'observa avec un mélange d'incrédulité et de pitié, comme s'il avait devant lui une bête curieuse dans un zoo miteux.

— Peux-tu m'affirmer en toute honnêteté, que tu n'as pas délibérément provoqué ce désastre ?

— Je n'avais pas du tout planifié de me retrouver enceinte, si c'est ce que tu sous-entends, rétorqua-t-elle, se gardant de lui fournir davantage de détails sur son plan initial. La nouvelle de ma grossesse a été un choc pour moi, et il m'a fallu du temps pour me faire à l'idée que j'allais devenir mère. Que tu me croies ou non, il s'agit d'un accident. En revanche, soyons clairs sur un point, Teo : mon bébé n'a pas à pâtir de cette situation bancale, et je l'aime autant que si je l'avais conçu « délibérément », pour reprendre ton terme.

— Donc, tu n'as pas manigancé cette mise en scène dans le but de t'enrichir en me mettant le grappin dessus ?

— Pas du tout ! Combien de fois devrai-je te le répéter ?

— Désolé, mais je n'en crois pas un mot.

La fatigue aidant, elle sentit son trop-plein d'émotions déborder. Elle lâcha prise et ouvrit grand les vannes de son indignation et de sa frustration.

— Plutôt mourir que de passer le reste de mon existence liée à un animal à sang froid de ton espèce ! Pas même une nuit !

Et tant pis pour la midinette qui sommeillait encore en elle. Comment avait-elle pu être assez stupide pour s'amouracher d'un individu aussi odieux, imbu de sa personne et dénué d'empathie ?

— Ne va pas te jeter du haut d'un ravin pour autant, rétorqua Teo sèchement. D'autant que, maintenant, je me sentirais obligé de te secourir. Considère cette expérience comme une chance de faire tes preuves. Il n'y a pas âme qui vive à des kilomètres à la ronde. Juste toi et moi, et un mode de vie rudimentaire qui en rebuterait plus d'une, même les manipulatrices de la trempe de…

— Je te préviens : si tu prononces encore une seule fois de cette façon le nom de ma mère, je crains de perdre toute retenue ! Peut-être comprendras-tu alors qu'on ne peut pas jouer impunément avec la sensibilité des gens.

Teo accusa réception de son message d'un signe de tête qui n'avait cependant rien d'une capitulation. Un peu à la manière d'un roi voulant témoigner un peu de magnanimité à l'égard d'un manant.

— Tu aurais dû réfléchir à deux fois, en septembre dernier, avant de mettre à exécution cette mise en scène ridicule dont j'ignore le but. Tu es sans doute parvenue à tes fins, mais tu as commis une erreur monumentale : celle de me sous-estimer. Tu ne tarderas pas à te rendre compte que je ne fais pas partie de ces hommes dont on peut se jouer impunément. Nous resterons ici le temps qu'il faudra. Si tes intentions de départ n'étaient pas de m'extorquer de l'argent, tu as tout le loisir de me le prouver.

— Je n'ai rien à prouver, ni à toi ni à quiconque ! Je suis une adulte, et je n'ai pas besoin d'une quelconque bénédiction pour mener ma vie comme je l'entends.

— Dans ce cas, *cariña*, prépare-toi à passer un hiver rude.

6

Teo faillit sourire devant les yeux écarquillés d'Amelia : de toute évidence, celle-ci avait cru qu'il plaisantait.

— Nous n'allons tout de même pas rester ici tout l'hiver ?

— Pourquoi pas ? Tout dépend de toi, Amelia.

Elle le dévisageait, attendant manifestement qu'il lui fournisse des explications. Au lieu de quoi, il se contenta de soutenir son regard, impassible, laissant le silence s'installer entre eux.

Pas question de lui faciliter les choses.

Plus il l'observait, moins il comprenait comment il avait pu ne pas la reconnaître en septembre dernier. D'accord, elle arborait alors un rouge à lèvres de couleur criarde, mais qui ne réussissait pas à cacher le dessin sensuel de ses lèvres pulpeuses.

Il mesura soudain que c'était la première fois qu'il se permettait de la regarder vraiment : elle n'était plus ni trop jeune, ni sa sœur par alliance, et elle ne se dissimulait plus derrière un masque.

Il s'était déjà résigné au fait qu'elle portait son fils. Il n'ignorait pas tout ce que cela impliquait. Il avait toujours su qui il était et ce qu'il valait.

Plus elle le considérait, cherchant à deviner ses intentions, plus il prenait conscience d'une sensation qu'elle lui inspirait sans nul doute depuis longtemps : une sorte de chaleur mêlée de fébrilité qui n'attendait qu'une étincelle pour se muer en brasier.

Mais il n'était pas homme à succomber à ses pulsions. Il ne s'y était abandonné qu'à une seule occasion : lors de ce bal masqué. Un moment de faiblesse lourd de conséquences...

À cette maudite réception, le duc de Marinceli était censé tenir son rôle d'hôte, et non s'isoler dans un petit salon avec une inconnue, si superbe soit-elle. Jusqu'à ce soir fatidique, il ne s'était jamais autorisé une telle spontanéité. Son existence était planifiée, tracée, maîtrisée.

Dans le petit salon, une fois leur désir passionné assouvi, il n'avait pas prononcé un mot. Il était trop perturbé. Il avait regardé la mystérieuse rousse qui, en retour, lui avait offert un sourire. Avait-il alors, à ce moment précis, reconnu cette bouche ? Était-ce pour cette raison que ce sourire était resté gravé dans sa mémoire comme un reproche ?

La jeune femme s'était éclipsée et, quand il avait rejoint ses invités dans la salle de bal, il n'avait pas été mécontent de constater qu'elle avait disparu. En revanche, à son réveil le lendemain matin, il avait éprouvé une énorme frustration, et le souvenir de leurs ébats avait ravivé son ardeur avec une force incroyable.

Depuis, il s'était efforcé d'apaiser sa conscience en se disant qu'un bref instant d'égarement ne compte pas comparé à une vie de droiture. Et il avait presque réussi à s'en convaincre... Jusqu'à ce qu'Amelia vienne frapper à sa porte.

Et voilà qu'il se retrouvait en tête à tête avec elle.

Le pire, c'est que son corps réagissait avec la même vigueur enthousiaste que le soir qui l'avait précipité dans ce marasme.

Pourtant, ce soir, Amelia n'avait rien de commun avec la créature spectaculaire dont la robe moulait des formes à damner un saint. Sa tenue plus qu'ordinaire ne faisait que mettre en évidence son inaptitude à assumer le rôle de duchesse.

Il n'avait pas imaginé sa future épouse dans ce genre de vêtements banals que les personnes lambda s'achètent dans des centres commerciaux hideux dont il ne saisissait pas l'attrait. Et il avait encore moins envisagé qu'elle puisse être américaine. Quant à ce qu'il s'agisse de la fille de Marie French...

Non, mieux valait ne pas s'engager dans cette voie, cela risquait de le faire sortir de ses gonds.

Tandis que le silence devenait plus lourd de minute en minute, il se mit à réfléchir à leur situation actuelle. Une situation qu'il avait créée de toutes pièces et dont, cette fois, il avait la maîtrise.

Ce chalet avait été le refuge favori de son grand-père, le dix-septième duc de Marinceli, qui veillait à ne jamais y manquer de whisky, son alcool préféré. C'était le seul endroit où Teo s'autorisait à en boire le soir, perpétuant ainsi la tradition.

Il se leva, constatant non sans un certain plaisir perfide qu'Amelia se tendait, sur la défensive.

Il s'approcha du bar et se servit une bonne rasade de liquide ambré, puis il choisit un livre parmi ceux qui s'étaient accumulés au fil des générations sur les étagères de la petite bibliothèque d'angle. Il s'installa ensuite confortablement au coin du feu pour profiter d'une soirée paisible.

Du moins, censée l'être, car il avait beau feindre d'ignorer la présence d'Amelia, il guettait la moindre de ses réactions, notant la manière dont elle avait retenu sa respiration quand il était passé à côté d'elle.

— Tu as l'intention de rester assis ici à lire ? s'enquit la jeune femme au bout d'un moment.

Il plongea son regard dans le sien.

— As-tu une autre idée en tête ?

Elle rougit, mais ne répondit pas à la provocation.

Une fois son verre vide, il se leva sans plus de commentaire pour aller se coucher.

Il la vit ouvrir la bouche pour dire quelque chose – protester, sans doute –, puis se raviser.

Cette épreuve ne pouvait que l'aider à mesurer la gravité de la situation, songea-t-il en se glissant sous la couette.

Mais agissait-il dans leur intérêt commun, ou par pure vengeance ?

Certainement un peu des deux, mais cela ne lui posait aucun problème de conscience.

Il eut le temps de réfléchir à la question, car le sommeil prit un malin plaisir à le fuir. Allongé sur le dos, les yeux fixés au plafond, il attribua son insomnie à la colère. Comment aurait-il pu en être autrement ?

Tôt ou tard, cette femme l'épouserait, et il ne savait pas s'il était plus offensé par une telle mésalliance ou par le fait que cette perspective semblait rebuter Amelia encore plus que lui.

Sa vie, censée poursuivre sa trajectoire rectiligne, avait opéré un virage brutal. Et tout ça à cause des manigances de cette fille… Et d'un accès de faiblesse de sa part.

Le film des événements tournait en boucle dans son esprit enfiévré. Une succession d'images érotiques peu propices au repos. D'autant que sa protagoniste se trouvait dans la pièce voisine…

Aux premières lueurs de l'aube, il abandonna tout espoir de se reposer. Il n'avait quasiment pas fermé l'œil de la nuit. Il se leva et ne fut pas surpris de trouver Amelia roulée en boule sur le sofa, là où il l'avait laissée la veille au soir.

Des emballages vides traînaient sur la table, indiquant qu'elle avait grignoté des barres de céréales en guise de dîner. Elle avait empilé sur elle plusieurs plaids pour se protéger du froid et avait laissé le feu s'éteindre.

Il éprouva un curieux pincement au cœur en la découvrant ainsi, recroquevillée sous des couvertures de fortune, mais il préféra l'ignorer pour saisir l'occasion d'expliquer à quoi allait ressembler leur séjour ici.

Il prit un certain plaisir – un plaisir certain, d'ailleurs – à la réveiller.

— Nous sommes en plein hiver, dit-il en la toisant du haut de son mètre quatre-vingt-cinq tandis qu'elle ouvrait péniblement les yeux et regardait autour d'elle, visiblement désorientée. Tu ne peux pas laisser le feu s'éteindre, Amelia. Une femme qui s'apprête à donner naissance et à veiller sur un être aussi fragile qu'un nourrisson doit avoir un instinct de survie plus affûté.

Elle portait encore ses vêtements de la veille, et ses cheveux blonds en désordre lui masquaient en partie le visage. D'un mouvement de tête qu'il ne put s'empêcher de trouver gracieux, elle les rejeta en arrière et se redressa pour le fusiller du regard.

Non, il n'y avait rien chez Amelia Ransom qui soit

susceptible de le séduire, voire de l'attirer. Elle était commune et manquait de raffinement et d'élégance...

Du moins essayait-il de s'en convaincre, car, tout bien considéré, la dureté de la partie médiane de son anatomie indiquait le contraire.

— Je n'ai pas particulièrement l'intention d'élever mon enfant dans une cabane perchée au sommet d'une montagne, répliqua-t-elle, ajoutant l'insolence à sa déjà longue liste de défauts.

Elle ne se privait pas de lui montrer qu'il ne l'impressionnait pas et ne lui inspirait aucun respect. Ce qu'il trouvait... déconcertant, peu habitué qu'il était à être traité de la sorte.

— Dois-je comprendre que tu ne sais pas t'occuper d'un feu ? J'ai du mal à le croire.

— C'est pourtant le cas. Pour ma part, je préfère contempler la nature depuis un endroit confortable plutôt que de m'aventurer dans des contrées sauvages en croisant les doigts pour que tout se passe bien.

Il la dévisagea, fasciné malgré lui par la lueur de fierté qui éclairait son regard d'un violet manifestement plus sombre le matin.

— Le bivouac ne fait pas partie de mes passe-temps favoris. Mes domaines d'expertise ont plus trait à la finance et la gestion de patrimoine qu'à la survie au milieu de nulle part, précisa-t-elle. En bref, allumer un feu n'a pas figuré au programme de ma formation. Désolée.

— Il fallait s'y attendre. Pourquoi Marie French aurait-elle enseigné à sa fille des tâches subalternes et utiles ?

— Ton obsession vis-à-vis de ma mère est assez malsaine, rétorqua Amelia d'un ton égal.

Seule la crispation de sa mâchoire indiquait son énervement. Elle haussa les épaules, désinvolte.

— Toutefois, cette preuve de faiblesse t'humanise, dans le sens où elle te rend aussi barbant et banal que les autres hommes que j'ai rencontrés jusqu'à présent.

De toute évidence, elle essayait de le faire sortir de ses gonds. Et le pire, c'était que sa tactique fonctionnait : il sentait monter la pression.

Le problème avec Marie French, ce n'était pas seulement qu'elle avait épousé son père, usurpant la place de sa mère et souillant sa mémoire. D'autres femmes tout aussi détestables lui avaient succédé et avaient agi de même, bien qu'avec moins d'efficacité. Ce n'était pas non plus qu'elle avait été d'un rang nettement inférieur au statut social des de Luz. Le vrai problème, c'était que Luis Calvo avait été fou amoureux d'elle. Beaucoup plus que de la seule duchesse qui, aux yeux de Teo, méritait son titre : sa mère. Et cela, jamais il ne le pardonnerait à cette intrigante.

Et dire qu'il se retrouvait aujourd'hui lié à sa fille par des chaînes dont il savait pertinemment qu'il ne les briserait pas, aussi pénible que soit cette perspective...

— Permets-moi de t'expliquer comment j'envisage les choses. En fait, tu as le choix entre deux options.

Amelia se retint manifestement de lui bondir à la gorge.

— *Le choix !* Quel choix ? Comment peux-tu dire une ineptie pareille, alors que tu me séquestres ici et que tu te comportes purement et simplement comme un geôlier ?

— On a toujours le choix, ma chère. Même si c'est entre la peste et le choléra.

Amelia eut soudain l'air lasse. Elle se frotta les yeux comme pour s'extraire d'un mauvais rêve.

— Combien de fois vais-je devoir te répéter que je refuse de t'épouser ? Hors de question d'élever mon enfant avec toi.

— *Notre* enfant. Si tu crois pouvoir m'en priver, tu te trompes lourdement. J'ai la ferme intention de m'en occuper et de l'éduquer.

— C'est drôle, parce que je me rappelle avoir entendu ton père évoquer le bataillon de nurses qui était à tes petits soins. Or, si je ne m'abuse, tu es très fier de l'éducation que tu as reçue.

— Je ne suis pas mon père.

Ce n'est qu'une fois que ces mots eurent franchi la barrière de ses lèvres que Teo mesura à quel point il en était convaincu. Il n'avait cependant pas envie de creuser le sujet, encore moins avec la fille de celle qui avait détruit le vieux duc.

— Tu auras beau me cloîtrer pour le restant de mes jours, je ne changerai pas d'avis.

— Dans ce cas, je crains que nous ne demeurions ici encore un bon moment.

Elle le défia du regard.

— Je croyais que tu allais me proposer une alternative, pas me condamner à une peine de prison à perpétuité.

— À qui la faute ? En abusant de ma confiance, tu t'es piégée toi-même.

Il la fixa d'un air accusateur, pensant qu'elle finirait par baisser les yeux, mais elle n'en fit rien, et contre toute attente, il n'en eut que plus envie d'elle.

— L'unique choix dont tu disposes, c'est de décider comment tu vas occuper ton temps durant ton séjour au chalet.

— Ta magnanimité me touche. Je commence à

comprendre la raison pour laquelle le célibataire le plus convoité de la planète n'est toujours pas marié à son âge...

Il retint son souffle, outré.

Sa position sociale l'exposait forcément à des critiques dictées le plus souvent par la jalousie. En revanche, personne n'avait osé les lui formuler ouvertement jusqu'à maintenant.

Au prix d'un effort considérable, il réussit à retenir la remarque cinglante qui lui venait spontanément à l'esprit.

Il n'avait pas conduit Amelia dans son refuge pour se la mettre encore plus à dos, mais au contraire pour l'amadouer et parvenir à ses fins – sur le mode de la main de fer dans un gant de velours, bien sûr. Car il était absolument inconcevable que l'enfant dont il était le père ne porte pas son nom et vive loin de lui, dans le Nouveau Monde où les valeurs traditionnelles de l'aristocratie espagnole brillaient par leur absence.

— Nous ne pouvons pas nier qu'il existe une certaine alchimie entre nous, déclara-t-il, changeant de tactique.

C'était le moins que l'on puisse dire. Même avec ses cheveux ébouriffés, son regard insolent et son visage dépourvu de maquillage, Amelia continuait de l'attirer terriblement.

— Certains mariages s'appuient au départ sur bien moins que ça.

Amelia se leva, gardant sur elle l'un des plaids qu'elle serra contre sa poitrine comme pour préserver sa pudeur, alors qu'elle avait dormi tout habillée.

— Au Moyen Âge, peut-être, mais plus maintenant, jeta-t-elle. Teo, je sais que les de Luz ont toujours été figés dans le passé. Cependant, rien ne t'oblige à suivre l'exemple de tes aînés, et à te résigner à te marier. Je ne serais qu'un boulet pour toi.

La simple politesse aurait voulu qu'il s'écarte légèrement pour lui laisser de l'espace et éviter qu'elle n'ait à renverser la tête en arrière pour le regarder. Il avait reçu une éducation raffinée qui était devenue comme une seconde nature. En revanche, en présence d'Amelia, il oubliait toutes ses bonnes manières. Il resta donc planté à un mètre à peine de la jeune femme et prit plaisir à la voir rougir lorsque leurs regards se rencontrèrent.

— Ma famille cultive des valeurs intemporelles. Peu importe de quel siècle elles datent. Il est de notre devoir de les perpétuer, génération après génération.

Les prunelles violettes s'assombrirent.

— Tout cela ne donne pas très envie. Alors, non merci.

« Non merci » !

Malgré ses bonnes résolutions, il sentit l'exaspération prendre le dessus.

Cette fille ne méritait pas qu'il l'épouse. Elle ne se rendait même pas compte de l'honneur qu'il lui faisait en l'intégrant dans sa famille. *« Non merci » !* Décidément, elle n'était pas à une ineptie près.

— Lorsque tu auras fini de te comporter comme une écervelée, que tu seras prête à accepter la réalité et à prendre ta place à mes côtés, tu pourras partager mon lit.

Il surprit une lueur de désir dans les yeux d'Amelia. Si fugace soit-elle, elle eut un effet dévastateur sur sa propre libido.

— Serais-tu en train de me proposer de coucher avec moi ?

— Pourquoi pas ? N'avons-nous pas déjà eu la preuve que nos corps s'entendent à merveille ?

— Il n'y a pas que le sexe dans la vie, dit-elle sur la défensive. Si je comprends bien, je n'aurai le droit de dormir dans l'unique lit de cette cabane que si je me soumets à tes caprices libidineux ? Cela ressemble à du chantage, non ?

Son trouble manifeste démentait ses propos.

Il haussa les épaules.

— Il ne s'agit pas d'un chantage, *cariña*, mais d'une opportunité. Si tu décides de partager le lit, tu dois le considérer comme notre lit marital. Il n'y a rien de malhonnête dans cette proposition.

— Tu as décidément de la suite dans les idées. Mais je n'ai l'intention ni de me marier, ni de dormir avec toi, et quoi qu'il advienne, je ne changerai pas d'avis, sache-le.

— Réfléchis-y à deux fois, répliqua-t-il sèchement. Si tu acceptes, je te traiterai en duchesse, et ce séjour nous permettra de construire nos futures relations de couple. Si tu refuses...

— Que m'arrivera-t-il dans ce cas ? lança-t-elle sur le ton de la bravade.

— Tu passeras tes nuits sur ce canapé, et je te traiterai en servante.

— Non, mais qu'est-ce qui cloche chez toi ? Que t'ont donc fait les femmes pour que tu les catalogues soit comme des duchesses, soit comme des domestiques ? N'y a-t-il pas d'autres catégories dans ta classification ?

— Les femmes peuvent bien appartenir à la catégorie qui leur chante. Je m'en moque éperdument. En revanche, tu disposes d'un choix plus restreint, étant donné que, par tes agissements, tu m'as privé de mon libre arbitre concernant mon avenir.

Elle pâlit mais ne dit pas un mot. Une victoire dans leur joute oratoire. Modeste, mais qu'il savoura néanmoins.

Il notait aussi une différence sensible entre Amelia et sa mère : Marie French ne lâchait jamais prise, allant jusqu'à briser tout ce qui lui tombait sous la main dans un accès de colère. Il avait eu l'occasion de le constater lors du naufrage du couple mal assorti que son père formait avec cette créature. La fille avait plus de self-control que la mère. Un bon point pour Amelia.

Profitant de cette accalmie, il décida de pousser son avantage un peu plus loin.

— Ton rôle consistera à entretenir le feu jour et nuit, car je n'ai pas envie que de mourir d'hypothermie, et à préparer trois repas par jour. Rassure-toi, ici, je me contente d'une cuisine ordinaire.

— Ce programme me transporte d'enthousiasme. Faudra-t-il aussi que je fasse la révérence quand tu rentreras pour mettre les pieds sous la table ?

— Inutile. En revanche, j'attends de toi une certaine déférence.

— Va au diable !

— Sans oublier la courtoisie élémentaire due à mon rang, ajouta-t-il suavement. Si tu te plies à ces exigences, nous devrions réussir à cohabiter sans trop de difficultés.

7

Amelia serra les poings.

— Tu es tellement habitué à ce que tout le monde t'obéisse au moindre claquement de doigts que tu as oublié dans quel siècle nous vivons, rétorqua-t-elle, articulant péniblement tant ses mâchoires étaient crispées. Je pourrais aussi rester assise sur ce canapé, t'ignorer et attendre que tu te lasses de ce petit jeu stupide qui ne semble même pas te divertir.

— Tu pourrais, en effet, admit Teo sur un ton lourd de menaces. Sache néanmoins que je suis un homme pragmatique, surtout ici. Donc, si tu refuses de me servir, je serai amené à te considérer comme l'intrigante qui a commencé ce petit jeu, avec tout ce que cela suppose...

Sous le regard chargé de sous-entendus de Teo, elle ne put réprimer un frisson.

Elle avait l'impression que les murs de sa prison se resserraient autour d'elle. L'espace d'un d'instant, elle se sentit tellement oppressée qu'elle en eut le souffle coupé. Mais pas question de montrer son trouble à cet arrogant sûr de son fait !

Elle inspira profondément et s'efforça de paraître calme.

— Tu es descendu bien bas pour en être réduit à exercer un chantage sexuel dans l'espoir de parvenir à tes fins.

L'offense était censée blesser l'amour-propre du duc, mais contre toute attente, Teo lui sourit. Le même sourire équivoque que lorsqu'il l'avait réveillée, qu'elle avait vu son visage au-dessus du sien, très près - *trop* près - et que son cœur s'était emballé.

Il tendit la main pour lui caresser la joue, son pouce effleurant ses lèvres.

Elle frémit, tandis qu'une onde de désir se répandait dans tout son corps, durcissant la pointe de ses seins et faisant naître une crispation au creux de son ventre. Une réaction disproportionnée, pour un geste somme toute plutôt pudique.

Elle était pathétique ! songea-t-elle, furieuse de sa faiblesse et de sa stupidité. Cet homme avait le don d'éveiller en elle des sensations incontrôlables qui la submergeaient complètement. Il suffisait qu'il la touche pour qu'elle perde tous ses moyens. Elle avait intérêt à se méfier d'elle-même autant que de lui.

— Penses-tu vraiment ce que tu viens de dire ? s'enquit-il d'une voix presque enjôleuse. Crois-tu que j'aurais besoin de te menacer pour « parvenir à mes fins » ?

— Depuis que, contrainte et forcée, j'ai franchi le seuil de cette cabane, tu ne cesses de jouer avec mes nerfs comme un chat avec une souris. Or, je ne me plierai pas à tes caprices d'aristocrate à qui tout est dû.

— Tu trembles, *cariña*. Tu veux savoir ce que, moi, je crois ? Je crois que, bien que tu t'en défendes, tu ne demanderais pas mieux que de venir te blottir dans mes bras et de sentir la caresse de mes mains sur ta peau nue.

— Décidément, tu ne doutes de rien, rétorqua-t-elle,

s'efforçant de chasser les images érotiques qui affluaient à son cerveau.

— Pourquoi ne te laisserais-tu pas tout simplement aller ? Ton séjour ici en serait plus plaisant.

— Il ne s'agit pas d'un séjour, mais d'une captivité.

— Étant donné que tu le prends ainsi, oublions cette façon de me satisfaire, et contentons-nous de la seconde option. Puisque je ne te trouverai manifestement pas à mes côtés dans le lit à mon réveil, je souhaite trouver mon plateau du *desayuno* prêt quand je me lève. Tu as de la chance : en règle générale, un toast et un *café con leche* me suffisent. Inutile de te lancer dans la confection d'un de ces petits déjeuners pantagruéliques dont vous raffolez, vous Américains.

Pendant un court instant, elle hésita.

Et si, finalement, elle optait pour la solution de loin la plus agréable ? Pourquoi résister à ce que lui dictait sa libido ? En toute honnêteté, elle devait reconnaître qu'elle en mourait d'envie. Pourquoi choisir le rôle de cendrillon au lieu de celui de princesse ? Par pure fierté ?

La voix de la raison l'emporta néanmoins. Ce duc imbu de lui-même méritait une leçon d'humilité, et elle n'avait pas l'intention de lui faciliter la tâche, alors qu'il l'avait quasiment kidnappée et qu'il la séquestrait dans cette cabane inconfortable perdue au milieu de nulle part. Tout bien considéré, les corvées ménagères l'occuperaient et éviteraient qu'elle ne trouve le temps trop long. À situation exceptionnelle, mesures exceptionnelles. Alors, autant prendre le taureau par les cornes !

Elle s'écarta résolument et se dirigea vers la partie cuisine.

Comme elle l'avait anticipé, il n'y avait pas l'eau

courante. Le vieil évier était alimenté non pas par un robinet, mais par une pompe d'où coulait une eau aussi glaciale que limpide. Voilà qui achevait d'éteindre le brasier qui la consumait encore au souvenir du contact de la main de Teo sur sa joue.

Avant de s'attaquer à la préparation du petit déjeuner, elle s'accorda quelques minutes de répit pour contempler le paysage à travers la fenêtre.

Le cadre était d'une beauté extraordinaire. Le pâle soleil d'hiver commençait à se hisser au-dessus des crêtes acérées et enneigées. De toute évidence, ils se trouvaient en haute montagne. L'altitude expliquait sans doute cette sensation étrange dont elle ne parvenait pas à se défaire depuis son arrivée ici.

Durant toute son enfance puis son adolescence, elle avait été ballottée d'un endroit à un autre au gré des aventures maternelles. Cela lui avait au moins inculqué une chose positive : le sens de l'adaptation.

Puisque Teo la mettait à l'épreuve, elle allait lui montrer qu'elle n'était pas l'Américaine basique et irréfléchie à laquelle il croyait avoir affaire, mais une femme indépendante, capable de se confronter aux aléas de la vie et d'assumer ses responsabilités… Et donc son statut de mère célibataire. Ainsi, elle finirait bien par le convaincre de ne pas intervenir dans l'éducation de leur fils.

Faute d'électricité, il fallait oublier la machine à expressos…

Ignorant délibérément Teo, elle entreprit d'allumer le feu dans la cheminée avant d'emplir d'eau la vieille bouilloire qu'elle posa sur le petit trépied juste à côté, puis elle ouvrit au hasard les placards de la cuisine et eut l'agréable surprise de constater qu'ils contenaient des provisions en quantité suffisante pour tenir un siège.

Encore qu'elle n'ait nullement l'intention de s'éterniser dans cette cahute !

Elle sortit des filtres et du café moulu.

Lorsqu'elle se retourna pour voir si Teo observait la façon dont elle se débrouillait tant bien que mal avec ces ustensiles d'un autre âge, elle croisa son regard brillant d'un éclat particulier, et elle ressentit une sorte de décharge électrique quelque part au fond de sa poitrine.

Décidément, sa tentative d'exorcisme d'il y a quelques mois n'avait pas eu l'effet escompté.

— Est-ce le genre de divertissements auxquels se livrent les ducs de ta famille de génération en génération ? S'isoler en pleine montagne et s'amuser à jouer aux roturiers ? Il ne t'est jamais venu à l'esprit que nous, gens du bas peuple, nous connaissons aussi le confort moderne, comme l'électricité et l'eau courante ?

— Les domestiques n'ont pas à émettre de remarques ou de commentaires, rétorqua-t-il sur un ton hautain où perçait néanmoins une pointe d'humour.

— Dans ce cas, tu n'as pas choisi la bonne personne pour t'accompagner. Je ne dois pas avoir le profil.

Elle avait beau le provoquer, elle ne parvenait pas à soutenir l'intensité de son regard et, furieuse contre elle-même, elle détourna les yeux. Autant pour se donner une contenance que pour jouer le rôle qui lui était assigné, elle versa le café qui avait fini de passer, y ajouta un peu de lait et, sans un mot, déposa la grande tasse devant Teo.

— Et maintenant, quels sont vos ordres, Votre Seigneurie ? s'enquit-elle, narquoise. Sérieusement, Teo, ajouta-t-elle alors qu'il lui opposait un mutisme total et sirotait son café avec nonchalance comme si la situation était tout ce qu'il y avait de plus normal, tu ne comptes pas m'imposer ça très longtemps ?

— En temps normal, je t'aurais demandé de nettoyer le sol qui me semble d'une propreté douteuse, répondit-il, ignorant sa seconde question. Compte tenu de ton état et du fait qu'il s'agit de mon héritier, je me sens toutefois enclin à t'accorder une heure de pause. Profites-en pour te nourrir et te rafraîchir. Ensuite, j'espère que tu réapparaîtras devant moi dans des dispositions d'esprit plus conformes à ton statut. Et si tu refuses de t'acquitter des tâches ménagères, je serai contraint d'en déduire que tu préfères l'autre rôle.

Il avait l'air si déterminé qu'elle ne douta pas un seul instant qu'il mette ses menaces à exécution le cas échéant. Aussi jugea-t-elle plus prudent de se taire, conformément au vieil adage selon lequel « la parole est d'argent, le silence est d'or ».

Les jours s'enchaînaient. Ce qu'Amelia pensait n'être qu'une tentative d'intimidation de quarante-huit heures s'éternisait.

Elle dormait sur le canapé près de la cheminée. Bien qu'elle n'ose pas se contenter de sa tenue de nuit préférée – un simple T-shirt –, elle avait assez chaud pour ne pas avoir à rester tout habillée.

Teo n'avait pas réitéré son chantage sexuel, ce qui la soulageait. Du moins cherchait-elle à s'en persuader.

Chaque matin, elle s'éveillait aux premières lueurs de l'aube. Elle ranimait le feu à l'aide de quelques bûches sur les braises encore incandescentes puis mettait de l'eau à bouillir.

Au début, elle s'était demandé jusqu'où Teo pousserait cette mascarade ridicule. La mettrait-il à l'épreuve en exigeant qu'elle balaie la neige formant parfois une congère devant la porte, ou qu'elle frotte le plancher à la brosse à dents ?

Elle avait fini par conclure que c'était mal le connaître. Même dans un cadre aussi rustique, loin du raffinement citadin, le duc était trop bien éduqué pour se laisser aller à la bassesse en la réduisant à un état de servitude totale. Tout avait été prévu pour qu'ils ne manquent de rien. Elle avait même découvert un garde-manger permettant de conserver les aliments au frais. Avec un peu d'imagination et de créativité, elle réussissait à concocter des menus variés et équilibrés. À son grand étonnement, elle commençait à prendre plaisir à ces activités domestiques qui lui vidaient l'esprit, même si, bien entendu, elle ne ferait pas ça toute sa vie. Elle devait souvent improviser, car sa mère ne lui avait enseigné aucune de ces tâches qu'elle jugeait indignes d'elle et de sa fille.

« La maîtresse de maison dirige le foyer, elle ne le récure pas », avait-elle coutume de dire.

En attendant que bouille l'eau destinée au café du petit déjeuner, elle aimait sortir pour respirer l'air froid et vivifiant à pleins poumons. Elle avait découvert à une cinquantaine de mètres du chalet, un espace dégagé qui formait une sorte de clairière. Là, dans le silence ouaté, elle admirait le paysage grandiose, enseveli sous son manteau de neige, et la pureté du ciel où le soleil commençait à poindre.

« Tu essaies de repérer une voie pour t'échapper ? lui avait lancé Teo un matin. Il faut marcher longtemps pour descendre dans la vallée. »

Elle avait sursauté. Non pas parce que, plongée dans ses pensées, elle ne l'avait pas entendu venir, mais parce que ses paroles lui avaient fait prendre conscience d'une chose incroyable : pas une seule fois, hormis le soir de son arrivée, elle n'avait réfléchi à un moyen de s'enfuir d'ici. Comme si sa prison était devenue son refuge, loin du tumulte de sa vie habituelle.

Les journées d'hiver étaient courtes. Parfois, il neigeait en abondance, les flocons tourbillonnant au gré des bourrasques.

À mesure que les jours s'écoulaient, elle notait des changements en elle. Contre toute attente, elle se sentait plus détendue, et les symptômes de stress avaient disparu : la raideur dans la nuque et les épaules, ou encore cette contraction occasionnelle au niveau de la poitrine qui lui donnait l'impression d'étouffer.

Curieusement, les tâches pourtant subalternes qui remplissaient son quotidien lui procuraient une certaine sérénité. Elles étaient simples, faciles à exécuter. Nettoyer le sol semblait un jeu d'enfant, comparé au fait de devoir débrouiller les problèmes financiers maternels. Épousseter s'apparentait à une partie de plaisir au regard des conversations téléphoniques interminables durant lesquelles sa mère s'épanchait sur ses histoires de cœur, en enchaînant les détails croustillants qu'aucune fille n'a envie d'entendre. Quant à son rôle de cuisinière, l'isolement du chalet lui facilitait paradoxalement la tâche. Elle n'avait jamais été un cordon-bleu, mais en l'occurrence, il s'agissait de concocter des menus en fonction des provisions qu'elle avait sous la main. Elle n'avait pas à se préoccuper de son manque de talent dans ce domaine, l'idée étant avant tout de se nourrir.

Et même ça, c'était infiniment préférable à l'examen sans concession auquel la soumettait Marie French lorsqu'elle lui demandait de l'accompagner à telle ou telle soirée. Elle passait tout au crible : sa tenue vestimentaire, sa coiffure, l'expression de son visage, sans oublier ses sempiternels commentaires désapprobateurs sur sa façon de mener son existence.

Comparativement, Teo était plutôt facile à vivre. Ou peut-être n'était-ce pas le bon qualificatif, car s'il ne la critiquait pas, il l'observait. Il arrivait souvent que, occupée à quelque besogne, elle lève la tête et surprenne son regard attentif fixé sur elle. Elle sentait alors son pouls s'accélérer, signe d'un trouble dont elle ne parvenait pas à se défaire. Et lorsqu'il sortait pour de longues randonnées, le chalet lui paraissait désespérément vide.

Un soir où il avait insisté pour qu'elle partage le dîner sommaire qu'elle avait préparé, elle s'apprêtait à débarrasser la table comme d'habitude, quand il interrompit son geste.

— Il y a maintenant dix jours que nous sommes ici, déclara-t-il.

Elle se rendit compte avec stupéfaction qu'elle avait arrêté de les compter et commençait à perdre la notion du temps.

— Je m'attendais à davantage de rébellion de ta part, ajouta-t-il d'un ton égal.

— On dirait que cela te frustre. Aurais-tu préféré recevoir une longue liste de récriminations ?

— Si tu espères m'avoir à l'usure, tu te trompes.

Comme tu le sais, je suis le produit d'une lignée intemporelle. Dix jours ou dix mois, pour moi, cela ne fait aucune différence.

— Au risque de te contredire, il y en a néanmoins une, et de taille, répondit-elle sèchement. Parce que, chez les humains normaux, une grossesse dure au maximum neuf mois. À moins que tu ne prévoies de m'accoucher seul dans cette masure ?

Il émit un bruit de gorge qui ressemblait vaguement à un rire.

— Tu ne me crois pas capable de dépêcher sur place une équipe médicale au grand complet ?

— Des menaces, encore des menaces, toujours des menaces. Je me plie aux règles que tu as toi-même fixées, ni plus ni moins. Ce n'est pas ma faute si tu commences à le regretter.

— Cette apparente sérénité ne colle pas avec les petites plaintes que tu pousses durant ton sommeil, *cariña*, rétorqua-t-il avec un sourire légèrement moqueur. Il semble que tu aies des nuits agitées.

Il est vrai qu'elle se réveillait souvent, le corps brûlant de désir, au point qu'elle devait repousser les couvertures malgré le froid qui régnait dans la pièce. En revanche, elle ignorait que ses rêves érotiques lui arrachaient des gémissements. Mais comment pouvait-il les entendre alors qu'il fermait systématiquement la porte de la chambre ?

Tout cela était franchement gênant. Elle décida de ne pas répondre à la provocation.

— Je me laisse peu à peu séduire par le charme de cet endroit, rétorqua-t-elle sur le ton de la bravade, afin de masquer son embarras. J'avais fini par oublier que l'on peut vivre sans téléphone portable. Se couper du monde moderne qui vous happe dans son tourbillon permet de se recentrer sur soi-même. De prendre du recul.

Tout cela n'était qu'en partie sincère. Car c'était difficile de prendre du recul quand l'homme qui hantait vos nuits et monopolisait votre attention durant la journée se trouvait rarement à plus de quelques mètres de distance. Ce huis clos avait quelque chose d'éprouvant.

Plus elle réfléchissait à la situation, plus il devenait évident que Teo l'avait marquée d'une empreinte indélébile qui remontait à son adolescence. À l'époque, pourtant, il l'aimait encore moins qu'aujourd'hui, et il ne se donnait pas la peine de cacher son animosité.

Que cela lui plaise ou non, elle devait bien l'admettre : elle ne parvenait pas à se débarrasser de son emprise. D'autant que, de toute évidence, Teo ne la considérait plus comme la jeune fille de seize ans qui avait envahi son espace, mais avec les yeux d'un homme qui regarde une femme.

Bien qu'elle s'en défende, la façon qu'il avait de l'observer la troublait au plus haut point. Elle avait beau redoubler d'énergie dans l'exécution des tâches ménagères, elle ne réussissait pas à se concentrer. Son esprit partait à la dérive, et elle éprouvait d'étranges picotements entre les jambes.

— Moi aussi, j'apprécie la solitude.

L'insistance avec laquelle il la dévisageait la mit mal à l'aise. Leur échange prenait un tour un peu trop intime à son goût.

— En l'occurrence, on ne peut pas franchement parler de solitude, dit-elle avec une légèreté feinte.

— Passer d'un bataillon de domestiques à une seule personne pour vous servir, cela s'en rapproche beaucoup.

Toujours cette fichue arrogance qui était une seconde nature chez lui !

Tout duc qu'il soit, Teo avait une fâcheuse tendance à se comporter comme un goujat. Un traitement qu'il lui réservait, très certainement. L'espace d'un instant, il se montrait presque agréable, et l'instant d'après, il s'arrangeait pour l'humilier. Cet individu ne ratait jamais une occasion de lui témoigner son mépris. Elle ne l'intéressait que pour l'enfant qu'elle portait. Le futur duc de Marinceli. Un bébé qu'il avait fait *par accident*. Il s'infligeait ce tête-à-tête dans un but bien précis : qu'elle se plie à sa volonté et accepte de l'épouser.

— Je suis ravie que ma présence t'importune si peu que tu finis par l'oublier, répliqua-t-elle sèchement. D'autant qu'elle risquerait de gâcher les bons souvenirs que tu conserves des moments passés ici avec ton père.

— Mon père et moi, nous n'étions pas proches. Il n'a jamais encouragé les moments d'intimité.

— D'après ma mère, le problème majeur de ton père, c'était qu'il aurait voulu éprouver des émotions, mais qu'il en était incapable.

Le regard de Teo devint glacial, et elle se figea, consciente de s'être aventurée sur un terrain miné.

— Ah, vraiment ? Quelle perspicacité ! Et quels autres points de vue éclairés avait Marie French à propos de son bref passage dans la vie du duc de Marinceli ?

Amelia hésita.

La question de Teo, si ironique soit-elle, lui fournissait l'occasion de lui dire ce qu'elle n'avait encore jamais osé exprimer, pas même quand elle était venue lui annoncer qu'elle était enceinte. Des choses qu'il n'avait pas envie d'entendre, mais qui permettraient de rétablir la vérité sur la nature de la relation entre sa mère et le duc.

— Tu ne t'es pas donné la peine d'essayer de comprendre ma mère. Tu as fondé ton opinion sur les apparences, sans chercher à creuser. Trop blonde, toujours prête à exhiber son corps, trop superficielle, frivole, volage, attirée par le strass et les paillettes... Encore que je ne doute pas que tu aies utilisé d'autres qualificatifs.

— Je ne souhaite pas en discuter. Le sujet est clos.

— Ma mère a, c'est vrai, une vie sentimentale tumultueuse. Cependant, elle ne joue pas la comédie. À chaque fois, elle tombe réellement amoureuse de son partenaire, que tu le croies ou non.

Au-dehors, le vent s'était levé, et des bourrasques soulevant des tourbillons de neige faisaient trembler les vitres. Des vibrations qu'elle ressentait jusqu'au plus profond de son être.

Quant à Teo, il se fondait dans le paysage : un vrai bloc de glace.

— Si tu t'apprêtes à te lancer dans une longue tirade poétique pour louer les qualités de cœur de Marie French, autant te prévenir tout de suite : tu prêches dans le désert.

— Ses histoires ne durent jamais très longtemps, je te l'accorde. Cependant, quand ma mère s'engage, elle est sincère. Elle a vraiment aimé ton père.

— Disons plutôt « mené par le bout du nez », rétorqua-t-il d'un ton accusateur. Mon père s'est complètement ridiculisé avec cette femme.

— Elle produit cet effet sur beaucoup d'hommes. Cela ne signifie pas pour autant que ses sentiments ne sont pas authentiques. Toi, tout ce qui te préoccupe, c'est ta lignée, ton titre, ton...

— Ma *famille*, Amelia. Si bancale soit-elle.

Elle en eut le souffle coupé. C'était la première fois qu'elle entendait Teo émettre une critique sur les de Luz. La première fois également qu'elle surprenait cette expression tourmentée dans son regard.

— Mon père et ma mère m'ont souvent répété qu'ils avaient eu de la chance, ajouta-t-il d'un ton amer. Car si leur mariage n'avait pas été à proprement parler arrangé, leurs parents les avaient néanmoins destinés l'un à l'autre dès leur plus jeune âge ou presque. Leur chance, selon eux, c'était qu'ils s'appréciaient et qu'ils avaient même appris à s'aimer. Or, dans les familles comme la mienne, l'amour ne constitue pas une condition *sine qua non* pour unir deux personnes. Ce qui importe, c'est d'éviter une mésalliance.

Elle sentit sa gorge se nouer.

Nul doute que Teo considérait comme une mésalliance le fait de l'épouser. Il n'insistait pour le faire que par sens du devoir.

— À la mort de ma mère, je pensais que mon père allait observer une longue période de deuil. Au lieu de quoi, il a enchaîné les conquêtes. Je comprenais qu'un homme ait des besoins physiques, même si je préférais ne pas trop y penser concernant mon propre père. Je m'étais donc résigné à accepter la situation. Après tout, c'était ses affaires, pas les miennes. Il était resté marié et fidèle de longues années. Il avait assuré sa descendance. Pourquoi ne se serait-il pas donné un peu de bon temps si sa libido ne le laissait pas en paix ?

Teo s'interrompit, et Amelia se garda bien de rompre le silence.

— Et puis, il a rencontré Marie French, finit-il par ajouter d'une voix sépulcrale. Alors, il ne s'est plus agi d'une simple aventure sans lendemain. Il est tombé fou amoureux.

— Quelle calamité ! se contenta-t-elle de murmurer sur un ton faussement compatissant.

Il la fusilla du regard mais, contre toute attente, poursuivit son histoire.

— Il l'aimait tant qu'il l'a épousée. Quand Marie French l'a quitté pour un autre, il a sombré dans le désespoir. La disparition de ma mère ne l'avait pas détruit, mais le départ de la tienne, si ! Il a cherché l'oubli dans l'alcool et dans les bras de femmes à la réputation plus que douteuse. Je suis persuadé que cette déchéance est la cause principale de son décès, il y a cinq ans. Ça, jamais, je ne le pardonnerai à ta mère.

— À mon sens, tu devrais plutôt en vouloir à ton père.

À ce moment, elle assista à un spectacle qu'elle n'aurait pas cru possible. Plongé dans ses sombres pensées, Teo la fixait sans la voir. Elle vit son visage se décomposer littéralement. Lui, l'homme arrogant au sang-froid inébranlable, il semblait en proie à une réelle souffrance intérieure.

Après toutes ces années passées à lui reprocher son attitude hautaine voire agressive à son égard, elle se rendait compte que Mateo Enrique Armando de Luz, dix-neuvième duc de Marinceli, cachait sous sa carapace de dureté une réelle sensibilité. Elle mesurait qu'elle s'était bornée à le juger sur les apparences, sans s'intéresser à la personne qu'il était vraiment : un orphelin qui n'avait pas réussi à faire le deuil de sa mère et qui avait été le témoin impuissant de la descente aux enfers de son père.

Un silence pesant s'était installé entre eux. C'est à peine si elle osait respirer.

Enfin, Teo parut émerger.

— Je suggère que tu débarrasses la table, déclara-t-il avec un détachement stupéfiant. Et je te signale que tu as une tache noire sur la joue.

Elle se frotta la joue et découvrit effectivement des traces de cendres sur ses doigts.

En d'autres circonstances, elle s'en serait sentie mortifiée, mais ce soir, peu lui importait. Pour la première fois, Teo avait baissé sa garde, lui dévoilant un pan de sa personnalité qu'elle était loin de soupçonner…

Elle en était là de ses réflexions lorsqu'il se leva et s'approcha d'elle.

Surprise, elle se mit debout à son tour. Alors, il posa ses mains sur ses épaules comme pour l'empêcher de battre en retraite, la maintenant prisonnière.

— Je n'ai pas de conseils à recevoir d'une domestique, dit-il, l'éclat brûlant de son regard démentant la froideur de son ton. Encore moins sur des sujets aussi personnels que mes relations avec mon père. Quand vas-tu te décider à comprendre, Amelia ? Soit tu t'obstines à jouer les servantes, auquel cas tu te comportes avec plus de déférence et moins de familiarité, soit tu acceptes de devenir la future duchesse de Marinceli, et je te traiterai alors comme telle.

Elle aurait dû se rebeller, mais la proximité de Teo semblait avoir annihilé toute combativité. Le simple contact des mains de cet homme avait suffi à raviver le feu qui couvait en elle. Elle frémit, s'attendant à ce qu'il l'attire contre lui et s'empare de ses lèvres...

Au lieu de quoi, il la lâcha et, sans ajouter un mot, gagna la chambre dont il referma la porte derrière lui.

Elle resta plantée là un instant, puis elle s'approcha du canapé où elle s'affala plus qu'elle ne s'assit, ses jambes refusant de la porter plus longtemps.

Frustrée, elle tenta de se réconforter en se disant qu'elle venait de remporter une victoire, si modeste soit-elle, dans le rapport de forces qui les opposait en permanence.

Mais était-ce vraiment ce qu'elle voulait ?

8

Amelia fixa sa main maculée de noir sans la voir. Tout en se laissant happer par ses pensées, elle se mit à frotter la tache d'un geste mécanique, la transférant d'une main à l'autre sans la faire disparaître pour autant.

Elle avait beau se tenir immobile, aussi pétrifiée qu'une statue, et se forcer à respirer normalement, elle se sentait oppressée. Les émotions contradictoires qu'elle éprouvait en présence de Teo se bousculaient, chacune s'efforçant de prendre le dessus. La frustration, la rancune, la peine, mais aussi le besoin d'impressionner cet homme d'une manière ou d'une autre, l'envie dévorante d'obtenir de lui ce qu'il ne lui donnerait jamais…

Le sentiment qui finit par l'emporter, néanmoins, ce fut la honte. Une honte si poignante qu'elle lui noua l'estomac.

Depuis son adolescence, elle avait accordé à Teo de Luz une place trop importante dans son existence. Elle pensait souvent à lui, elle rêvait de lui. Elle l'avait dans la peau, ce qui l'empêchait de mener une vie amoureuse normale. Jusqu'à présent, elle avait été incapable d'éprouver pour un autre ce désir impérieux qui s'emparait de son être quand elle songeait à lui. En bref, il l'obsédait.

En revanche, avait-elle pris la peine de réfléchir à qui il était vraiment en tant que personne ?

En son for intérieur, elle savait que non. Pour elle, il était le duc inaccessible, le prince charmant qui alimentait ses fantasmes depuis maintenant dix ans. Elle s'était fait de lui un portrait manichéen, n'envisageant pas que, sous son armure de preux chevalier, il puisse cacher une personnalité complexe douée de sensibilité, voire une certaine fragilité.

Elle ne s'était pas non plus intéressée à ses qualités, préférant se concentrer sur ses défauts les plus évidents, à commencer par l'arrogance.

Or, malgré le fossé social qui les séparait – elle, la roturière et lui, l'aristocrate –, malgré le lourd passif familial et la rancœur accumulée depuis toutes ces années, Teo et elle partageaient des traits de caractère : la détermination, par exemple, qui les incitait à ne pas lâcher un pouce de terrain, à ne jamais capituler ni se résigner. L'amour-propre et un sens des valeurs solidement ancré. Quant à sa condescendance, Teo l'avait héritée de l'éducation qu'il avait reçue. De cela, il n'était pas complètement responsable.

Submergée par la culpabilité, elle se leva et se dirigea vers la porte de la chambre.

Elle avait la gorge sèche et son cœur tambourinait dans sa poitrine. Elle prenait un risque, elle en avait conscience, mais peu lui importait.

Elle baissa la poignée et poussa le battant, consciente de l'empreinte grisâtre qu'elle laissait sur le bois.

Tant pis, elle en serait quitte pour l'essuyer demain.

Le grand lit double accaparait la moitié de la pièce. Elle y était déjà entrée pour faire un brin de ménage, profitant de l'absence de Teo parti pour l'une de ses randonnées en montagne. Et tout en balayant le parquet, elle s'était imaginée se réveillant sous cette couette douillette et contemplant la vue splendide sur les Pyrénées enneigées qu'offrait l'unique fenêtre. Elle avait aussi envisagé un autre scénario : celui d'ouvrir les yeux au petit matin pour admirer à son insu l'homme assoupi à ses côtés...

Pour l'heure, Teo était étendu, seul, un livre ouvert posé à côté de lui.

Elle se tint plantée au pied du lit, gauche, ne sachant pas trop quelle attitude adopter.

Si son incursion dans son intimité le prenait au dépourvu, il n'en laissa rien paraître. Il la fixait de son beau regard aussi ténébreux qu'indéchiffrable. Un regard d'une telle intensité qu'elle baissa le sien.

Mauvaise idée !

Teo s'était redressé contre les oreillers, et la couette avait glissé, dévoilant un torse large et musclé à la peau mate, qu'assombrissait une légère toison brune.

Elle sentit ses joues s'empourprer.

Elle ne l'avait jamais vu nu !

Puis elle se représenta malgré elle le reste de son anatomie d'une virilité absolue, et elle rougit de plus belle.

— Qu'est-ce qui me vaut l'honneur de cette visite impromptue ? s'enquit-il, ironique. Dois-je en déduire que, torturée par ta conscience, tu as changé d'avis ?

— Pas du tout, protesta-t-elle avec plus d'assurance qu'elle n'en ressentait. Je ne vois pas ce que ma conscience viendrait faire ici.

— Tu t'es peut-être dit que, pour le bien-être du bébé, tu aurais mieux fait d'y réfléchir à deux fois ? Je ne saisis pas comment tu peux préférer t'infliger ces corvées ménagères.

— Ce n'est que temporaire. On peut s'astreindre à pas mal de choses quand on sait que ça ne durera pas, non ?

— Je l'ignore, Amelia.

Son ton trahit une soudaine tristesse, et elle en comprit instantanément la raison.

Bien sûr qu'il l'ignorait ! Le concept de « provisoire » n'existait pas dans la famille de Luz. Rien n'était éphémère dans l'existence de Teo. Dès sa plus tendre enfance, son destin était tout tracé, gravé dans le marbre, hérité des dix-huit générations de ducs l'ayant précédé, et appelé à se poursuivre au travers de ses propres descendants. Un carcan étouffant. La condamnation à perpétuité qu'elle avait évoquée par provocation lors d'une de leurs nombreuses altercations, c'était lui qui en avait écopé, pas elle.

Encore un aspect de la vie de Teo auquel elle n'avait pas réfléchi auparavant : aussi dorée soit-elle, une prison reste une prison.

— Je ne crois pas que ce soit le côté temporaire qui te rassure, reprit Teo avec douceur. Je pense que, au contraire, c'est plutôt le sentiment de sécurité que t'inspire ce chalet petit mais robuste, taillé pour durer des siècles. Que tu le veuilles ou non, au fond de toi, tu as besoin de stabilité et de permanence. Et tu sais pourquoi ? Parce que tu en as manqué toute ton enfance.

Elle sentit sa gorge se serrer affreusement, comme si ces paroles trouvaient un écho en elle.

Elle qui, adolescente, avait souhaité si ardemment que son frère par alliance lui témoigne de l'attention, elle n'avait plus qu'une envie : fuir son regard inquisiteur et se terrer dans un trou de souris !

— J'ai vécu une enfance merveilleuse, protesta-t-elle pour la forme. Ma mère m'emmenait partout.

— Comme un gentil petit toutou.

— Non, comme une amie, une confidente.

— Ce n'est pas le rôle d'une gamine, et les parents n'ont pas à faire des « confidences » à leurs enfants.

— Tout le monde n'a pas le privilège d'avoir reçu une éducation aristocratique dans un cadre somptueux qui, néanmoins, évoque plus un mausolée qu'un « *home sweet home* ». Certaines personnes préfèrent mener une existence insouciante.

Pouvait-elle qualifier la sienne d'insouciante ?

Probablement pas.

Teo était à moitié nu devant elle, et pourtant c'était elle qui se sentait exposée. Elle avait envie que cette discussion cesse, envie de se blottir dans ses bras, d'oublier les mots pour laisser parler les gestes. Mais elle était incapable de bouger, paralysée par l'incertitude et la pudeur, car se livrer à lui sans fard ni déguisement, lui dévoiler son jardin secret, ce serait lui donner l'opportunité de prendre l'ascendant sur elle.

— Tu parviendrais peut-être à me convaincre que ta mère a éprouvé pour mon père un amour sincère, que malgré les apparences elle n'est pas une croqueuse de diamants mais une femme qui ne peut s'empêcher de tomber amoureuse... À répétition et systématiquement d'hommes d'un statut social supérieur au sien, note bien. En revanche, tu ne réussiras jamais à m'ôter de l'esprit qu'elle n'aime personne plus qu'elle-même. Pas même toi, sa propre fille.

Ce constat lui fit l'effet d'un coup de poignard, et elle refoula à grand-peine un sanglot.

Cette critique, elle l'avait déjà entendue, mais jamais énoncée avec un tel détachement. Comme s'il s'agissait d'une réalité incontestable. Une vérité qu'elle avait toujours refusé de regarder en face. Le pire, c'était que Teo ne cherchait pas à la blesser. Il exprimait simplement une évidence.

Elle eut une brève pensée pour l'adolescente qui aurait tout donné pour que son frère par alliance lui témoigne un peu d'intérêt. Ce soir, il n'avait d'yeux que pour elle. Toutefois, ce n'était pas le genre de regard dont elle avait rêvé.

Il esquissa un lent sourire.

— Même si j'apprécie de te voir te dandiner sur le seuil de ma chambre avec des traces noires sur le visage et l'empreinte de ta main sur la porte, ce n'est pas ce que j'appellerais une façon judicieuse de conclure une soirée plutôt éprouvante...

Il haussa les sourcils avec une expression interrogatrice qui, chez lui, avait quelque chose d'arrogant.

Elle n'en revenait pas qu'il lui paraisse à ce point inaccessible et intimidant alors qu'il était étendu à moitié nu dans son lit et qu'elle était encore tout habillée. Ne perdait-il donc jamais de sa superbe, même dans l'intimité ?

— Que veux-tu ? s'enquit-il, plongeant son regard dans le sien.

Elle ne détourna pas les yeux.

Bonne question. Que voulait-elle exactement ? Qu'était-elle venue chercher ? Une réponse à des questions qu'elle aurait dû se poser depuis longtemps ?

Elle avait passé la majeure partie de son existence à pratiquer la politique de l'autruche. À feindre de croire que sa mère l'aimait comme toute mère normale aime sa fille, que sa vie était une longue suite d'aventures excentriques et palpitantes, que cet homme ne comptait pas pour elle...

Tous ces déménagements au gré des passions amoureuses maternelles, ces séjours plus ou moins longs dans un pays puis un autre, n'avaient pas réussi à lui faire oublier le futur duc de Marinceli.

Pourtant, leurs rapports n'avaient jamais été cordiaux, et ils étaient devenus encore plus complexes aujourd'hui avec cette grossesse inattendue.

En son for intérieur, elle savait que Mateo Enrique Armando de Luz ne se laisserait pas priver de son fils. Sans doute même le savait-elle depuis le début, quand elle avait embarqué dans l'avion à San Francisco pour venir lui annoncer la nouvelle de vive voix. Or, sa ténacité n'était un secret pour personne. Il s'arrangeait toujours pour obtenir ce qu'il voulait.

En pensant se libérer de l'emprise qu'il avait sur elle, elle s'était livrée à lui pieds et poings liés.

En songeant au destin immuable qui attendait son bébé, elle éprouva soudain une immense lassitude et porta la main à son ventre en un geste instinctif.

Mais, après tout, la vie itinérante qu'elle avait menée aux côtés de sa mère valait-elle mieux ?

En tout cas, ce n'était pas celle qu'elle souhaitait pour son enfant. Tout ce qu'elle avait à faire, c'était capituler. Au risque de dévoiler les secrets de son cœur.

— Je te le demande une nouvelle fois, dit Teo d'un ton réprobateur propre à décourager la plus intrépide, que me veux-tu ? Pourquoi as-tu fait intrusion dans ma chambre ?

Son cœur s'emballa et une onde de chaleur désormais familière se répandit dans son corps.

— Je suis prête, déclara-t-elle, avec la même sensation de vertige que si elle se jetait du sommet d'une falaise et tombait inexorablement dans un précipice sans fond.

Il la dévisagea avec une insistance embarrassante, l'air légèrement dubitatif.

— Vraiment ? Et à quoi te sens-tu prête, *cariña* ?

— Prête à...

Elle ne put se résoudre à achever sa phrase.

Teo voulait une épouse, une duchesse, ce qui ne signifiait pas qu'il s'agissait d'elle spécifiquement, au contraire. Sans doute ne représentait-elle à ses yeux qu'un pis-aller imposé par les circonstances. Toutefois, son intuition lui soufflait qu'il avait envie d'elle, que son propre désir était partagé. C'était un début. D'autant que, comme il le lui avait expliqué, l'amour ne faisait pas partie des conditions préalables à une union chez les de Luz. Si elle lui donnait ce à quoi il aspirait, peut-être parviendrait-elle avec le temps à obtenir l'amour qu'elle convoitait, pas seulement des miettes...

Elle se surprit à sourire.

Après tout, une victoire, quel qu'en soit le prix, valait mieux qu'une défaite retentissante, non ?

— Es-tu toujours disposé à partager ton lit ?

9

Teo essayait de se convaincre que la passion n'avait rien à voir dans tout ça, qu'il s'agissait d'une pulsion masculine normale. Toutefois, son corps s'évertuait à démentir cette théorie, vu l'état de fébrilité et de frustration dont il souffrait depuis qu'Amelia avait fait de nouveau irruption dans sa vie. Jamais il n'avait été autant rongé par un désir inassouvi.

Celle-ci se tenait immobile dans l'embrasure de la porte, comme si elle hésitait.

Il prit soudain conscience qu'elle attendait la réponse à sa question. Du moins, une réponse verbale, car il était difficile d'imaginer qu'elle n'avait pas perçu son envie d'elle. Il était tendu comme un arc, au bord de l'explosion...

Les dix jours qui venaient de s'écouler avaient été pour lui une torture absolue. Il avait dû mobiliser toute sa volonté pour ne rien laisser paraître du trouble qui s'emparait de lui en présence de cette créature d'une grâce naturelle ensorcelante, pour feindre l'indifférence tandis qu'elle s'activait à ses tâches ménagères, semblant même y prendre un certain plaisir.

Non, il ne l'avait pas conduite ici pour qu'elle lui serve

de bonne, mais dans un tout autre but. Il s'attendait à ce qu'une femme comme elle – n'avait-il pas commis un amalgame avec Marie French ? – ne tienne pas plus de vingt-quatre heures dans de telles conditions. Il aurait parié qu'ils seraient de retour au château deux jours plus tard tout au plus.

En réalité, Amelia ne correspondait pas au portrait qu'il s'en était fait, et rien ne s'était déroulé comme prévu. Il s'était même laissé aller à lui parler de la relation de son père et de son ex-belle-mère, un sujet dont il n'avait jamais discuté avec quiconque !

Il avait baissé sa garde et révélé la blessure profonde que lui avait infligée le vieux duc en s'amourachant de cette intrigante, salissant ainsi la mémoire de sa première épouse.

Sans doute l'ambiance particulière du chalet et son isolement y étaient-ils pour quelque chose, mais qu'est-ce qui l'avait poussé à se confier sur un registre aussi personnel ? C'était incompréhensible.

De même, il avait du mal à comprendre qu'il ait pu se méprendre à ce point sur le compte d'Amelia. À moins qu'elle joue particulièrement bien la comédie.

Non. Son regard était trop expressif, son caractère trop entier. Et puis, il y avait la trace de cendre sur sa joue et l'empreinte de sa main sur la porte, ce qui ne collait pas tellement avec le personnage de Mata Hari.

— Je t'en prie, viens, dit-il sur un ton courtois qui contrastait avec son envie de bondir du lit pour lui arracher ses vêtements. Bien sûr, tu sais à quoi tu t'engages en me rejoignant sous la couette ?

Joignant le geste à la parole, il tapota la place à côté de lui et attendit, chaque muscle de son corps tendu à l'extrême par l'impatience, l'excitation, et un autre sentiment que, en son for intérieur, il préférait qualifier de rage.

Amelia semblait partagée entre des sentiments contradictoires.

— Je sais, murmura-t-elle. Crois-moi, Teo, je sais.

Il surprit dans les beaux yeux violets une lueur qui suscita en lui une émotion étrange. Mais avant qu'il ait pu l'interpréter, elle s'avança vers lui.

Elle portait sa tenue vestimentaire habituelle, un T-shirt et un gilet larges, qui, en dehors du jean moulant, dissimulait ses formes plutôt qu'elle ne les mettait en valeur. Une sorte d'uniforme très éloigné de celui qu'on attend d'une servante, et plus encore d'une séductrice. De son visage dépourvu de maquillage et maculé de cendre à ses orteils sans le moindre vernis, tout dans son aspect trahissait son peu de goût pour la sophistication.

Pour lui qui vivait depuis toujours dans un monde où le raffinement l'emporte sur tout le reste, il avait fallu ce huis clos en pleine montagne pour qu'il ressente la vanité de cette quête d'élégance à tout prix, pour qu'il comprenne combien cette conception était étriquée et ignorait des valeurs autrement plus fondamentales. Ici, des détails simples, voire anodins, donnaient du charme à l'existence.

Comme la façon dont Amelia fronçait les sourcils dans son sommeil lorsqu'il se levait pour remettre une bûche et qu'il la regardait furtivement ; le rose de ses joues quand elle s'éveillait le matin ; les petits soupirs de satisfaction ou d'agacement qu'elle poussait parfois en s'acquittant des corvées qui lui étaient imposées ; la douceur de son expression quand, d'un geste instinctif, elle posait sa main sur son ventre ; la manière dont elle relevait ses cheveux blonds et maintenait par un crayon ce chignon de fortune d'où s'échappaient des mèches rebelles...

Dix jours auparavant, il aurait juré ses grands dieux que seule sa libido justifiait l'attirance qu'il éprouvait pour cette femme. Ses goûts étaient trop aristocratiques pour qu'il s'intéresse à une personne aussi peu soignée. Or, c'étaient justement toutes ces menues imperfections et ces marques de spontanéité qui le séduisaient terriblement.

Amelia s'approcha à pas comptés du lit et s'immobilisa.

— Après, il sera trop tard pour faire machine arrière, dit-il d'une voix rauque, au risque de la dissuader. Nous nous marierons, et la légitimité de l'enfant en tant qu'héritier du duché deviendra irrévocable.

— Tu ne cesseras donc jamais de me menacer ? s'enquit-elle avec un sourire moqueur. Cette incapacité à te détendre est-elle un effet de ton éducation ou un trait de ta personnalité ?

— Les deux, sans doute. Je veux simplement m'assurer que tu prends cette initiative en toute connaissance de cause. Parce que, une fois ta décision prise, il sera trop tard.

— Pourquoi dis-tu cela comme si j'avais le choix ?

Elle mit un genou sur le matelas, puis le deuxième. Elle était là, agenouillée à quelques centimètres de lui, et ses prunelles couleur lilas pétillaient.

Il avait beau scruter son visage, il n'y découvrait rien qui ressemble de près ou de loin à de la résignation, et lui qui, depuis sa plus tendre enfance, évoluait dans un monde d'esthétisme, il ne se souvenait pas avoir contemplé plus beau spectacle.

Cette flamme qui brillait dans son regard, cela ressemblait plutôt à de l'espoir...

Il éprouva un étrange pincement à l'endroit du cœur.

Amelia était imprévisible, elle échappait à tout portrait type. Quand il croyait avoir cerné sa personnalité, elle lui en dévoilait une nouvelle facette dont il n'avait pas soupçonné l'existence. Or, chez les de Luz, l'imprévisibilité n'avait pas sa place. Et ce, depuis des siècles. Il y avait bien eu quelques originaux au fil des générations, mais tous ou presque avaient fini par rentrer dans le rang. Si hériter d'un duché apportait de nombreux privilèges, cela s'assortissait également de lourdes responsabilités.

Fidèle à l'esprit de sa lignée, il se considérait lui-même comme une personne sérieuse. Et pourtant, en présence d'Amelia, il aspirait parfois à plus de légèreté. À la fois raisonnable, déterminée, joyeuse et un peu fantasque – d'ailleurs, si elle ne l'avait pas été, aurait-elle accepté de jouer les cendrillons ? –, cette jeune femme avait le don de mettre de la couleur dans sa vie, qui se révélait souvent plutôt terne malgré les dorures alentour. Il avait de plus en plus de mal à conserver son self-control face à ce cocktail de gaieté et de sensualité.

— J'attendrai le temps qu'il faudra, mais il me faut une réponse, insista-t-il sur un ton bourru, destiné plus à évacuer son trouble inexplicable qu'à impressionner Amelia.

— Votre Excellence, rétorqua-t-elle, un rire moqueur dans la voix, cela ne vous arrive jamais de vous la boucler ?

Et avant qu'il songe à en prendre ombrage, elle se laissa tomber sur lui.

Il avait si peu anticipé ce geste qu'il en eut le souffle coupé. D'autant plus en cet instant précis, alors qu'il sentait contre son torse les seins fermes d'Amelia dont les pointes s'étaient durcies.

Elle releva la tête, lui adressa une grimace cocasse, et il se sentit fondre.

— Une vraie duchesse n'ordonne pas à son époux de se la boucler, *cariña*.

— Tu n'as jamais dit que je devais devenir une « vraie duchesse », mais une duchesse tout court. Si tu attends de moi que je tienne mon rang sans le moindre faux pas, tu t'exposes à quelques déceptions.

Il en avait bien conscience, mais, pour l'heure, il n'imaginait pas une autre qu'elle dans ce rôle.

D'un geste possessif, il emprisonna sa nuque dans sa main et attira son visage vers le sien avant de s'emparer de ses lèvres avec une ardeur attisée par des jours de frustration.

Oui, il allait faire d'elle la future dix-neuvième duchesse de Marinceli.

La sensation de pouvoir qu'Amelia avait éprouvée en se jetant littéralement sur Teo disparut comme par enchantement. Certes, elle le dominait toujours puisqu'elle était étendue sur lui, mais c'était désormais Teo qui avait pris le contrôle de la situation.

Sa bouche était avide, exigeante et douce à la fois. Chaque caresse de sa langue contre la sienne attisait le brasier qui la dévorait de l'intérieur.

Emportée dans le tourbillon de la sensualité, elle ne se rendit compte qu'il avait glissé sa main sous son

T-shirt qu'en sentant le contact de sa paume au creux de ses reins. Elle frémit à la pensée qu'elle allait enfin connaître le plaisir de sa peau contre la sienne, sans la barrière des vêtements.

Au bal masqué, leur étreinte avait été passionnée, mais le temps avait manqué pour qu'ils se découvrent. De crainte d'être surpris en flagrant délit, aucun n'avait même songé à se dévêtir. Ils s'étaient donnés l'un à l'autre avec l'impatience que procure le sentiment de voler un moment et d'enfreindre les convenances. Or, ce soir, ils étaient seuls dans ce chalet perché au sommet d'une montagne déserte, et ils avaient la nuit devant eux.

Comme s'il partageait son cheminement de pensée, Teo se redressa, l'entraînant avec lui, de sorte qu'elle se retrouva assise à califourchon sur lui. À la dureté de son érection toujours dissimulée par la couette, elle mesura l'ardeur de son désir, ce qui eut pour effet de décupler le sien.

Sans cesser de l'embrasser, il avait entrepris de la déshabiller, déboutonnant son gilet et l'en débarrassant avec une lenteur délibérée, follement excitante. Puis il faufila ses doigts sous le T-shirt et dégrafa son soutien-gorge.

Les yeux mi-clos, elle se laissait faire, perdue dans une sorte de transe, qui s'interrompit lorsque Teo lui ôta son T-shirt.

Tout à coup, elle se retrouvait à demi-nue, exposée à son regard brûlant de convoitise.

Bien qu'il s'agisse de la première fois, elle n'en éprouva aucune gêne, mais au contraire une sorte de fierté.

Il la bascula légèrement vers l'arrière et happa entre

ses lèvres chaudes la pointe durcie de ses seins, que la grossesse avait arrondis et rendait plus sensibles.

Une onde électrique la parcourut. Elle se cambra et, d'un geste instinctif, emprisonna le visage de Teo pour le retenir et faire durer cet instant de plaisir intense.

Teo poussa un grognement étouffé, et elle sentit sa main se glisser sous la ceinture de son jean pour la caresser.

La nouvelle salve de sensations la prit presque par surprise. C'était si bon de sentir le contact de sa peau contre la sienne ! D'excitation, son sexe devint plus moite encore, et elle ne put retenir un gémissement de volupté.

C'est alors qu'il roula sur le côté et se plaça au-dessus d'elle.

Dans le mouvement, la couette avait glissé. Étendue sur le dos, elle put admirer la puissance de ce corps aux muscles sculptés et harmonieux, à la peau mate recouverte d'une toison brune terriblement virile. D'un geste rendu fébrile par l'impatience, elle déboutonna son jean, que Teo l'aida à faire glisser le long de ses jambes en même temps que son slip.

Puis, le cœur battant, elle attendit, offerte, ouverte, tandis qu'il la dévorait du regard. Alors, il vint se placer entre ses cuisses et poussa son membre dur en elle.

Elle ressentit une brûlure fugace, puis très vite, une sorte de béatitude l'envahit, et elle s'abandonna au plaisir impérieux de lui appartenir. En cet instant précis, le lien qui les unissait lui paraissait indestructible. Elle aimait l'idée qu'il la possède et, plus encore le tourbillon de sensations que provoquait son sexe rigide et puissant à l'intérieur d'elle.

Il se mit à aller et venir doucement, et, d'instinct, elle accompagna le mouvement, s'accrochant à ses épaules.

Le plaisir montait en pulsations incontrôlables, et la chaleur inondait inexorablement son corps. Le rythme s'accéléra. Elle avait conscience de gémir de plus en plus fort. Bientôt, elle perdit pied avec la réalité, et quand l'extase la saisit, elle laissa échapper un cri d'orgasme, auquel celui de Teo fit écho quelques secondes plus tard, prolongeant ce moment magique.

Terrassée par la fatigue et ses sens apaisés, elle ne tarda pas à sombrer dans un sommeil profond.

Quand elle s'éveilla, il faisait encore nuit. La lampe à huile éclairait encore faiblement la pièce, où régnait une relative fraîcheur. Teo était étendu contre elle, un bras passé autour de sa taille. Elle sentait sa chaleur contre son dos, et son souffle régulier semblait indiquer qu'il dormait.

Elle s'était toujours imaginé, n'en ayant encore jamais fait l'expérience, qu'elle détesterait partager son lit. Pourtant, la proximité du corps de Teo lui procurait un sentiment de sécurité, comme si, entre les bras de cet homme, rien de grave ne pouvait l'atteindre.

Veillant à ne pas faire de mouvements brusques, elle se retourna pour l'observer.

Jamais, elle n'avait vu ses traits aussi détendus. C'était comme un cadeau qu'il lui offrait dans son sommeil, et elle en conçut une étrange émotion, une sorte de jubilation.

Mais celle-ci fut de courte durée, car Teo ouvrit les yeux, la surprenant dans sa contemplation.

Soudain intimidée, elle lui sourit.

Un sourire auquel il ne répondit pas.

— Nous partirons à la première heure, déclara-t-il, mettant fin à cette parenthèse de douce intimité.

— Chut !

Elle n'avait pas envie d'aborder ce sujet, pas envie de parler tout court.

Et pour mieux le réduire au mutisme, elle hasarda la main sur son torse.

Sous sa paume, le cœur de Teo se mit à battre plus vite.

Interprétant ce signe comme une invitation à poursuivre ses caresses, elle fit courir ses doigts sur son abdomen, puis plus bas encore.

Aussitôt, le désir revint en force. Un désir réciproque, à en juger par la vigueur avec laquelle le sexe de Teo se tendit.

Quand Teo roula sur elle et la pénétra, elle était prête à le recevoir. Sans un mot, soudés l'un à l'autre, ils se donnèrent un plaisir d'une telle intensité que leurs baisers farouches ne réussissaient pas à étouffer leurs plaintes. Et cette fois, c'est ensemble qu'ils atteignirent le paroxysme de la jouissance.

Alors que, encore frémissante, elle s'efforçait de calmer sa respiration saccadée, elle songea qu'elle avait pris la bonne décision. Leur entente sexuelle était l'indice qu'il existait entre eux une complicité singulière. Il ne pouvait pas en être autrement.

C'est dans cet état d'esprit optimiste qu'elle monta dans le jet qui les ramena au château des de Luz, siège historique du duché de Marinceli, où Teo entreprit les démarches pour faire d'elle sa duchesse.

10

— Il n'y a que les petites filles pour croire aux contes de fées, déclara Marie sur ce ton dont elle avait le secret, mi-amusé, mi-réprobateur. En grandissant, elles comprennent qu'ils n'existent pas.

Amelia retint un soupir.

Si elle parvenait à atteindre le jour du mariage sans occire sa mère, cela tiendrait du miracle ! Parfois, elle avait franchement du mal à se contenir.

Elles se trouvaient toutes les deux dans le boudoir attenant à la chambre qu'occupait Marie, le plus loin possible de la suite ducale. Le compte à rebours touchait à sa fin. La cérémonie était prévue pour le surlendemain. Marie était arrivée la veille au soir, accompagnée d'une quantité impressionnante de bagages. Elle avait eu beau user de son charme légendaire pour tenter d'amadouer son ex-beau-fils et futur gendre, celui-ci avait fait preuve à son égard d'une politesse glaciale, et le dîner de retrouvailles avait été plutôt tendu.

Dès leur retour des Pyrénées, Teo, fidèle à ses dires, avait mis son plan à exécution.

« Nous nous marierons au château, avait-il décrété tandis que le jet les ramenait. Dans la chapelle bâtie par le troisième duc de Marinceli. Elle sera parfaite pour l'occasion. »

Puis il avait disparu dans la cabine située à l'arrière de l'appareil. Quand il en avait émergé, il avait troqué son jean et son sweat-shirt contre un costume très classique. Ainsi vêtu, il était beau comme un dieu, mais elle en fut un peu désappointée. Elle le préférait dans une tenue plus décontractée. D'autant qu'il avait repris cette froideur un peu hautaine qui semblait être une seconde peau chez lui.

Depuis, tout se déroulait exactement selon le bon vouloir de Teo, et elle s'en accommodait.

L'ensemble de ses objets personnels avait été rapatrié de San Francisco, de sorte qu'elle se sentait presque chez elle dans la suite ducale. Elle en avait fait une sorte de nid, dont elle prenait garde à préserver l'intimité. À l'extérieur, Teo continuait de jouer les ducs distants et exigeants, mais lorsqu'il franchissait le seuil de ce domaine privé, il redevenait l'homme certes autoritaire, mais attentionné, complice et drôle qui la faisait craquer.

Il n'y avait pas un seul centimètre carré de peau qu'ils n'aient exploré l'un de l'autre, pas une seule caresse qu'ils n'aient expérimentée pour se donner du plaisir. Elle avait l'impression de vivre dans un état second perpétuel.

Était-ce cela, le bonheur conjugal ?

La volupté et l'érotisme de leurs nuits occupaient son esprit le jour, et le bien-être que procure l'apaisement des sens avait même en partie raison de sa volonté d'indépendance. Ainsi, quand Teo lui avait offert une garde-robe complète sous prétexte qu'elle correspondrait mieux à son rang de duchesse, elle n'avait pas songé à protester et avait relégué au placard ses vieux T-shirts et ses jeans. À présent, elle prêtait plus d'attention à son apparence, se coiffant et se maquillant avec soin tout en veillant à rester naturelle.

Teo avait par ailleurs demandé à ses conseillers de se mettre en rapport avec les autorités compétentes espagnoles et américaines afin de réunir au plus vite les documents requis pour le mariage dont il avait fixé la date à une semaine de là. Il s'agirait d'une cérémonie simple, dans la plus stricte intimité.

— Nous deux, le prêtre et deux témoins, avait-il précisé tandis que, lascive, elle se prélassait dans le lit immense, théâtre de leurs ébats quotidiens.

— Tu plaisantes, j'espère ! Il est hors de question que je n'invite pas ma mère à mon mariage.

— Pourquoi ?

— Elle est sans doute compliquée à vivre, et elle s'aime peut-être plus qu'elle ne m'aime, mais elle n'en reste pas moins ma mère. Je suis son unique enfant, et même si elle ne s'y est pas toujours bien prise, elle m'a toujours entourée d'affection.

— Marie French a déjà assisté au mariage d'un duc de Marinceli, avait objecté Teo assez mollement.

Mais Amelia avait tenu bon.

— Je me suis engagée à t'épouser, pas à le faire en cachette. Cela briserait le cœur de ma mère.

Du moins, cela l'égratignerait, avait-elle rectifié dans son for intérieur.

Teo s'était incliné avec un soupir résigné, et elle avait interprété sa capitulation comme la preuve que leurs rapports évoluaient dans le bon sens, puisqu'il se laissait attendrir sur un sujet aussi épineux. Restait le plus dur à faire : annoncer à sa mère que non seulement elle était enceinte, mais que le père de son enfant n'était autre que Teo de Luz, et qu'elle allait l'épouser, devenant à son tour duchesse de Marinceli.

Contre toute attente, la conversation s'était plutôt bien passée.

— Si j'avais su que tu t'efforcerais de me dissuader en jetant la zizanie, je ne t'aurais probablement pas invitée, rétorqua-t-elle avec la franchise qui avait toujours caractérisé ses relations avec sa mère.

— Balivernes ! s'exclama celle-ci sur le ton de la moquerie. Je te rappelle que tu es ma fille et que nous sommes unies l'une à l'autre par des liens indissolubles... Es-tu sûre de savoir ce que tu fais ? s'enquit-elle avec une soudaine gravité.

— Oui. Je me marie dans deux jours. Cela n'a rien d'extraordinaire. Une petite chapelle, une robe blanche, deux alliances. En somme, rien de très compliqué.

— À ceci près que tu vas devenir duchesse.

— Et alors ? Je ne serai ni la première ni la dernière. Là encore, il n'y a pas de quoi en faire toute une histoire.

— J'admire ta désinvolture, ma chérie. Mais rien n'est aisé, s'agissant de la famille de Luz. Tu n'épouses pas simplement le duc, mais aussi le duché, avec tout ce que cela implique : le poids du passé, les responsabilités, cette demeure gigantesque et austère décorée comme un musée, sans oublier ce vieux grincheux de majordome.

— Venant de ta part, ce discours me surprend. Il me semble que tu ne te sens jamais autant à l'aise que quand l'argent coule à flots. Tu raffoles du luxe, et les titres de noblesse ne t'ont jamais rebutée, si je ne m'abuse.

Mais au regard soucieux de sa mère, elle sentit une boule d'appréhension se former dans sa gorge.

Marie French avait l'air sincèrement préoccupée. Contre quoi voulait-elle la mettre en garde ?

— C'est exact. En revanche, si j'ai trouvé le nom des de Luz trop lourd à porter, je me demande comment, toi, tu vas t'en sortir.

— C'est un peu tard pour se poser la question. J'attends le bébé de Teo.

Sa mère poussa un soupir.

— Oui, bien sûr. Et je ne doute pas que tu as eu droit à un cours magistral de la part de Teo sur l'importance suprême de sa lignée qui remonte à la nuit des temps. Et après ? Tu peux très bien élever cet enfant seule, ma chérie. Avec ou sans l'accord de Teo de Luz.

— Je ne suis pas certaine de vouloir priver mon enfant d'un père qui ne demande qu'à assumer son rôle.

— Tu t'en es bien passée, toi, et cela ne t'a pas traumatisée. J'irais même jusqu'à dire que cela a facilité ton épanouissement.

— Une version édulcorée bien commode, se contenta de rétorquer Amelia d'une voix sourde.

C'était le genre de sujets sensibles que, d'un accord tacite, toutes deux évitaient soigneusement d'aborder depuis plusieurs années. À quoi bon ressasser de vieilles histoires qui ne pouvaient que les blesser l'une et l'autre ? Comme le fait que Marie n'ait jamais encouragé la relation entre Amelia et son père lorsqu'il était encore en vie et n'ait pas non plus jugé bon de conserver de souvenirs de lui. De sorte qu'Amelia ne se souvenait pas de cet homme, décédé quand elle n'avait que cinq ans.

C'était une des raisons pour lesquelles elle avait pris la décision d'informer Teo de sa grossesse. Afin de ne pas répéter les erreurs maternelles.

— Ma version est très différente de la tienne, continua-t-elle. Je n'ai peut-être pas eu de père, mais ce ne sont pas les beaux-pères qui ont manqué, sans qu'aucun ne me prodigue d'affection paternelle.

— Que veux-tu, les hommes sont ainsi, du moins pour la plupart, répondit Marie avec une désinvolture stupéfiante.

Manifestement, elle n'éprouvait aucune culpabilité quant au fait d'avoir privé sa fille de père, qu'il soit biologique ou non.

— De toute façon, je ne parviendrai pas à te convaincre, je le sais pertinemment. Tu as toujours eu le béguin pour Teo.

— Pas du tout ! protesta Amelia, sentant ses joues s'empourprer.

— J'espérais que cela te passerait quand tu te rendrais compte qu'il me déteste et qu'il déteste tout ce qui se rapporte de près ou de loin à ma personne. Il est néanmoins de mon devoir de mère de te prévenir, ma chérie. Vu de l'extérieur, épouser le duc de Marinceli peut faire rêver, mais la réalité s'avère moins mirifique. Tu finis enfermée dans une cage. En ce qui me concerne, je ne l'ai pas supporté. Toi, le supporteras-tu ?

Elle réussit à orienter la conversation dans une autre direction. Cependant, les paroles de sa mère restèrent gravées dans son esprit. Elles résonnaient en elle comme un sortilège, une malédiction.

Plus tard dans l'après-midi, alors que le soleil hivernal commençait à descendre à l'horizon, elle décida d'en avoir le cœur net.

Elle alla jusqu'à la porte du bureau de Teo, l'ouvrit

sans bruit et demeura quelques instants à observer son futur mari en silence.

À présent, elle le connaissait d'une manière qu'elle n'aurait pas crue possible quand tout ce qu'elle connaissait de lui, c'était cette image de beau ténébreux pour qui elle avait eu ce « béguin » qui n'avait pas échappé à sa mère. Elle savait à quoi il ressemblait quand il s'abandonnait au sommeil ou au plaisir. Elle connaissait le goût de sa peau et la douceur de ses mains aristocratiques lorsqu'elles exploraient chaque parcelle de son corps enfiévré.

Et pourtant, à le regarder ainsi, absorbé dans la lecture d'un épais document, elle songea qu'elle n'avait jamais rencontré quelqu'un d'aussi solitaire. Sur ce plan, les choses n'avaient guère évolué, malgré les moments d'intimité partagés sous la couette et les conversations nocturnes favorisées par l'obscurité.

Dans le noir, Teo se laissait aller à des confidences qu'elle écoutait, blottie contre lui, la tête au creux de son épaule. Il lui racontait son enfance, ou encore ce qu'il avait ressenti en comprenant qu'il hériterait un jour du duché et des responsabilités écrasantes de son père. Une nuit, il lui avait parlé de sa mère et de l'amour qu'il continuait de lui porter. Certains matins, la croyant endormie, il chuchotait des mots tendres au bébé qui grandissait à l'intérieur de son ventre.

Ces moments privilégiés lui insufflaient de l'espoir.

— Je veux plus qu'un mariage de convenance, déclara-t-elle sans autre préambule.

Teo ne sursauta pas. Il tourna juste la tête vers elle, et à son regard, elle sut qu'il avait détecté sa présence depuis un bon moment, même s'il n'en avait rien laissé paraître.

— Que proposes-tu à la place ?

Il semblait autant sur la défensive que le jour où elle lui avait annoncé qu'elle attendait un enfant de lui. Comme si leur relation n'avait pas progressé d'un pouce.

— Je veux tout.

Il prit un air perplexe.

— Je ne vois pas ce que tu pourrais demander de plus que ce que je t'ai offert. Regarde autour de toi, tu as déjà tout : le titre de duchesse, ce domaine, le confort matériel... Qu'attends-tu d'autre de moi ?

Elle sentit son cœur sombrer.

La mise en garde de sa mère prenait tout son sens : leurs ébats nocturnes l'avaient aveuglée, le sexe et l'amour étaient deux choses bien différentes. Si, pour elle, le premier était une façon d'exprimer le second, il n'en allait pas de même pour Teo.

Elle toucha son ventre pour puiser de la force auprès de son bébé.

Leur bébé. Ce petit garçon appelé à devenir le vingtième duc de Marinceli, le propriétaire de ce château aussi fabuleux que monstrueux. Un petit être vigoureux et vulnérable tout à la fois qu'elle devait protéger de la dynastie austère et compassée dont il serait l'héritier. Hors de question de lui imposer l'éducation rigide qu'avait reçue Teo, où toute démonstration de spontanéité était considérée comme une preuve de faiblesse. Hors de question aussi de le contraindre à l'existence bohème qu'elle-même avait vécue au gré des caprices d'une mère fantasque. Il y avait forcément une voie médiane, à elle de la trouver.

— Tu as une fortune considérable, plus d'argent que

tu ne pourras en dépenser au cours de ta vie. Tu as aussi le pouvoir et la légitimité, mais cela ne me suffit pas.

— Que te faut-il de plus ?

— L'amour.

Elle venait de lâcher une bombe. Qu'allait faire Teo ? Exploser de colère ou au contraire se verrouiller à double tour ? Elle l'ignorait, mais une chose était sûre : les grands sentiments et les grandes déclarations ne faisaient pas partie de son mode de fonctionnement.

En fait, il tomba littéralement des nues, comme si sa demande était absolument saugrenue.

— De l'amour, répéta-t-il, au comble de la perplexité. La perspective du mariage aurait-elle altéré ton bon sens ? Que vient faire l'amour dans tout ça ?

— Il est indispensable. Ma mère ne m'a pas apporté la sécurité, mais elle me donne de l'amour. Tu prétends qu'elle s'aime plus que tout, et tu as raison, je le sais. En revanche, elle m'aime autant qu'elle le peut, et c'est ce qui compte.

— Voici une discussion très… californienne, répliqua Teo d'une voix glaciale. Dois-je vraiment y participer ?

En d'autres circonstances, elle aurait sans doute battu en retraite, mais en l'occurrence l'enjeu lui paraissait trop important.

Elle pénétra dans la pièce et vint se placer en face de Teo, de l'autre côté de son imposante table de travail, sur laquelle elle plaqua les mains.

— Moque-toi autant que tu le voudras. Quoi qu'il en soit, l'enfant que nous avons conçu ne tardera plus à voir le jour, et la vie est suffisamment dure, même pour un de Luz, pour lui épargner l'éducation dénuée de marques d'affection que ton père t'a dispensée.

L'argument ouvrit une brèche dans l'armure de Teo, elle le vit dans son regard et dans la crispation de sa mâchoire.

— Mon père m'a élevé de manière à ce que, le moment venu, je sois capable d'assumer les responsabilités qu'il me transmettrait. Un homme digne de ce nom se doit d'enseigner à son fils à prendre sa place dans le monde et à aller au-delà de ce que lui-même a réussi à accomplir.

— Dans ce cas, qu'attends-tu pour faire mieux que lui ? Et si, en plus de former ton fils à ses futures fonctions de duc, tu lui apprenais à aimer ? Pleinement, sans fausse pudeur. Et si tu t'intéressais à ce qu'il est plus qu'à ce qu'il représente ?

— Je ne comprends rien à ce que tu racontes. Nous avons conclu un accord, et le mariage a lieu dans deux jours. À quoi riment ces théories fumeuses ?

Elle se redressa et inspira profondément.

Derrière son bureau, entouré de tonnes de documents plus officiels les uns que les autres, Teo paraissait encore plus hautain et inaccessible que d'ordinaire, mais elle ne s'avouait pas vaincue pour autant, car un déclic venait de se produire dans son esprit : toute cette arrogance n'était en réalité qu'un masque. Cela faisait partie de la panoplie du parfait aristocrate. Le vrai Teo, c'était celui qu'elle avait découvert lorsqu'ils étaient seuls et qu'il acceptait de se défaire de sa carapace, l'expression de plénitude que trahissait son visage quand il pénétrait en elle. Tout le reste n'était qu'un costume qu'il endossait, un rôle.

Elle tenta de le déstabiliser pour mieux l'atteindre.

— Je vais te dire pourquoi j'ai agi comme je l'ai fait, l'automne dernier. J'étais vierge.

Il éclata d'un rire ironique.

— Cela n'a rien d'un scoop ! Nous l'avons tous été, *cariña*.

— Je parle du soir du bal masqué, poursuivit-elle sans se démonter. Le problème, vois-tu, c'est que je n'arrivais jamais à dépasser le stade du premier baiser avec les hommes que je rencontrais. Parce que tu m'obsédais depuis l'époque de mon adolescence. Toi seul détenais la clé susceptible de me libérer de cette emprise.

— C'est absurde.

— C'est aussi ce que je pense. Mais voilà, c'était avec toi que j'avais envie de perdre ma virginité, et avec aucun autre. Or, si tu m'avais reconnue, mon plan aurait échoué.

D'un mouvement nerveux, Teo se leva.

— Comment pouvais-tu être encore vierge ? murmura-t-il, comme s'il se parlait à lui-même.

Il semblait presque atterré.

— Cela n'a rien de sorcier, ironisa-t-elle. Il suffit de ne pas avoir de rapports sexuels.

Son trait d'humour n'eut pas l'effet escompté. Surprise, elle vit Teo serrer les poings, visiblement furieux.

— Ce n'est pas ce que je voulais dire. Comment, *toi*, pouvais-tu être encore vierge ?

Quand elle comprit le sens exact de sa question, elle eut l'impression de recevoir un uppercut.

— Ah, je vois ! Telle mère, telle fille, n'est-ce pas ? Et comme tu prends ma mère pour une femme aux mœurs légères...

— À quel jeu joues-tu exactement ? Pourquoi en faire toute une histoire, alors que cela pourrait être si simple ? Qu'espères-tu me soutirer ? Cela ne te suffit pas que je fasse de toi ma femme, ma duchesse ? Qu'en raison d'un moment d'égarement de ma part, tu obtiennes plus que ce qu'une personne raisonnable n'est en droit d'attendre ? Je ne comprends pas à quoi ça sert de compliquer la situation.

— Il ne s'agit pas de la compliquer, protesta-t-elle, la gorge nouée. Il s'agit de rétablir la vérité.

— Toute vérité n'est pas bonne à dire.

— Pourquoi cette information te met-elle dans un tel état ?

Teo ne répondit pas, se contentant de la fixer d'un regard sombre qui n'augurait rien de bon.

— C'est tellement facile de partir du principe que je suis l'intrigante qui a manigancé toute cette affaire pour te piéger, celle par qui le scandale arrive ! Moi le bourreau et toi la victime...

— Ta façon de présenter les choses me semble un peu caricaturale.

— C'est plutôt la tienne ! Ton père aimait tant ma mère qu'il l'a imposée dans votre milieu. Une initiative impardonnable. Après ça, comment aurais-tu pu ne pas haïr cette intruse ? Et maintenant, il y a moi, la fille de Marie French, donc par voie de conséquence, une catin elle aussi.

— Ne parle pas de toi ainsi ! Je ne t'ai jamais traitée de catin.

— Ouvertement, non, mais tu le penses. Cela se voit comme le nez au milieu de la figure.

— Amelia...

Elle ne le laissa pas achever sa phrase. Au stade où elle en était, autant se montrer honnête jusqu'au bout. Il était temps que les masques tombent.

— Sais-tu pour quelle raison j'ai choisi d'offrir

ma virginité à un homme qui n'avait jamais caché son animosité à mon égard ? lança-t-elle d'une voix tremblante, se moquant éperdument désormais de lui montrer son émotion.

— J'en frémis d'avance.

Elle réprima un sanglot, hésitant à poursuivre...

C'est alors qu'un miracle se produisit : elle sentit le bébé bouger. Aussi furtif soit-il, ce mouvement lui redonna du courage, et elle posa instinctivement la main sur son ventre.

Cet enfant méritait une vie heureuse. Et pour cela, il avait besoin de parents unis par un lien fort.

— Je pense que tu connais déjà la réponse, mais je vais néanmoins l'exprimer à voix haute, au risque de te choquer : parce que, envers et contre tout, cet homme, Teo, je l'aime.

11

Sous le choc après les deux bombes que venait de lâcher Amelia coup sur coup, Teo éprouvait une sensation étrange. Il avait l'impression que son sang s'était glacé, et pourtant un brasier le consumait de l'intérieur.

— Tu ne peux pas m'aimer, déclara-t-il d'une voix atone qu'il reconnut à peine. L'amour ne saurait faire partie de l'équation.

— Dans ce cas, comment envisages-tu ton rôle de père ? rétorqua-t-elle d'un ton beaucoup trop calme à son goût.

— Mon père...

— Ton père, d'après ce que j'ai cru comprendre, n'aimait qu'une seule personne, Teo. C'est toi-même qui me l'as dit. Est-ce vraiment ce que tu souhaites pour cet enfant ?

Il ne parvenait pas à détacher son regard de la main d'Amelia : contre quoi jugeait-elle utile de protéger le bébé ? Ou plutôt, contre qui ?

L'idée qu'il puisse s'agir de lui le dévastait. Il lui semblait que son monde, ébranlé, ne tarderait pas à s'écrouler. Que les murs de la pièce se rapprochaient, l'enfermant dans un état semi-conscient qui annihilait en lui toute faculté de réflexion.

Impossible. Cette demeure ancestrale était bâtie pour durer jusqu'à la nuit des temps, tout comme le duché ou la lignée qui veillait sur sa destinée.

Il fit une seconde tentative.

— Les ducs de Marinceli...

Tout aussi infructueuse que la première. Amelia l'interrompit aussitôt.

— Ne va pas t'imaginer que je me moque du duché. Ce n'est pas le cas. Il représente une telle importance pour toi que tu y consacres toute ton énergie. En revanche, ce qui m'importe nettement plus, c'est l'homme qui le dirige, à savoir toi.

— Moi, je n'ai rien demandé, s'entendit-il répondre. Je n'ai pas demandé que tu me séduises sous ton déguisement, que tu m'offres ta virginité, ni qu'il en résulte un enfant. Quoi qu'il en soit, je suis prêt à assumer pleinement mes responsabilités. Cela ne veut néanmoins pas dire que...

— Je ne te crois pas.

Son cœur fit une embardée puis marqua un temps d'arrêt.

Il attendit que se manifeste dans son bras gauche la douleur caractéristique de la crise cardiaque. Alors, il s'écroulerait sur le parquet, et c'en serait fini de cette conversation infernale...

Mais rien de tout cela ne se produisit. Amelia restait campée devant lui, l'air affligé, mais animée d'une détermination qu'il ne lui avait encore jamais vue.

Cela suscita en lui des sentiments contradictoires : d'une part une furieuse envie de prendre ses jambes à son cou – ce qui n'était pas dans sa nature –, d'autre part de l'admiration et de la satisfaction à la pensée que cette créature à la fois sensible et redoutable était la mère du futur duc de Marinceli.

Il se souvenait de sa propre mère comme d'une femme douce, élégante et bien élevée. Il avait beaucoup pleuré son décès, et son absence continuait de lui peser. Parfois, il se disait qu'il ne pardonnerait jamais à son père de l'avoir remplacée aussi vite, sans la moindre considération pour le chagrin de son entourage. Pour autant, il ne l'avait jamais perçue comme protectrice – elle n'avait pas cette force en elle –, mais plutôt comme un être qu'il se devait de protéger, puis dont il devait défendre la mémoire.

Il estimait avoir fait de son mieux : il avait haï Marie French et méprisé tout ce qui se rapportait à elle, de près ou de loin.

— Tu ne me crois pas ? répéta-t-il, désarçonné par l'assurance d'Amelia. Ce n'est pourtant pas moi qui ai menti dans cette histoire, Amelia, par omission ou de quelque autre manière.

— Même cela, je ne suis pas sûre de le croire, Teo. Peux-tu me jurer sur ton honneur que tu ne m'as pas reconnue ? Es-tu vraiment si peu observateur ? Une teinture de cheveux, un masque et une couleur d'yeux différente suffisent-ils à te berner ? J'ai du mal à adhérer à cette hypothèse.

— Je ne vois pas où tu veux en venir.

— Et puis, quand je surgis tout à coup de nulle part, tu me laisses entrer chez toi, poursuivit Amelia, comme si plus rien ne pouvait la stopper dans son élan. Alors que je suis la fille de celle que tu détestes le plus au monde. Cela n'aurait eu aucun sens si, quelque part au fond de toi, tu n'avais pas fait le lien avec la soi-disant inconnue du bal masqué.

Sans même en avoir conscience, il s'était levé. Il contourna son bureau et se dirigea vers la porte.

— Cette théorie du complot est fascinante, je te l'accorde. Cependant, elle m'amène à me demander ce qu'il se passe dans ta tête et si je ne devrais pas limiter ton influence sur l'enfant que tu portes.

— Des menaces, encore des menaces, toujours des menaces ! s'exclama-t-elle, comme elle l'avait déjà fait une fois au chalet. En dehors du lit, tu ne rates pas une occasion de me rabaisser ! Mais c'est sous la couette que s'exprime ta vraie personnalité, Teo. Une personnalité que j'ai eu le loisir de découvrir lorsque tu m'as séquestrée dans ta cabane des Pyrénées. Malgré ma prétendue infériorité sociale, malgré mes origines et mon manque d'éducation aristocratique, je t'attire prodigieusement. À quoi bon t'obstiner à le nier ?

Il s'immobilisa, sentant gronder en lui une colère inexplicable. Au lieu de gagner la porte, il s'approcha d'Amelia, qui, comme il l'avait anticipé, ne recula pas mais releva le menton dans un geste de défi.

Elle était sans doute la seule personne au monde à lui tenir tête ainsi, à ne pas lui témoigner cette déférence à laquelle son titre l'avait accoutumé. Pourtant, loin de considérer ce comportement comme une insulte à son rang, il n'avait qu'une envie : la prendre dans ses bras, la toucher.

La colère céda la place à une sorte de panique qui ne valait guère mieux. Il la saisit par les épaules, et il ne sut qui il punissait le plus en se retenant de la presser contre lui et de l'embrasser pour la contraindre au silence.

— J'ignore à quoi tu joues, murmura-t-il d'une voix rauque. Toutefois, il est trop tard. Aucun de tes arguments fallacieux et de tes stratagèmes ne changera le cours des choses. Tu m'épouseras.

— Tu as raison, je vais t'épouser ! Et j'ai un nouveau scoop pour toi, Teo : je ne suis pas comme ma mère. Je n'ai jamais aimé qu'un homme, et j'ai la ferme intention de continuer à le faire jusqu'à la fin de mes jours.

— Je ne peux pas t'empêcher de persister dans ces futilités.

— Et tu m'aimeras en retour, répliqua-t-elle sans se démonter. Crois-moi, tu finiras par m'aimer. Je n'accepterai pas qu'il en aille autrement.

— Tu devras te contenter de ce que je t'offre, répondit-il furieux. En l'occurrence, tu n'as vraiment pas à te plaindre.

— En fait, je ne suis pas loin de penser que tu m'aimes déjà.

Il serra plus fort ses épaules.

Il vit ses lèvres pulpeuses s'entrouvrir et sentit très nettement naître l'onde de désir mutuelle qui les poussait l'un vers l'autre et contre laquelle ils ne pouvaient rien.

Il eût été si facile de céder et de transformer cette discussion ridicule en un moment de plaisir intense, mais il préféra laisser retomber ses mains et s'écarter prudemment.

— Je ne peux pas t'aimer, déclara-t-il avec toute la froideur du duc de Marinceli qu'on l'avait formé à devenir. Je suis incapable d'un tel sentiment, tu ne comprends donc pas ? De toute façon, je n'ai aucune envie d'être atteint par le virus. Je ne serais pas doué pour ça.

Amelia le fixa de ses grands yeux violets, et il eut la

désagréable impression qu'elle lisait en lui comme à livre ouvert.

— Tu te trompes, et je te le prouverai.

— En voilà assez de ce comportement de midinette ! Je te rappelle que je suis un Grand d'Espagne, pas une quelconque conquête qui t'aurait invitée à dîner au restaurant pour achever de te séduire, et que notre mariage est un arrangement imposé par la situation. Je n'ai rien d'autre à te proposer qu'un duché, et je ne saurais trop te conseiller de témoigner davantage de gratitude. Sinon, la solution sera toute trouvée. La propriété n'est pas aussi grande par hasard...

Comme elle le regardait d'un air interrogateur, il ajouta :

— Le domaine ne manque pas de résidences autres que ce château où cloîtrer une duchesse qui s'abandonne à l'amertume. Tu aurais dû prêter plus d'attention aux livres d'histoire de la bibliothèque, quand tu séjournais ici il y a dix ans...

Puis, avant de perdre tout contrôle de lui-même et de commettre un acte irréversible comme succomber devant elle aux émotions qui le déchiraient, il tourna les talons.

Cette nuit-là, pour la première fois depuis qu'Amelia l'avait rejoint dans la chambre du chalet, Teo ne partagea pas son lit. Il sauta le dîner auquel assistait Marie French et se plongea à corps perdu dans la lecture de dossiers qui ne requéraient pas une attention immédiate mais qui auraient le mérite de lui occuper l'esprit, du moins un certain temps.

Avant que n'apparaissent les premières lueurs d'une

aube hivernale, il se retrouva à errer dans le labyrinthe des couloirs de ce château que ses ancêtres avaient marqué de leur empreinte, comme s'il voulait s'imprégner des leçons du passé, bonnes ou mauvaises.

Ses déambulations le conduisirent sans qu'il y prenne garde à la galerie où s'alignaient les portraits des dix-neuf ducs qui l'avaient précédé. Certains avaient combattu les armes à la main pour conserver ces terres et cette demeure dans la famille. D'autres avaient dû livrer bataille contre leurs propres instincts…

Il resta planté un long moment devant le portrait de son père.

Jusqu'à la veille, il aurait juré connaître cet homme aussi bien que ces lieux. Ses points forts, ses faiblesses… À présent, il n'avait plus aucune certitude. Pas même sur son propre compte.

Il se figea en entendant un pas léger derrière lui, s'attendant à voir apparaître Amelia. Quand il se retourna, il eut la désagréable surprise de découvrir Marie French en pyjama de soie, drapée dans une élégante étole de cachemire.

— Fichu décalage horaire, dit-elle avec un sourire d'une familiarité qui l'exaspéra. Je suis réveillée depuis 3 heures du matin.

— J'en suis désolé, madame, répondit Teo d'un ton glacial.

Elle lui lança un regard amusé.

— C'est drôle comme, dans ta bouche, ce simple mot, « madame », sonne comme une insulte. Faisons comme si nous allions de nouveau faire partie de la même famille et appelle-moi donc Marie.

Il n'avait pas l'intention de perdre du temps à discuter

avec cette femme. Il inclina la tête ainsi que l'exigeaient les règles élémentaires de la politesse, et il s'apprêtait à s'éloigner quand la phrase que lui lança Marie French le stoppa net dans son élan.

— Tu t'imagines que je lui ai brisé le cœur. Or, c'est l'inverse qui s'est produit.

Il en avait assez des déclarations fracassantes et n'avait pas envie d'en entendre davantage.

— « Briser le cœur » ? rétorqua-t-il malgré lui. Quelle version romantique ! Ce n'est pas ce qu'il me serait venu à l'esprit pour qualifier vos agissements, *Marie*.

Si ses paroles la blessèrent, elle n'en montra rien.

— Ton père était un homme fascinant, passionné. Inventif dans bien des domaines, mais je doute que cela t'intéresse.

— En effet. Ce que vous avez vécu dans l'intimité ne me concerne pas.

— En revanche, il ne m'aimait pas.

Plus que cette affirmation, c'est la tristesse qu'il surprit dans le regard de sa future belle-mère qui le désarçonna. Une tristesse qui paraissait si sincère qu'il se prit à douter.

— Ton père chérissait une chose, et une seule.

— Si vous voulez parler du duché, il en allait de son devoir. Quant à ma pauvre mère...

— Il avait peut-être une curieuse façon de la lui témoigner, mais il éprouvait beaucoup d'affection pour elle. De même, il ne traitait pas les affaires du duché à la légère. Toutefois, ce que Luis Calvo aimait par-dessus tout, c'était imposer sa loi. Mon départ n'a pas blessé son cœur, mais son orgueil.

— Une façon bien commode de vous dédouaner pour le mal que vous lui avez fait, répliqua Teo, refusant d'admettre cette version. Vous l'avez détruit. Après, il s'est mis à fréquenter des femmes d'une réputation douteuse.

Marie s'approcha du portrait de Luis Calvo et tapota d'un ongle manucuré le cadre doré du tableau.

— Réfléchis, Teo. Te rappelles-tu avoir jamais vu ton père craquer ?

Elle eut un petit rire amer.

— Soit on se pliait à ses ordres, soit on prenait ses distances. J'ai fini par opter pour la seconde solution. Je vais d'ailleurs te donner un conseil, Teo. Libre à toi d'en tenir compte ou pas. Toi aussi, il te faudra choisir entre camper sur tes positions, sûr de ton fait, et vivre heureux.

Ces paroles sibyllines le troublèrent.

— Je ne vois pas ce que vous voulez dire.

— Je te fais confiance, tu finiras bien par comprendre.

Le regard de Marie French devint d'une dureté impitoyable.

— En revanche, sache d'ores et déjà une chose : si tu t'avises de rendre ma fille malheureuse – ce qui ne manquera pas de se produire, je le crains –, tu auras affaire à moi. Je te traiterai comme tu crois, à tort, que j'ai traité ton père : je salirai ton image. Après tout, ce talent que tu me prêtes pour créer le scandale et attirer l'opprobre sur quelqu'un, pourquoi ne m'en servirais-je pas ?

Sur ces mots, elle tourna les talons, le laissant planté là à scruter désespérément le visage d'un homme qu'il avait l'impression de ne plus connaître.

S'il ignorait qui était réellement son père, comment pourrait-il savoir qui il était lui-même ?

Lui qui avait une si haute estime du sang coulant dans ses veines…

Pétrifié, il se faisait l'effet d'une des statues de marbre exposées dans cette galerie au milieu d'ancêtres qui l'observaient sans aménité.

Plus jeune, il avait étudié l'histoire de chacun de ses prédécesseurs. Il avait même dressé une liste des erreurs à éviter et synthétisé leurs qualités respectives afin de devenir le duc parfait. Mais s'était-il vraiment intéressé à leurs personnalités ? S'était-il interrogé sur leur capacité à aimer ?

Non. Il s'était laissé aveugler par la puissance de ces hommes et avait confondu pouvoir et autoritarisme.

Il ne contestait pas ce que Marie avait dit de son père. Comment avait-il pu effacer de sa mémoire l'égocentrisme paternel ? Tout bien réfléchi, Luis Calvo n'en avait jamais fait qu'à sa tête sans tenir compte de l'avis de quiconque, voire du bien-être de ceux qui l'entouraient, à commencer par celui de sa propre épouse.

Les pensées se bousculaient dans son cerveau à propos de la manière dont lui-même s'était comporté avec Amelia depuis qu'il avait appris sa grossesse.

Il avait agi dans un esprit de vengeance, estimant qu'elle l'avait manipulé pour le prendre dans ses filets. Or, c'était bien lui qui l'avait attirée à l'écart de la réception, lui qui avait pris l'initiative de l'embrasser, lui qui avait glissé sa main sous sa robe. Il s'en souvenait dans les moindres détails. Comment oublier cette expérience extraordinaire ? Jamais il n'avait ressenti un tel désir pour une femme.

Puis il l'avait enlevée et séquestrée dans ce chalet qu'il adorait, mais dont le confort était carrément rudimentaire pour une femme enceinte. Il l'avait traitée comme une servante, rôle dont elle s'était acquittée avec une aisance stupéfiante, jusqu'à ce qu'elle accepte de partager son lit.

Quel odieux chantage ! Finalement, il ne valait guère mieux que ce lointain aïeul qui, en parfait seigneur de guerre du Moyen Âge, avait mis à sac des cités entières pour asseoir sa domination.

Il ne remettait pas en question son aptitude à diriger son duché. Il avait été éduqué dans cette optique dès sa plus tendre enfance. En revanche, quel genre de mari serait-il ? Et quel genre de père ?

Hors de question de répéter le schéma paternel et de représenter pour son fils cet être distant que l'on craint et qui ne s'exprime que pour prononcer des jugements ou des ordres. Il n'avait aucune idée de ce que cela impliquait d'être père, en dehors des responsabilités. Toutefois, il raffolait de ces instants volés, quand, une fois Amelia endormie, il approchait les lèvres du léger renflement de son ventre et murmurait des mots rassurants au petit être qui y grandissait.

Qu'était-il prêt à offrir en échange ?

Amelia, pour sa part, lui avait donné sa fraîcheur et sa spontanéité. Elle lui avait aussi dispensé plusieurs leçons : de dignité en ne se plaignant jamais, de générosité lorsque, la joue maculée de cendre, elle s'était jetée dans ses bras, et de détermination en lui affirmant qu'il finirait un jour par l'aimer.

L'amour.

Ce n'était pas ce qu'il avait éprouvé lors de cette folle soirée, en septembre dernier. C'était du désir pur, un rut presque animal. Mais lorsqu'il l'avait attirée sur ses genoux et que, avec une lenteur dont il comprenait la raison à présent, elle l'avait accueilli en elle, il s'était produit une sorte de déclic, et il l'avait reconnue. Par la suite, il avait mis cette intuition sur le compte de la boisson, et il s'était efforcé d'oublier ce souvenir dérangeant qui était sans doute l'effet de ses sens abusés. Mais, oui, au plus profond de lui, il savait. Le masque, les cheveux teints en roux et les iris d'une couleur différente n'y avaient rien changé.

Et quand elle s'était présentée au château et lui avait annoncé la nouvelle de sa grossesse, lui confirmant ce qu'il avait déjà deviné, il avait choisi la solution de facilité en l'accusant de l'avoir dupé au lieu de se confronter à la vérité.

Un manque d'honnêteté qu'il avait longtemps évité de s'avouer à lui-même.

Tout bien considéré, il n'avait guère été brillant, ni en septembre dernier ni depuis. Cela n'empêchait pas Amelia de l'aimer, ce qui était incompréhensible, car depuis leurs « retrouvailles », il ne s'en était pas franchement montré digne.

Immobile, entouré des visages sévères des membres de sa dynastie, il sentait les certitudes dont il était pétri depuis l'enfance se fissurer les unes après les autres.

Cette lignée, il s'était juré de la perpétuer, et il n'y dérogerait pas. En revanche, il sentait en lui le besoin de changer, de devenir un homme meilleur, un homme qui mériterait l'amour d'Amelia.

Inutile de s'attarder en compagnie de ses ancêtres. Ceux-ci ne pouvaient rien pour lui. Ils avaient démontré leur aptitude à diriger un duché de main de maître, mais avaient-ils la moindre expérience en matière de cœur ?

Non, décidément, il n'y avait rien à en attendre sur ce chapitre. En revanche, il commençait à entrevoir une solution.

À condition qu'il ne soit pas trop tard...

12

Le soir précédant la cérémonie, Amelia tournait en rond comme un lion en cage dans la suite qu'elle était censée partager avec Teo mais où le maître de maison n'avait pas mis les pieds depuis leur discussion dans son bureau.

Elle était tentée de défouler son exaspération en jetant des objets par terre ou contre le mur comme elle l'avait trop souvent vu faire à sa mère. Mais elle n'était pas sa mère, et cela n'aurait fait qu'ajouter à sa tristesse et à sa frustration.

Son plus gros problème, c'était que Teo lui manquait terriblement.

Elle était en train de contempler un vase ancien sans doute hors de prix, lorsqu'elle entendit un raclement de gorge discret dans son dos.

Elle se retourna et découvrit le majordome planté sur le pas de la porte, raide comme un piquet, l'observant avec cet air condescendant et obséquieux tout à la fois dont il avait le secret.

Maintenant qu'elle s'apprêtait à devenir la prochaine duchesse de Marinceli, il lui témoignait néanmoins davantage d'obséquiosité que de condescendance. Un nouveau dosage qu'elle aurait peut-être apprécié si elle ne s'était pas sentie aussi misérable.

Parce que c'était une chose d'avouer ses sentiments à Teo, dans un élan de spontanéité et de lui déclarer qu'elle l'aimerait jusqu'à la fin de ses jours envers et contre tout malgré le peu d'enthousiasme que cette perspective suscitait chez lui, mais c'en était une tout autre que de s'imaginer remonter l'allée jusqu'à l'autel pour mettre son destin entre les mains d'un homme qui prétendait ne pas éprouver d'amour pour elle.

À quoi ressemblerait son existence dans ce château, certes somptueux mais figé dans le passé ? Et si Teo était incapable d'aimer ainsi qu'il l'affirmait, à quel père condamnait-elle le bébé blotti dans son ventre, voire ceux qui le suivraient éventuellement ? Réussiraient-ils à créer ensemble ne serait-ce qu'un semblant de vie de famille ?

Toutes ces pensées sinistres lui donnaient plus sûrement la nausée que sa grossesse durant les premières semaines.

— Si vous voulez bien me suivre, madame, votre présence est requise, annonça le majordome.

Elle n'avait pas franchement envie d'aller où que ce soit. Elle préférait rester cloîtrée dans cette suite en attendant la cérémonie. Plus qu'une nuit de solitude à broyer du noir avant une matinée censée être lumineuse.

Et après ?

La cérémonie aurait lieu dans la plus stricte intimité. Dans cinq mois, le duc annoncerait discrètement leur mariage et la naissance de leur enfant. Il demeurerait assez vague sur les dates pour ne pas alimenter les ragots de la presse à scandale, et le tour serait joué – du moins, c'était ainsi qu'il voyait les choses. De toute façon, il estimait ne pas avoir à se justifier. Un de Luz était au-dessus de ce genre de considérations.

Elle, elle s'en moquait. En revanche, un mariage en comité restreint, cela signifiait que ses amis n'y assisteraient pas. Même les plus chers, ceux-là mêmes qui comprendraient et lui pardonneraient de ne pas les avoir conviés, compte tenu des circonstances.

Mais à quoi bon s'apitoyer sur son sort ? Si Teo demandait à la voir, il devait y avoir une bonne raison.

Elle se leva et emboîta le pas au maître d'hôtel sans le moindre commentaire.

Elle pensait qu'il la conduirait au bureau de Teo, mais il l'emmena contre toute attente jusqu'au hall d'entrée où il lui tendit son manteau, puis sur le perron devant lequel était garé un véhicule dont le moteur tournait. Sans se départir de sa mine compassée, il lui ouvrit la portière arrière, et, toujours sans poser de question, elle se glissa sur la banquette.

Lorsque la voiture prit la direction opposée aux grilles du parc, elle commença à se douter de sa destination, et une pointe d'appréhension la saisit.

Son intuition ne l'avait pas trompée. Quelques minutes plus tard, le chauffeur la déposa sur le tarmac où était stationné le jet privé de Teo. Puis, sans lui laisser le temps de changer d'avis, il fit demi-tour et s'éloigna.

Que faire d'autre sinon monter dans ce fichu avion qui allait l'emmener Dieu sait où… Encore qu'elle ait une petite idée de l'endroit où elle allait atterrir.

Frissonnant dans son manteau trop léger, elle grimpa la passerelle à regret.

Elle s'apprêtait à affronter le regard ironique de Teo,

mais il n'y avait personne d'autre à l'intérieur que le pilote et le copilote. Pour en voir le cœur net, elle jeta un coup d'œil dans la petite cabine à l'arrière de l'appareil.

Vide également.

Résignée, elle prit place dans l'un des sièges en cuir larges et confortables, puis boucla sa ceinture.

Advienne que pourra !

Durant le vol, elle eut néanmoins tout le temps de réfléchir à sa situation, et lorsque le jet se posa, comme elle l'avait anticipé, sur la petite piste en plein cœur des Pyrénées, la rébellion avait pris le pas sur la résignation.

— Monsieur le duc vous attend, lui signifia le pilote en émergeant du cockpit.

Un instant, elle envisagea la possibilité de refuser de quitter l'avion, mais elle se ravisa, sachant que, une fois de plus, Teo ne lui laisserait pas le choix. En ne la voyant pas apparaître, nul doute qu'il ferait irruption et qu'il l'obligerait d'une manière ou d'une autre à le suivre.

Inutile de se donner en spectacle devant l'équipage.

À regret, elle sortit.

Dehors, elle fut saisie par la température glaciale. Il commençait à neiger, et les flocons s'accrochaient à ses cheveux. Elle préférait de loin la neige quand elle pouvait la regarder tomber, confortablement assise au coin du feu, une tasse de thé à la main.

Son cœur marqua un temps d'arrêt quand elle aperçut Teo au pied de la passerelle, manifestement insensible à cette météo peu clémente.

Quelle nouvelle épreuve s'apprêtait-il à lui imposer ?

Son sang ne fit qu'un tour, et elle dévala les marches.

— Franchement, tu as perdu l'esprit si tu t'imagines que je vais de nouveau jouer ce rôle ridicule de cendrillon !

s'exclama-t-elle, bouillant d'indignation. T'a-t-il échappé qu'il manque un élément essentiel dans ton scénario ? Le problème, vois-tu, ce ne sont pas les corvées ménagères, mais le fait qu'il n'y a pas de prince charmant pour me délivrer. Car, avouons-le, Teo, tu n'as pas le profil du prince charmant, plutôt celui de Barbe-Bleue !

Il ne répondit pas à la provocation, mais elle vit son regard s'assombrir sous l'effet de la contrariété. Il se contenta de glisser son bras sous le sien et l'entraîna vers le 4x4 garé un peu plus loin, dont il ouvrit la porte du côté passager.

— Monte, s'il te plaît, dit-il, comme elle restait plantée là, hésitante.

— Je ne plaisante pas, Teo. Je ne...

— Tu préfères risquer l'hypothermie ? s'enquit-il en la regardant droit dans les yeux. Tu ne vas tout de même pas mettre la vie de notre bébé en danger pour la simple satisfaction d'avoir le dernier mot ?

Furieuse, elle céda et grimpa dans le véhicule.

La petite route de montagne lui parut encore plus sinueuse et étroite que dans son souvenir. Les lacets s'enchaînaient jusqu'au sommet, et c'est avec soulagement qu'elle vit enfin la silhouette du chalet se dessiner dans la pénombre.

Elle sentit sa gorge se nouer.

Lorsqu'ils étaient repartis de cet endroit, elle imaginait son avenir sous un jour radieux. Que lui restait-il à présent de ce bel optimisme ?

Teo se gara juste devant l'entrée.

S'armant de courage, elle quitta la chaleur de l'habitacle pour affronter le froid. À cette altitude, le vent soufflait plus fort, soulevant des bourrasques de neige. Elle n'était pas habillée pour supporter des températures aussi basses, et ses bottines en cuir convenaient davantage à l'hiver californien que pyrénéen !

S'efforçant de ne pas glisser sur la neige damée et glacée, elle se dirigea vers la porte, fulminant à la perspective de ce qui l'attendait à l'intérieur.

Si Teo croyait qu'elle allait préparer le feu et cuisiner le dîner, il se trompait lourdement ! Elle n'avait pas l'intention de lever le petit doigt.

Elle en était là de ses pensées quand il poussa le battant en bois.

Alors, sa mauvaise humeur s'évanouit comme par enchantement.

À l'intérieur régnait une chaleur agréable. Les flammes crépitaient dans la cheminée et les lampes à huile éclairaient la pièce d'une douce lumière tamisée.

La gorge encore plus serrée, elle contempla ce cadre qu'elle aurait trouvé follement romantique en d'autres circonstances, avant que le grincement de la clé dans la serrure un peu rouillée ne la tire de sa rêverie.

Teo venait de verrouiller la porte derrière lui. À présent, elle se retrouvait de nouveau enfermée ici, à sa merci.

— Tu es venu avec une domestique, cette fois ? lança-t-elle avec plus d'assurance qu'elle n'en ressentait.

— En l'occurrence, c'est moi « la domestique », *cariña*, répliqua-t-il sur un ton amusé.

Il passa devant elle et se dirigea vers les deux grands canapés. Elle avait dormi sur l'un de ces sofas. Un acte de défi que, avec le recul, elle considérait maintenant comme un échec. Car, malgré elle et bien qu'elle ait tout fait pour chasser Teo de son existence, elle était tombée amoureuse de lui de façon irrémédiable à seize ans, et en dépit de l'enfant qu'elle portait, son précédent séjour dans ce chalet n'avait fait qu'enfoncer le clou : son cœur appartenait pour toujours à cet homme.

— Je ne comprends pas pourquoi tu m'as ramenée ici, dit-elle d'une voix misérable. Surtout avec toute cette neige dehors. Et si nous nous retrouvons bloqués ici ? As-tu oublié que nous sommes censés nous marier demain matin ?

— La perspective de rester coincée ici t'effraie-t-elle à ce point, Amelia ?

— En fait, je déteste l'idée d'être piégée, que ce soit ici ou ailleurs.

— Il s'agit de notre mariage, *cariña*. Si nous n'y sommes pas, les autres n'auront qu'à patienter jusqu'à notre retour.

Il se tenait debout devant l'un des canapés, attendant manifestement qu'elle vienne l'y rejoindre.

Mais elle n'avait pas envie de s'approcher. En son for intérieur, c'était le chaos, comme à chaque fois que Teo s'invitait dans ses pensées, c'est-à-dire de plus en plus souvent. Tout s'emmêlait, et elle sentait naître au fond d'elle un énorme sanglot, qui grossissait, grossissait, menaçant d'exploser à tout moment.

La présence de Teo compliquait tout. Cette dernière soirée avant la cérémonie, elle avait prévu de la passer seule afin de se préparer psychologiquement à partager la vie d'un homme qui ne l'aimait pas. Serait-elle assez forte pour le supporter à long terme ? Pouvait-on aimer pour deux ?

Autant de questions auxquelles elle aurait voulu réfléchir avant de s'engager, et la présence de Teo l'en empêchait.

— J'espérais que, loin de tout, nous pourrions prendre le temps de discuter sereinement. Toutefois, je n'ai pas l'impression que tu souhaites venir t'asseoir.

— J'ignore ce que tu vas encore exiger de moi. Mais si tu envisages de me traiter de nouveau en servante, sache que j'ai joué le jeu la première fois parce qu'il s'agissait d'une situation temporaire. Tu n'imagines tout de même pas que tu vas me traîner jusqu'ici selon ton bon vouloir pour récurer le sol et...

— Amelia.

La douceur avec laquelle il avait prononcé son nom résonna en elle.

Sans la quitter du regard, il s'avança.

— Je ne veux pas que tu récures le sol, ni que tu fasses quoi que ce soit que tu n'as pas envie de faire.

Le souffle coupé, elle ouvrit la bouche pour parler, mais aucun son n'en sortit.

Teo était campé devant elle, la dévisageant avec une étrange intensité, comme s'il cherchait à lire en elle. Puis, contre toute attente, il tomba à genoux.

— Que fais-tu ? murmura-t-elle, interloquée.

Pour tout autre homme, cette position aurait été humiliante. Mais pas pour Teo. Même agenouillé, il évoquait un maître et non un esclave.

— Je t'ai déjà ordonné de m'épouser, et tu as fini, bon gré mal gré, par m'informer que tu obéirais. Ce soir, je souhaite te le demander.

Pétrifiée, elle n'osa esquisser le moindre geste. Elle fixa le dix-neuvième duc de Marinceli qui, à genoux devant elle, la contemplait comme si elle représentait ce qu'il avait de plus précieux au monde.

Elle devait avoir mal entendu. Prenant ses désirs pour des réalités, elle avait mal interprété…

Elle le vit glisser la main dans sa poche de pantalon et en extraire une bague.

Il n'y avait ni boîte ni papier cadeau, mais c'était le genre de joyau qui se suffit à lui-même. Avec son énorme saphir entouré de diamants et de rubis, il avait dû susciter pas mal de convoitise au fil des siècles.

— Ce bijou a appartenu à la douzième duchesse de Marinceli, déclara Teo en le plaçant sous la lumière de la lampe à huile, ce qui eut pour effet de faire étinceler les pierres précieuses. Elle savait apprécier les belles choses à leur juste valeur, mais elle s'est surtout distinguée en rejetant la demande en mariage du douzième duc. Elle l'a éconduit à trois reprises, du moins à en croire les chroniques familiales. Il a fallu qu'il la kidnappe, qu'il la séduise et qu'il lui fasse un enfant pour qu'elle condescende enfin à l'épouser.

— Une femme de caractère, à ce que je vois, dit Amelia, s'efforçant de refouler les larmes qui lui montaient aux yeux.

— Ils ont vécu très longtemps, et selon l'histoire qui s'est transmise de génération en génération, ils ont formé un couple très uni.

Il se releva et emprisonna ses mains dans les siennes.

— *Cariña*, jusqu'à présent, j'ai consacré toute mon énergie à devenir non pas n'importe quel duc, mais le duc de Marinceli. À être à la hauteur des augustes personnages qui m'ont précédé et du patrimoine qu'ils m'ont légué. Je connais par cœur la vie de chacun d'eux et les moindres recoins de ce domaine. En revanche, je me suis laissé aveugler et j'ai omis d'accorder l'importance qu'il mérite à un aspect pourtant essentiel de la personnalité : la sensibilité.

— Teo...

— Après toutes ces années passées à négliger cette partie de moi-même, je ne me sens pas digne de toi. J'ignore si je parviendrai un jour à être ce qu'il est convenu d'appeler un homme bien, poursuivit-il d'une voix rauque. En revanche, je ne demande pas mieux que de relever ce défi... Avec toi.

Cette fois, elle fut incapable de se contenir, et le sanglot qui l'empêchait de respirer se transforma en un déluge de larmes qu'elle ne chercha même pas à sécher.

— Tu avais raison, continua Teo. Au fond de moi, je savais que c'était toi... Au bal masqué, je veux dire. Ton nom m'était venu spontanément à l'esprit, mais je l'avais relégué dans un coin de ma mémoire par commodité...

Elle libéra une de ses mains et posa sa paume sur la joue rugueuse de Teo, qui n'arrêtait plus de parler.

— Je doute que mon père ait sincèrement aimé quoi que ce soit ou qui que ce soit, hormis son titre et sa position. J'ai dû remonter loin dans notre arbre généalogique pour trouver une histoire qui s'apparente à la nôtre. Comme je te l'ai déjà expliqué, les sentiments n'entraient pas en ligne de compte dans les affaires maritales des de Luz. Pour ce qui me concerne, je veux vous chérir, toi et notre enfant que nous élèverons ensemble. J'aurai cependant besoin de ton soutien pour y parvenir, car je ne sais pas si je suis capable de vous donner autant que vous le méritez.

— Bien sûr que si tu en es capable ! s'exclama-t-elle avec ferveur. Il te suffit d'ôter ton armure et de laisser s'exprimer ta nature profonde. Tu as relevé des défis bien plus difficiles.

— Si tu crois en moi, alors je déplacerai des montagnes, murmura-t-il avec un sourire désarmant.

Il glissa la bague à son annulaire gauche.

Bouleversée, elle constata qu'elle lui allait parfaitement. On l'aurait crue faite spécialement pour elle.

N'était-ce pas un clin d'œil du destin ?

— Amelia, *cariña*, acceptes-tu de m'épouser et d'être ma duchesse, dans tous les sens du terme ? Te sens-tu prête à m'apprendre à devenir un homme meilleur et à me rappeler, quand je tomberai de nouveau dans mes travers, que je suis avant tout un mari et un père de famille ?

Sans cette bague fabuleuse qui pesait lourd à son annulaire, elle aurait pu croire qu'elle rêvait et qu'elle allait se réveiller pour retrouver une réalité beaucoup moins féerique.

— Oui, Teo, je suis prête, murmura-t-elle d'une voix étranglée par l'émotion, car je crois que l'amour est plus fort que tout et qu'il peut réaliser des miracles.

Alors, il se produisit effectivement un miracle, car Teo sourit. Pas un de ces sourires crispés, démentis par l'expression sévère du regard, non, un vrai sourire, radieux, et qui illumina son visage. Un sourire de pur bonheur...

— Moi aussi, je t'aime comme un fou. J'ai mis du temps à m'en rendre compte, puis à l'accepter, et je ne suis pas très doué pour les grandes déclarations, mais je peux te dire une chose : depuis que tu as resurgi dans ma vie, celle-ci a pris un autre goût.

D'un geste d'une tendresse infinie, il posa la paume de sa main sur le ventre d'Amelia.

— Et toi aussi, *hijo mío, te amo.*

Un baiser scella ces promesses d'amour. Puis un autre, et un autre encore, jusqu'à ce qu'ils finissent nus sur le canapé, soudés l'un à l'autre, ne faisant plus qu'un.

13

Il avait neigé sans discontinuer les jours suivants. Une aubaine pour les futurs mariés qui, calfeutrés à l'intérieur du chalet et coupés du monde, avaient achevé avec un zèle sans cesse renouvelé de se découvrir et de se débarrasser de leurs dernières inhibitions.

Une semaine plus tard, debout devant l'autel de la chapelle médiévale du domaine de Marinceli, Teo avait eu l'impression que son cœur allait exploser quand il avait vu apparaître Amelia. Elle était absolument magnifique dans sa robe blanche d'une élégante simplicité, mais ce qui la rendait surtout si belle, c'était tout l'amour qu'exprimaient ses yeux couleur lilas.

Elle avait promis de le chérir jusqu'à ce que la mort les sépare, et il avait fait de même, fermement décidé à tout mettre en œuvre pour préserver ce don du ciel inespéré.

Les mois avaient passé, et le ventre d'Amelia s'était arrondi, jusqu'à devenir si rebondi qu'elle prétendit, un jour, qu'il allait bientôt lui falloir une voiturette de golf pour se déplacer dans cet immense château.

— Ce ne serait pas digne de la duchesse de Marinceli de circuler à bord d'un engin mécanique dans l'auguste siège ancestral du duché, *cariña*, avait-il objecté, sur ce ton pince-sans-rire qu'elle avait appris à décrypter.

— À votre guise, Votre Excellence, avait-elle répondu, moqueuse, en esquissant une révérence maladroite, mais j'espère qu'il ne sera pas indigne du duc de Marinceli de porter son épouse lorsque celle-ci ne sera plus capable de se mouvoir seule.

— Absolument pas ! Ce sera même un privilège.

Joignant le geste à la parole, il l'avait soulevée dans ses bras sans effort pour la déposer sur leur lit conjugal, témoin de leurs caresses nocturnes.

Et c'est dans ce même lit que le vingtième duc en puissance avait vu le jour, dans la suite transformée en maternité pour l'occasion. Un beau bébé en pleine santé, avec un appétit féroce et qui savait déjà exprimer ses désirs avec virulence.

— Je me demande de qui il tient ce caractère autoritaire, chuchota Amelia un matin alors que, repu, le petit s'était endormi contre son sein.

Allongé à ses côtés, Teo contemplait ce tableau merveilleux, ayant encore peine à croire à sa chance.

La maternité embellissait Amelia, qui rayonnait littéralement. Quant à leur fils, il démontrait déjà un tempérament bien affirmé. Nul doute qu'il aurait la carrure pour reprendre les rênes du duché le moment venu.

Pour autant, Teo n'avait pas l'intention de le dresser comme lui-même l'avait été par son père. Il lui apprendrait avant tout à développer ses qualités personnelles, à devenir un homme sensible, bon et juste, capable de prendre du recul face aux événements. Il en avait fait la promesse à Amelia, et il comptait bien la tenir.

Au cours de leur vie commune, Amelia et Teo traversèrent quelques turbulences, comme n'importe quel couple. Mais jamais ils ne laissaient les non-dits et la rancune les séparer. Leurs différends finissaient toujours par se régler car, malgré les années, leur amour restait intact. Leur reconnaissance et leur confiance réciproques étaient plus fortes que tout.

Leur désir mutuel semblait ne jamais vouloir s'éteindre. Il suffisait souvent d'un regard, d'une intonation, pour qu'il renaisse et les pousse dans les bras l'un de l'autre.

C'est ainsi que la lignée des de Luz s'enrichit au fil des ans de cinq nouveaux membres : trois garçons et deux filles. Le château ne ressemblait plus à un musée, il y avait toujours un ou deux jouets, voire une chaussure, qui traînaient dans une pièce, échappant à la vigilance d'Amelia ou des deux nounous qu'elle avait embauchées pour la seconder.

Lorsque leurs responsabilités professionnelles et parentales devenaient trop envahissantes, Teo et Amelia s'évadaient dans les Pyrénées l'espace d'un week-end prolongé, voire d'une semaine complète.

— Je t'aime, déclara Teo un soir, alors qu'ils se trouvaient blottis l'un contre l'autre sur l'un des vieux canapés du chalet, devant un bon feu de cheminée. Aussi incroyable que cela puisse paraître, mon amour pour toi ne cesse de croître. Je pensais qu'il s'émousserait un peu avec le temps, mais pas du tout. On dirait au contraire qu'il ne connaît pas de limite, et je me demande comment tout cela va finir.

— Cela n'aura pas de fin. C'est cela, la magie d'un conte de fées, répondit Amelia en lui offrant l'un de ces sourires qui avaient le don de le faire fondre.

— Et moi qui résumais Cendrillon à une souillon devenue princesse en se rendant au bal du prince dans une citrouille tirée par des souris ! ironisa Teo.

Son regard se porta en direction de la porte de la chambre que, des années auparavant, Amelia avait marquée de son empreinte en y posant sa main tachée de cendre.

Encore un clin d'œil du destin : cette marque avait refusé de s'effacer, et il en avait lui-même gravé les contours dans le bois. Depuis, tous deux la considéraient comme le symbole de leur histoire.

— Le plus important dans un conte de fées, c'est que le bonheur est inépuisable. Pas comme dans la société moderne où l'on divorce presque autant que l'on se marie. En revanche, cela suppose de respecter certaines règles.

— Lesquelles ?

— Par exemple, le prince charmant se doit de veiller à continuer de séduire l'élue de son cœur et d'entretenir la flamme qui brûle en eux.

— Je ne connaissais pas cette règle ! Et la princesse, dans tout ça ?

— Elle accorde ses faveurs à son prince selon son bon vouloir, répondit Amelia en éclatant de rire devant la moue dubitative de Teo.

— Vraiment ?

— Parole de duchesse.

— Dans ce cas, m'accorderais-tu les tiennes, là, maintenant ?

— Avec grand plaisir...

ROBYN DONALD

Le mensonge d'une princesse

DIADÈME

HARLEQUIN

Titre original :
RICH, RUTHLESS AND SECRETLY ROYAL

Ce roman a déjà été publié en 2019.

1

Les tambours martelaient la nuit tropicale chaude et humide, si bruyants qu'ils noyaient presque le son des guitares. Depuis sa position, surplombant la place du village, Hani Court parcourut des yeux la foule joyeuse qui chantait, battait des mains et dansait avec enthousiasme.

Hani enseignait à l'école locale et n'était pas censée participer à cette fête. Les villageois l'avaient organisée pour remercier une équipe d'étudiants ingénieurs venus de Nouvelle-Zélande pour rénover leur antique réseau d'alimentation en eau. Il y avait d'abord eu un banquet et, dès que les musiciens étaient arrivés, tout le monde s'était mis à se déhancher au rythme de ces danses typiquement polynésiennes.

La jeune femme esquissa un sourire nostalgique. Ces danseurs qui virevoltaient en tourbillons colorés lui rappelaient Moraze, son île natale si lointaine. Là-bas, sous une lune tropicale aussi pleine qu'ici, les gens dansaient la *sanga*, une danse sensuelle exprimant le désir à l'état pur, sans même que les partenaires ne se touchent. Ici, à Tukuulu, elle retrouvait, dans la façon de danser des Polynésiens, la même grâce érotique et suggestive.

Six ans maintenant qu'elle avait renoncé à tout ce qui faisait sa vie... la *sanga*, les folles chevauchées à travers les plaines sauvages de Moraze, en compagnie de son frère Rafiq. Ce frère qu'elle adorait, elle ne le verrait plus jamais, et plus jamais les habitants de Moraze n'acclameraient leur petite princesse, comme ils l'appelaient, quand elle apparaissait en public à côté de son frère, souverain de l'île.

Six ans aussi qu'elle avait renoncé à l'amour...

Mais s'était-elle pour autant résignée ? Hélas non. Elle avait tout perdu à la suite de sa bêtise et de son aveuglement et elle était désormais hantée par les regrets. Comme en ce moment. Dieu merci, rien ne l'obligeait à participer à la fête, et personne ne s'apercevrait de son absence si elle s'éclipsait pour regagner son logement, dans le quartier des enseignants.

Elle se détournait pour partir lorsque son regard croisa l'éclair bleu acier de celui d'un inconnu. Un frémissement la parcourut et elle retint son souffle, le cœur palpitant.

Interloquée, elle écarquilla les yeux. L'homme dominait tout le monde d'une bonne tête et ses larges épaules le rendaient encore plus imposant. Son visage aux traits virils, remarquablement bien dessinés, accentuait l'assurance et l'air d'autorité qui le distinguaient de la foule exubérante. De toute évidence, il s'agissait d'un homme habitué à commander.

Tous ses sens en alerte, Hani se retrouva incapable de bouger : qui était cet inconnu ? Pourquoi l'observait-il aussi intensément ? Les yeux toujours écarquillés, le cœur battant à tout rompre, elle le regarda approcher, remarquant le léger sourire qui étirait à peine ses lèvres sensuelles.

Brusquement, la jeune femme rougit, comprenant la raison de ce regard à la fois lascif et assuré : l'homme la trouvait à son goût, le mâle jetait son dévolu sur une femelle.

Cela, elle était capable de le gérer...

L'inconnu approchait, se déplaçant dans la foule avec une souplesse et une grâce félines. Hani se sentit atterrée en découvrant qu'elle éprouvait une émotion d'une violence primitive. Jamais elle n'avait ressenti cela, même lors de sa première rencontre avec Philippe. Malgré la chaleur, elle avait la chair de poule, et tous ses muscles étaient tétanisés, comme dans l'attente d'un choc.

Elle s'exhorta au calme. Il était ridicule de s'affoler ainsi. L'homme venait sans doute l'inviter à danser, puis lui conterait fleurette, histoire de passer le temps. Il la prenait probablement pour une autochtone : elle était beaucoup plus grande que les Polynésiennes, mais ses cheveux sombres et sa peau dorée pouvaient prêter à confusion.

L'inconnu s'immobilisa à son côté. Eperdue, le souffle court, Hani ressentit le sourire qu'il lui adressait comme une brûlure : charmeur, plein d'assurance, c'était celui d'un homme qui connaissait l'effet dévastateur qu'il exerçait sur les femmes.

Exactement comme Philippe.

L'inconnu déclara, assez clairement pour être audible dans le brouhaha de la fête :

— Je me présente : Kelt Gillan.

S'efforçant de calmer son émoi, Hani réussit à articuler :

— Hannah Court.

Si seulement son ton distant pouvait le décourager, s'il pouvait tourner les talons !

Mais, bien entendu, un homme tel que lui ne se laissait pas facilement démonter. A regret, Hani lui tendit la main et ne put réprimer un tressaillement lorsqu'il s'en empara.

— Je vous ai fait mal ? s'enquit-il aussitôt, fronçant les sourcils.

— Non, non, pas du tout...

Sautant sur la première excuse venue, la jeune femme ajouta précipitamment :

— Dans ce vacarme, j'ai cru entendre un cri, et j'ai eu peur.

A cet instant, la musique se tut, et les gens qui dansaient s'immobilisèrent. L'inconnu leva les yeux pour comprendre la raison de ce silence soudain.

— Les Anciens arrivent, lui expliqua-t-elle. Le respect exige qu'on les accueille en silence.

Apparemment, il ignorait les us et coutumes locaux, et il hocha la tête en regardant défiler le conseil des hommes et des femmes qui gouvernaient Tukuulu.

Hani réprima un soupir. Les Anciens allaient remercier les étudiants néo-zélandais par de longs discours et partir pendant qu'ils parlaient était insultant. Elle allait donc devoir rester avec cet inconnu qui la mettait si mal à l'aise.

Eh bien elle trouverait des sujets de conversation anodins, et tant pis, tant mieux même, s'il la jugeait stupide et sans intérêt.

D'où venait-il, et que faisait-il ici ? se demanda-t-elle, s'obligeant à garder les yeux sur les Anciens, debout face à la foule. Sa taille et ses yeux très bleus à l'éclat presque gris laissaient supposer une origine nordique, mais il avait le teint mat des Méditerranéens.

Il venait sans doute d'Australie, ou de Nouvelle-Zélande, pourtant il n'avait aucun accent...

Quant à la raison de sa présence sur l'île, elle ne faisait guère de doute : les mines de nickel, la seule ressource de Tukuulu, se trouvaient à la sortie du village. L'homme avait certainement signé un contrat avec la compagnie d'exploitation.

Dans ce cas, songea la jeune femme avec aigreur, c'était l'occasion rêvée de lui faire savoir que ses employeurs ne se montraient pas très généreux pour financer l'école des enfants de leurs ouvriers. La plus grande partie des ressources de cette institution provenaient d'une société de bienfaisance.

Les discours duraient depuis une bonne demi-heure quand Hani dut fermer les yeux, brutalement éblouie par le flamboiement des torches.

« Oh non ! Par pitié, pas ici, pas maintenant ! », s'adjura-t-elle en silence.

Elle ouvrit les paupières avec prudence et il lui sembla que ses pupilles éclataient, projetant des échardes de feu dans son cerveau. Une douleur sourde, pesante envahit ses membres.

Nul doute, c'était une nouvelle crise.

Pas de panique ! Il lui suffisait de rester debout. Dès que les discours seraient terminés, elle s'éclipserait.

Depuis deux mois, cette étrange maladie, proche du paludisme, l'avait laissée en paix, si bien qu'elle s'en était crue enfin débarrassée. L'angoisse l'envahit : lors de sa dernière crise, le principal de l'école l'avait avertie que, si sa santé restait fragile, il lui faudrait partir prendre du repos sous des latitudes plus tempérées.

Mais où aller ? Elle n'avait pas d'argent.

Kelt Crysander-Gillan, troublé par la présence de la jeune femme silencieuse à son côté, s'efforça pourtant de suivre les discours. Il n'en comprenait pas tous les méandres, mais le dialecte de Tukuulu était suffisamment proche de la langue maori pour qu'il en saisisse le sens général. Dommage que les Anciens ne soient pas arrivés dix minutes plus tard : il aurait alors eu le temps de se présenter plus convenablement à cette jeune femme qui l'intriguait avec son air étrangement distant et réservé.

Un regard de biais lui révéla qu'elle l'observait à la dérobée. Quand leurs yeux se croisèrent, elle pinça sa jolie bouche et tourna la tête de sorte qu'il put contempler son ravissant profil.

Kelt reporta les yeux sur l'orateur, mais dans son cerveau s'était gravée l'image d'un sourcil délicatement dessiné, d'un joli petit nez, d'un menton délicat mais volontaire, et de l'éclat exquis d'un teint parfait.

Une insulaire ? Certainement pas, il avait cru deviner, dans la nuit, l'éclat vert de ses yeux. Peut-être était-elle enseignante ? A son arrivée, il l'avait vue parler avec l'un des professeurs de l'école.

Elle ne portait pas d'alliance : il s'en était assuré au premier regard.

Les discours n'en finissaient plus et une heure interminable s'écoula avant que les Anciens ne s'asseyent enfin. La musique repartit aussitôt, tonitruante.

La jeune femme se détourna sans un mot pour s'éloigner dans la nuit.

Kelt eut un sourire ironique : et voilà le célèbre pouvoir de séduction des Gillan !

Il la suivit des yeux et la vit soudain tituber. Elle sembla retrouver son équilibre et continua à avancer, tête baissée.

Elle n'était pas dans son état normal, c'était clair. Elle ne marchait pas, elle avançait en chancelant le long du chemin bordé de palmiers. Elle trébucha de nouveau, réussit à se redresser, fit encore quelques pas avant de s'adosser lourdement au tronc de l'arbre le plus proche. En deux enjambées, Kelt fut auprès d'elle.

— Ça ne va pas ?

Hani voulut se redresser en entendant la voix profonde, presque rafraîchissante dans l'horrible chaleur. Même dans son état déjà semi-comateux, elle savait à qui elle appartenait.

— Non, ça va, murmura-t-elle.

Son élocution était si empâtée qu'elle en eut honte : l'homme allait la prendre pour une ivrogne, affalée ainsi contre le palmier.

— Je peux aller vous chercher quelque chose ?

— Non… merci…

« Allez-vous-en, c'est tout ce que je demande », aurait-elle voulu dire.

— Vous avez bu ? Consommé de la drogue ?

— Ni l'un ni l'autre, réussit-elle à articuler.

Elle ferma les yeux pour oublier sa présence, pour mieux se concentrer afin de retrouver un peu d'équilibre.

Kelt étouffa une exclamation irritée puis la souleva dans ses bras comme une enfant et demanda :

— Où alliez-vous ?

Hani aurait tant voulu s'abandonner contre lui, s'en

remettre à lui pour qu'il veille sur elle... Elle parvint à s'arracher quelques mots confus :

— Tout droit... chez moi...

Kelt se mit en marche sans un mot. Le temps qu'il arrive à la porte d'Hani, il ne restait plus à celle-ci que la conscience nécessaire pour prendre son médicament avant que la fièvre ne la plonge dans un abîme de cauchemars.

— Vous avez votre clé ?

— Mon... mon sac...

Ses lèvres étaient sèches, rigides et les mots qui sortaient de ses lèvres étaient inarticulés. De loin, de très loin, elle entendit son compagnon lui poser une autre question, mais son cerveau n'enregistrait plus. Brusquement, elle se mit à trembler de tous ses membres.

— J'ai froid... si froid, chuchota-t-elle.

Inconsciemment, elle se nicha plus étroitement contre l'homme qui la portait comme pour lui prendre un peu de sa chaleur.

Jurant en silence devant la réaction instinctive de son corps, Kelt lui prit le sac des mains.

— Ça va aller, dit-il, resserrant son étreinte. Je vais vous mettre au lit.

L'avait-elle entendu ?

— Table de... nuit, réussit-elle à articuler avec peine.

Elle tremblait si fort que Kelt entendait ses dents claquer, alors que son corps, contre le sien, était brûlant.

Il l'aida à se mettre debout et la soutint pour qu'elle ne tombe pas. Il s'empara de la clé et ouvrit la porte, avant de soulever de nouveau la jeune femme pour franchir le seuil du logement. Trouvant l'interrupteur électrique, il alluma le pauvre lustre et éclaira un petit salon modestement aménagé.

Sous l'impact de la lumière, la jeune femme se raidit dans ses bras et tourna la tête, se blottissant contre Kelt. A travers le fin coton de sa chemise, Kelt sentit la douce pression de sa bouche sur sa peau et s'efforça résolument d'ignorer sa réaction instantanée à ce baiser involontaire.

Supposant que la porte au fond de la pièce donnait sur la chambre, il s'en approcha et y trouva en effet un vieux lit en fer, flanqué d'une commode de bois blanc en guise de table de nuit, sur laquelle était posée une médiocre lampe de chevet.

Kelt déposa la jeune femme avant d'allumer. A sa grande surprise, elle émit une sorte de sanglot et détourna aussitôt la tête.

Il s'apprêtait à téléphoner à un médecin quand elle ouvrit les yeux : de grands yeux frangés de longs cils noirs, et oui, ils étaient bien verts. Même son regard un peu vague ne parvenait à faire oublier leur splendeur et l'étrange charme qu'ils dégageaient.

— Médicament, murmura-t-elle d'une voix fragile. Premier tiroir...

Kelt fut soulagé de trouver la boîte de comprimés : le nom du remède lui était inconnu, mais la posologie était écrite à la main, suivie de la mention : en cas de crise.

— Je vais chercher de l'eau, lui annonça-t-il.

Quand il revint, elle avait de nouveau fermé les yeux et s'était tournée sur le côté pour se protéger de la lumière. Dans son mouvement, sa robe était remontée, dénudant de longues jambes élégantes. Serrant les dents pour mieux refouler un élan de désir, Kelt rabattit nerveusement le vêtement pour la couvrir.

— Hannah, dit-il, usant d'un ton volontairement autoritaire et dur.

Apparemment perdue dans les affres de la souffrance et de la fièvre, elle ne répondit pas, mais ses cils palpitèrent imperceptiblement. Kelt s'assit au bord du lit, et sortit de leur pellicule le nombre de comprimés indiqué sur la posologie. Il l'appela de nouveau, mais n'obtint aucune réaction.

Il posa une main sur le front de la jeune femme : il était brûlant. Peut-être ferait-il mieux d'appeler un médecin plutôt que de tenter de lui faire ingurgiter ces médicaments.

Il essaierait d'abord cela, décida-t-il, et appellerait un médecin ensuite.

— Ouvrez la bouche, Hannah, ordonna-t-il.

Quelques secondes passèrent et elle finit par obéir. Il posa les comprimés sur sa langue avant de déclarer sur le même ton péremptoire :

— Voilà de l'eau : buvez et avalez.

Elle absorba goulûment l'eau et avala les pilules. Elle émit un petit soupir, ses traits se détendirent et elle articula péniblement :

— Très vite... ça...

Kelt la cala contre l'oreiller, et lui enleva ses sandales, remarquant ses pieds ravissants, à la cambrure parfaite. Elle ne portait pas de collants et sa robe était suffisamment ample pour ne pas la gêner. Il pouvait donc la laisser le temps d'aller chercher un médecin.

Il n'eut pas le temps d'atteindre la porte d'entrée : un bruit sourd dans la chambre l'alerta et il y retourna en deux enjambées.

Elle était tombée du lit, son corps si mince, si gracile,

agité de convulsions, tandis que des petits gémissements lui échappaient.

Quelle maladie pouvait donner une fièvre pareille en l'espace de quelques instants ?

Quand il la souleva pour la remettre sur le lit, elle se pelotonna contre lui, comme si instinctivement elle cherchait... quoi au juste ? Du réconfort, peut-être... ou tout simplement une forme primitive de protection. Quoi qu'il en soit, les convulsions cessèrent bientôt, remplacées par des tremblements.

— Ça va aller, Hannah, j'irai chercher un médecin dès que possible, lui assura-t-il sur le ton doux et ferme dont on use avec un enfant malade.

— Hani, pas Hannah, chuchota-t-elle au prix d'un visible effort.

Les syllabes étaient à peine articulées, tant elle claquait des dents.

En guise de réponse, il serra davantage son corps devenu tout mou, maintenant que les convulsions avaient cessé et s'assit au bord du lit, étonné qu'elle semble se calmer contre lui. Lentement, imperceptiblement, ses tremblements terribles diminuèrent et finirent par s'arrêter. Mais quand Kelt voulut la remettre sur le lit, elle s'accrocha faiblement à lui.

— Ne pars pas, marmonna-t-elle, son élocution si embrouillée qu'il eut du mal à la comprendre. Je t'en prie... Raf...

Rafe ? Son petit ami ? Furieux contre lui-même de se sentir pincé par la jalousie, Kelt dit doucement :

— Ça va aller, je suis là.

Elle parut rassurée et se détendit contre lui, sa respiration à présent plus régulière.

Kelt abaissa les yeux sur son joli visage : son frère Gerd se moquerait de lui, s'il le voyait en ce moment ! Cette pauvre petite chambre spartiate était bien loin du faste de la cérémonie à laquelle il avait assisté, tout récemment en Carathie ! Il est vrai qu'il s'agissait d'une sorte de sacre, leur grand-mère ayant officiellement nommé Gerd pour lui succéder comme souverain de ce petit pays au bord de l'Adriatique.

Gerd, l'aîné des deux frères, avait toujours su qu'il régnerait un jour sur les Carathiens, et Kelt n'avait jamais caché combien il était heureux que ce rôle de monarque ne lui soit pas dévolu. Son titre de prince Kelt, duc de Vamili lui suffisait largement, et tant pis si l'ascension de son frère avait suscité le mécontentement de certains.

La grande duchesse de Carathie, leur grand-mère, gouvernait depuis longtemps le petit pays et avait décidé d'assurer sa succession à la suite d'une pneumonie qui avait failli l'emporter. Elle avait donc fait revenir Gerd près d'elle pour organiser sans délai les cérémonies officielles auxquelles avaient assisté toutes les têtes couronnées d'Europe et leur famille.

Et, bien entendu, une myriade de princesses...

Un sourire cynique se dessina sur la bouche de Kelt. Leur grand-mère avait-elle jeté son dévolu sur l'une d'elles pour en faire l'épouse de son frère ?

Même si Gerd, en tant que dauphin, avait été élevé dans le carcan des traditions, il avait assez de personnalité pour choisir lui-même celle qui deviendrait sa femme. Et quand elle lui donnerait des enfants, sa succession serait assurée. A moins que...

Kelt fronça les sourcils en songeant à cette vieille coutume carathienne qui avait souvent compliqué la vie des souverains du pays. A son grand dam, elle avait resurgi juste avant la cérémonie officielle et notifiait que le trône revienne non à l'aîné des héritiers, mais au cadet. Dans les montagnes reculées du pays, il se trouvait encore beaucoup de paysans adeptes de cette tradition, et on murmurait qu'ils cherchaient à se rebeller contre le pouvoir en place.

Heureusement, Kelt n'avait pratiquement jamais vécu en Carathie et ne constituait pas une menace réelle pour son frère, mais les renseignements rapportés par ses informateurs l'inquiétaient quelque peu.

Les foyers de rébellion dans les montagnes étaient soigneusement entretenus par des forces organisées qui voulaient mettre la main sur les richesses du pays. On extrayait en effet en Carathie la moitié de la production mondiale d'un minerai indispensable dans l'industrie électronique.

La jeune femme dans les bras de Kelt poussa un petit soupir avant de se nicher plus étroitement contre lui, le visage enfoui à la jonction de son cou et de son épaule. La fièvre était tombée, sa peau était fraîche maintenant et ses tremblements avaient cessé.

Kelt se rendit compte que dehors, la musique s'était tue et jeta un regard à la pendule sur la commode. Voilà un peu plus d'une heure qu'ils étaient rentrés. Le remède, quel qu'il soit, était efficace.

Le visage de la malade était toujours niché contre son cou, il le dégagea avec précaution pour l'examiner : oui, elle allait mieux, elle respirait presque normalement.

Mais soudain, des perles de sueur apparurent sur son front, puis tout alla très vite : elle transpirait tant qu'en moins de cinq minutes, elle fut trempée. Sa robe en coton mouillée lui collait à la peau, dessinant la rondeur délicieuse de ses seins, l'élégante courbe de ses hanches et ses longues cuisses fuselées.

Kelt sentit le désir déferler en lui, exigeant, impérieux et eut honte de ne pas être davantage maître de lui.

Il fit doucement glisser Hani sur le lit : elle émit un petit gémissement comme si elle protestait, et tenta sans succès de lui prendre sa main. Son bras retomba, inarticulé. Soudainement, elle parut glisser dans le sommeil.

Kelt se leva et la regarda attentivement. Il ne pouvait pas la laisser ainsi, dans ses vêtements trempés.

Il fallait la déshabiller ! Que faire d'autre ?

Le lendemain matin, à son réveil, Hani n'avait plus de fièvre, même si elle se sentait un peu faible ! Merci à l'industrie pharmaceutique moderne qui produisait des médicaments miracles, songea-t-elle. Brutalement, l'image de celui qui l'avait secourue lui apparut. Kelt Gillan...

Un nom singulier pour un homme singulier. Elle se rappelait vaguement qu'il l'avait portée dans ses bras puis plus rien, le néant. Un étrange petit frisson la parcourut au souvenir du son de sa voix, froide, autoritaire qui lui ordonnait quelque chose, mais quoi ?

Oui, bien sûr : « Buvez », lui avait-il dit, en lui donnant ses comprimés.

La jeune femme eut un pauvre sourire et se releva sur un coude pour consulter son réveil. Elle s'aperçut alors qu'elle portait une des amples chemises en coton qu'elle mettait pour dormir.

— Ça alors ! s'exclama-t-elle à haute voix avant de se redresser pour parcourir la chambre du regard.

Sa robe de la veille était sagement posée sur le dossier de la chaise, à côté du placard.

Hani s'empourpra. Ce Kelt Gillan ne s'était pas contenté de rester auprès d'elle jusqu'à ce que la fièvre retombe, il l'avait aussi débarrassée de ses vêtements.

Eh bien elle ne pouvait que lui en être reconnaissante, se dit-elle, il avait fait ce qu'il fallait. Même si l'idée qu'il l'ait vue nue la confondait, il s'était occupé d'elle et c'était une pensée réconfortante.

Mais toute la journée, l'image de son beau visage aux traits parfaits ne la quitta pas, accompagnée, chaque fois, d'un délicieux frisson étrangement troublant. Elle s'abandonna à cette sensation sans même se demander pourquoi cet étranger l'avait tant intimidée alors qu'elle repoussait tous les hommes qui tentaient de l'approcher. Il lui semblait sentir de nouveau la puissance de ses bras, la chaleur de son corps contre lequel elle s'était blottie. Mais elle se rappela soudain le ton méprisant qu'il avait employé pour lui demander si elle avait consommé de l'alcool ou de la drogue...

Mais peu lui importait ce qu'il pensait d'elle puisque, grâce à Dieu, elle ne le reverrait jamais.

2

Trois semaines plus tard, à quelques milliers de kilomètres plus au sud, Hani contemplait l'océan Pacifique, beaucoup plus calme que d'habitude.

Cinq enfants venaient d'apparaître sur la plage : la plus grande, une fillette d'environ quatorze ans, était brune avec des yeux noirs et un teint joliment cuivré et le plus petit, un garçon d'environ trois ans, blond comme les blés. Entre les deux, les trois autres allaient du brun au châtain clair, tous aussi beaux les uns que les autres. Malgré leurs différences, on devinait à leur ressemblance le lien de parenté qui les unissait.

Aurait-elle un jour une famille ?, des enfants ? Son cœur s'étreignit : cela n'arriverait jamais, hélas.

— Comment tu t'appelles ?

Les enfants s'étaient approchés de la terrasse, et c'est le benjamin blond qui avait posé la question.

— Hannah, répondit la jeune femme. Mais on m'appelle Hani.

— C'est joli, Hani, dit l'enfant avec un grand sourire.

— A vous maintenant de me dire vos noms, déclara-t-elle alors, s'adressant aux cinq bambins qui la dévisageaient.

Ils répondirent tous en même temps, mais Hani, institutrice depuis six ans, avait l'expérience des enfants et, très vite, put mettre un prénom sur chaque frimousse. A Kura, qui semblait l'aînée, elle demanda :

— Où habitez-vous ?

— A Kiwinui, répondit la gamine, visiblement certaine que tout le monde savait où cela se trouvait.

Comprenant que Hannah n'en avait pas la moindre idée, elle ajouta :

— C'est le village derrière la colline, mais on nous permet de venir ici en passant la crête, à condition que nous le demandions poliment. Alors on vous le demande.

Cinq paires d'yeux pleins d'espoir regardaient Hani. Comment leur résister ?

— Je veux d'abord savoir si vous nagez bien.

— On n'a pas le droit de se baigner s'il n'y a pas un adulte avec nous, répondit Kura. C'est maman qui l'a dit, et un jour le duc nous a fait partir parce qu'il nous a vus dans l'eau. Pourtant on jouait seulement au bord de la plage.

La fillette avait dit « le duc » avec tant d'emphase et de respect qu'Hani en fut amusée.

— Qui est ce duc ? demanda-t-elle.

La question parut suffoquer les enfants et Kura expliqua :

— Un duc, c'est comme un prince. Sa grand-mère porte une couronne et quand elle mourra, c'est le frère du duc qui la portera, et il vivra dans un grand château.

L'enfant se tourna pour indiquer le promontoire couvert d'arbres, derrière eux, ajoutant :

— Le duc habite là-bas, derrière les grands pohutukawas.

De nouveau, le ton de respect amusa Hani qui s'abstint de questionner l'enfant plus avant.

— Jouez ici si vous voulez, mais venez m'avertir quand vous repartirez.

La petite troupe s'éloigna, à l'exception du garçonnet blond qui répondait au nom de Jamie.

— Pourquoi tu as les yeux verts ? demanda-t-il, fixant la jeune femme.

— Parce que ma maman avait les mêmes.

Le cœur d'Hani se serra comme si souvent depuis des années. Son frère aussi avait hérité des yeux verts de leur mère ; chaque fois qu'elle se regardait dans une glace, elle croyait le voir.

Jamie hocha la tête, satisfait, avant de demander encore :

— Pourquoi tu es ici ?

— Pour passer des vacances.

Après sa dernière crise, le soir de la fête à Tukuulu, le proviseur de l'école lui avait fait clairement comprendre qu'elle devait partir se soigner sous des latitudes plus tempérées, sinon son contrat ne serait pas renouvelé. L'un des membres bienfaiteurs de l'école mettait à sa disposition une maison au bord de la mer en Nouvelle-Zélande et son billet d'avion serait payé. N'ayant pas le choix, Hannah avait donc quitté à regret l'île et la sécurité qu'elle y ressentait.

Elle observa l'enfant filer pour rejoindre les autres. La maison qu'on lui avait prêtée dominait une crique bordée par une jolie plage. Vaste, claire et contre toute attente très confortable, elle était entourée d'une large terrasse de bois. Le propriétaire, un homme d'un certain âge, avait accueilli la jeune femme à sa descente d'avion, la veille au soir et l'avait accompagnée ici.

L'homme avait un accent anglais si distingué que cela prêtait à sourire. Sans doute était-ce pourquoi les enfants l'appelaient le duc. Après s'être présenté de façon très protocolaire, Arthur Wellington avait ajouté :

— Vous trouverez ce qu'il faut dans le réfrigérateur et le placard à provisions de l'office. Si vous avez besoin de quoi que ce soit d'autre, appelez le numéro inscrit à côté du téléphone.

Hani l'avait remercié, mais regrettait de ne pas lui avoir dit combien elle était touchée de son hospitalité. Elle le ferait en allant lui rembourser ses courses.

Avec un soupir de bien-être, elle promena son regard sur la crique : le sable évoquait du velours couleur ambre, au bord d'une mer presque turquoise, à gauche s'élevait le promontoire où était bâtie la demeure du propriétaire de la maison. Les flancs de la colline étaient couverts d'arbres au feuillage sombre, dont les branches s'inclinaient gracieusement jusque sur le sol.

La demeure du propriétaire était-elle aussi solennelle que ses manières ? Si oui, ce devait être incongru dans cette nature vierge, si loin de toute sophistication.

Hani reporta son attention sur les enfants dont les cris et les rires fusaient dans l'air cristallin. Il fallait surveiller que le petit Jamie ne s'approche pas trop de l'eau... Elle ne vit le nouveau venu que lorsqu'il fut à la hauteur de la maison. Ce fut un grincement de harnais qui l'alerta : elle pivota pour découvrir un bel alezan et son puissant cavalier.

L'homme montait très bien et, l'espace d'une fraction de seconde, Hani retrouva en lui l'aisance et la maîtrise de Rafiq quand il chevauchait avec tant d'élégance son pur-sang arabe favori. L'inconnu arborait le même air d'autorité.

Très vite, la réalité reprit ses droits : Hani connaissait ce cavalier, elle l'avait déjà vu, et son sang se glaça lorsqu'elle le reconnut. L'homme qui l'avait secourue, lorsque sa crise l'avait terrassée, à Tukuulu ! Celui qui l'avait tenue dans ses bras, et… l'avait débarrassée de ses vêtements quand ils étaient trempés de transpiration…

Que diable faisait-il ici ?

Il sauta à terre et, après avoir accroché les rênes à un poteau de la clôture, ouvrit le portillon pour rejoindre la jeune femme sur la terrasse. Celle-ci, comme paralysée, dut se forcer pour se mettre debout.

Sans l'ombre d'un sourire, elle pointa le menton en avant, tandis que son souffle se bloquait dans sa gorge à mesure que l'homme approchait.

Il était… oui, magnifique ! Mieux, d'une extraordinaire beauté, même si le mot de beauté s'appliquait mal à un homme aussi viril. Un air inné d'autorité durcissait ses traits superbement dessinés et il dégageait une puissance exceptionnelle, que ne démentaient ni ses yeux d'un gris bleu lumineux, ni sa bouche pourtant sensuelle.

Un homme pareil ne pouvait qu'émouvoir un cœur féminin, même douloureusement éprouvé comme celui d'Hani. Cependant, la lueur intraitable qui luisait dans son regard faisait naître en elle une sourde inquiétude.

Il dégageait une telle noblesse qu'il ne pouvait être que le fameux duc. Les nerfs d'Hannah se nouèrent encore davantage : Philippe, l'homme dont elle avait cru être éperdument amoureuse, prétendait être un comte français. Fallait-il voir dans cette coïncidence un mauvais présage ?

Quoi qu'il en soit, le désir qui brillait dans son regard lorsqu'ils étaient à Tukuulu avait disparu pour faire place à l'indifférence. A son grand dam, Hannah en fut piquée au vif.

Revenant sur terre, elle annonça d'un ton distant :

— Bonjour. J'ignorais que c'était vous, le propriétaire de cette maison. Merci beaucoup de me la prêter.

— J'espérais vous voir en meilleure forme.

— Je vais beaucoup mieux. A ce propos, je vous dois d'autres remerciements pour m'avoir secourue à Tukuulu, le soir de la fête.

L'homme haussa un sourcil sombre.

— C'était normal. Je me suis trouvé par hasard à côté de vous.

— Cela n'enlève rien à votre gentillesse, insista Hani. Je ne me souviens pas de grand-chose — sinon du timbre de sa voix, calme, rassurant, et du merveilleux sentiment de sécurité ressenti dans ses bras —, mais je suis sûre que je ne me suis pas déshabillée seule, ajouta-t-elle, croisant avec défi le regard de son compagnon.

Elle le vit plisser les yeux :

— Quand la fièvre a cédé, expliqua-t-il, je suis retourné à l'école chercher de l'aide, mais la fête était finie, et tout le monde était rentré se coucher. Je n'ai pas voulu vous laisser dormir dans des vêtements trempés. Mais rassurez-vous, j'ai agi comme un grand frère.

Cette fois, Hani sentit son visage s'empourprer.

— Je n'en ai pas douté un instant, dit-elle. En tout cas, merci encore de me prêter cette maison, ajouta-t-elle pour changer de sujet. C'est un endroit merveilleux.

Il eut un sourire distant.

— Le proviseur de l'école de Tukuulu est un de mes vieux amis. Un jour, il m'a demandé de mettre cette villa à la disposition de ses enseignants et j'ai tout de suite accepté. Elle est inoccupée la plupart du temps et c'est dommage. Vous êtes la troisième personne à en profiter, et j'espère qu'il y en aura d'autres après vous.

Tout s'expliquait donc, et il ajoutait manifestement ces précisions pour qu'elle ne s'imagine pas avoir droit à un traitement de faveur.

— Merci néanmoins, insista-t-elle. Pour que les choses soient claires entre nous, ce soir-là à Tukuulu, je n'étais ni ivre, ni droguée.

Cette fois, il parut un instant désarçonné.

— Vous vous rappelez ce détail ? Désolé de l'avoir pensé un instant : il ne m'a pas fallu longtemps pour comprendre que je me trompais.

Il enchaîna, presque aimable tout à coup :

— En tout cas, j'ai été heureux d'être là quand vous aviez besoin d'aide. Je m'appelle Kelt Crysander-Gillan, mais je n'utilise pas mon premier nom de famille. J'habite la maison sur le promontoire.

Rien d'aristocrate dans le nom, le titre était donc une invention des enfants. Il aurait pourtant pu être de souche noble : il exsudait la classe, la prestance et l'autorité.

— Bien sûr, vous savez que je suis Hannah Court, répliqua la jeune femme, lui tendant spontanément la main.

— Bienvenue en Nouvelle-Zélande, Hannah, déclara-t-il gravement, refermant sa main sur la sienne.

A ce contact, le cœur d'Hani s'accéléra. S'adjurant

au calme, elle réussit à ne pas retirer trop brutalement sa main.

Kelt Gillan avait dû sentir son émoi car il fronça les sourcils, mais les enfants l'avaient aperçu et coururent vers lui en poussant des cris et des exclamations de joie. Il les fit taire avec autorité :

— Du calme, les enfants !

Ils lui obéirent aussitôt, mais à leurs sourires, Hannah comprit qu'ils l'aimaient plus qu'ils ne le craignaient.

Il échangea quelques mots avec chacun d'entre eux et, de nouveau, elle se remémora Philippe, son premier et unique amant : il n'aimait pas les enfants, ils ne pouvaient rien lui apporter...

Kelt Gillan expliqua :

— Mademoiselle Court est ici pour se reposer parce qu'elle a été malade. Désormais, je veux que vous jouiez sur la plage du village, pas ici.

Les gamins portèrent leurs regards sur elle. Puis, dans un silence pénétré, la voix du petit Jamie s'éleva, grave :

— Moi aussi j'ai été malade, Hani. J'ai eu les oreillons, et j'avais si mal que je ne pouvais rien manger.

La ravissante Kura sourit pour lui rappeler :

— Tu as quand même pris un peu de soupe, non ?

L'enfant fit la grimace.

— Oui, mais ça faisait mal quand même.

Hani lui rendit son sourire et le rassura :

— Je vais beaucoup mieux à présent et, heureusement, je peux manger tout ce que je veux.

Kelt s'adressa alors aux enfants :

— Maintenant, partez.

Tous tournèrent les talons sauf Jamie.

— Où tu habites ? demanda-t-il à la jeune femme.

Nulle part, aurait voulu répondre Hannah. Au lieu de quoi elle expliqua :

— Sur une petite île, loin d'ici, où il fait très chaud. Elle s'appelle Tukuulu.

Jamie lui lança un adorable sourire avant de s'enfuir en courant.

— Ils sont adorables, déclara Hannah, rompant le silence entre elle et son compagnon. Ils sont frères et sœurs ?

— Il y a des cousins aussi. En Nouvelle-Zélande, le terme *whanau* désigne la parentèle, c'est-à-dire la famille au sens large.

— Vous n'auriez pas dû les renvoyer, j'adore les enfants.

— Vous êtes ici pour vous reposer, Hannah, rétorqua Kelt avec autorité, pas pour jouer les gardes d'enfants. Votre proviseur m'a demandé de veiller à ce que vous ne vous fatiguiez pas.

Il lui avait parlé sur le même ton, la nuit où il l'avait transportée dans ses bras jusque chez elle, un ton qui n'admettait pas la réplique et qu'elle n'appréciait guère. Elle n'était ni une imbécile ni une enfant.

— C'est très attentionné à vous deux, rétorqua-t-elle sèchement, mais je sais m'occuper de moi. Regarder les enfants jouer sur la plage depuis cette terrasse ne me fatigue pas, au contraire, c'est un plaisir.

Kelt demeura inflexible :

— Peut-être, mais le problème n'est pas là, vous devez reprendre des forces. Désormais, je dirai aux parents de garder leurs enfants sur la plage du domaine et, n'ayez crainte, ils s'y amuseront tout autant qu'ici.

Derrière lui, le cheval qui broutait l'herbe redressa la tête et fit un pas de côté, ses muscles puissants parfaitement fluides sous sa robe bien étrillée. De nouveau, les souvenirs assaillirent douloureusement Hani.

A Moraze, son pays natal, des hordes de chevaux sauvages parcouraient en toute liberté les grands plateaux couverts d'herbe folle. Ces purs-sangs arabes descendaient de ceux que l'ancêtre de la jeune femme, un aristocrate espagnol renégat, avait amenés sur l'île. Il était également accompagné d'un train de soldats mercenaires et d'une ravissante jeune Mauresque dont il avait fait sa femme.

Les parents d'Hannah lui avaient offert un de ces chevaux pour son cinquième anniversaire.

Ses parents étaient morts depuis si longtemps, tout comme le gentil cheval qui se prêtait à tous ses caprices... Elle n'avait plus monté depuis des années.

L'abandon, le sentiment de perte irréparable, le mal du pays la submergèrent avec tant de violence que cela lui arracha une grimace. Kelt le remarqua et fit un pas dans sa direction :

— Ne restez pas debout !

Hannah se reprit aussitôt et l'arrêta d'un geste, le regardant droit dans les yeux pour dire sur un ton calme mais ferme :

— Je ne suis ni une handicapée, ni une enfant, monsieur Gillan. Je sais ce que je dois faire.

Il la dévisagea attentivement, mais le ravissant visage s'était fermé, et l'expression de désespoir qu'il y avait surprise avait déjà disparu.

Kelt se ravisa, décontenancé par la dureté de sa réplique. Il n'était pas homme à se laisser intimider par une femme, aussi sûre d'elle soit-elle.

Il avait décidé de vivre en Nouvelle-Zélande parce

que Kiwinui appartenait à la famille de son grand-père depuis plus d'un siècle et qu'il s'y sentait profondément enraciné. En tant que descendant de la famille royale de Carathie, il avait un sens inné du commandement qu'il avait pu utiliser dans sa vie professionnelle. Soutenus par leur grand-mère, la grande duchesse de Carathie, son frère et lui, rompant avec la tradition familiale, s'étaient lancés dans les affaires une fois leurs études supérieures terminées. Tous deux avaient édifié un empire commercial dont ils tiraient des revenus énormes.

Les femmes adoraient Kelt, mais aucune n'avait encore ravi son cœur. Il traitait ses maîtresses avec générosité, attention et courtoisie et passait pour un amant merveilleux. Il croyait bien connaître les femmes, mais ne savait que penser de cette ravissante Hannah Court qui parlait un anglais parfait, nuancé d'une pointe d'accent si particulier. L'effet qu'elle avait sur lui était pour le moins embarrassant : son sens de l'autorité le poussait à lui assurer que, dans cette île, elle était sous sa protection, mais une pulsion lancinante lui soufflait de l'attirer dans ses bras pour l'embrasser à perdre le souffle.

Il finit par se résoudre à déclarer assez sèchement :

— Quoi que vous en pensiez, je ferai ce que j'estime être le mieux pour vous, compte tenu des circonstances. Si vous avez besoin de quoi que ce soit, appelez le numéro inscrit à côté de votre téléphone.

Hani tourna vers lui ses magnifiques yeux verts.

— Merci. M. Wellington me l'a déjà dit.

Kelt haussa les épaules.

— Arthur est à mon service.

— Je vois.

— Si vous avez une nouvelle crise, prévenez-moi.

— Inutile : j'ai les médicaments qu'il me faut.

Une rougeur légère envahit le visage de la jeune femme qui poursuivit :

— Comme vous l'avez constaté, ils agissent très vite.

Clairement, elle ne céderait pas d'un pouce. Kelt se demanda quel âge elle pouvait avoir : vingt-cinq ans, peut-être ? Son maintien, son regard qui ne cillait pas et ses étonnants yeux verts lui rappelaient sa grand-mère, la grande duchesse.

Ecartant cette pensée absurde, il demanda à brûle-pourpoint :

— Vous conduisez ?

— Bien sûr !

— Vous connaissez le code de la route en vigueur ici ?

— J'apprends vite s'il le faut, mais si le village n'est pas très éloigné, je peux m'y rendre à pied en cas de besoin.

— Il est à plus de cinq kilomètres : c'est trop loin, quand il fait chaud.

— J'ai l'habitude de la chaleur, fit aussitôt valoir la jeune femme.

— Si c'était vrai, vous ne seriez pas ici pour vous remettre de votre accès de malaria.

Sans lui laisser le temps de répliquer, Kelt poursuivit :

— En admettant que vous alliez au village à pied, il faudra aussi en revenir, et chargée de surcroît. Cela me paraît difficile.

S'efforçant de ne pas se laisser troubler par son regard ironique, Hani haussa les épaules.

— Ne vous inquiétez pas pour moi, monsieur Gillan. Je saurai très bien me débrouiller seule. J'en ai l'habitude.

— Appelez-moi Kelt et tutoyons-nous. Ici, en Nouvelle-Zélande, les gens sont très simples.

Tutoyer un homme qui possédait une telle prestance ? L'appeler par son prénom ? Hannah se sentit soudain dans la peau d'une petite fille. Néanmoins, elle venait d'affirmer son indépendance aussi, dissimulant de son mieux ses réticences, elle répondit poliment :

— Dans ce cas, il faudra me tutoyer aussi.

Il eut un sourire à peine amusé.

— Je le ferai avec plaisir. A présent, voici la raison de ma visite : si tu n'es pas fatiguée demain, j'aimerais que tu viennes dîner chez moi le soir.

Comment se dérober sinon en prétendant qu'elle n'était pas encore en état de sortir ? Mais elle venait d'affirmer qu'elle allait très bien et n'avait besoin de personne. Surtout pas de cet homme si beau, si troublant qu'elle devait lutter en permanence pour avoir les idées claires en sa présence.

Il la mettait en émoi, réveillait ses sens depuis si longtemps anesthésiés et faisait surgir en elle des rêves qu'elle avait cru bannis à jamais.

C'était très dangereux, elle ne savait que trop où cela pouvait la conduire.

Elle lui était pourtant redevable : il lui offrait l'hospitalité dans cette belle maison, l'avait secourue à Tukuulu et l'avait déshabillée quand...

Un trouble irraisonné l'assaillit à cette pensée mais elle se reprit :

— C'est très aimable à toi, Kelt. A quelle heure veux-tu que je vienne ?

— Je passerai te prendre à 19 heures, en attendant, ne te surmène pas. A demain donc.

Il tourna les talons pour rejoindre sa monture et Hannah frissonna malgré la douceur de l'air. Dieu qu'il était séduisant ! Quelle femme pouvait rester insensible à pareille aura de virilité ?

Elle rentra dans la maison, consciente du frémissement qui la parcourait. Tout à coup, elle fut prise de panique. Etait-elle en train de tomber de nouveau amoureuse ? Le désir sexuel si longtemps enfoui resurgissait soudain et elle en avait honte. Pourquoi fallait-il qu'elle soit toujours attirée par des hommes dangereux ?

Mais Kelt était-il dangereux ou projetait-elle sur lui l'ombre de Philippe ? Depuis six ans, elle avait pu se rendre compte que tous les hommes ne lui ressemblaient pas, au contraire.

D'ailleurs, l'attirance que lui inspirait Kelt ne ressemblait en rien à ce qu'elle avait éprouvé quand elle avait connu Philippe. Avec Kelt, il s'agissait d'une sorte de pulsion profonde, primitive, comme si elle sentait qu'ils étaient destinés physiquement l'un à l'autre, alors que Philippe l'avait grisée, éblouie, par son côté mondain et les célébrités qu'il côtoyait. A dix-huit ans, elle était encore si naïve qu'elle s'était jetée tête baissée dans le piège qu'il lui tendait.

Six ans plus tard, elle avait mûri, et le danger qu'elle pressentait chez Kelt Gillan était d'une autre nature : il n'y avait aucun calcul en lui, elle lui plaisait, elle en était sûre. Quant à elle, elle n'éprouvait qu'une attraction physique profonde.

Pour ne plus y penser, la jeune femme alla dans la cuisine se préparer un thé. Cinq minutes plus tard, sa tasse à la main, elle s'installait sur la terrasse pour contempler la mer.

Elle avait été assez bête, autrefois, pour se croire amoureuse de Philippe et l'avait chèrement payé. Il lui avait brisé le cœur, l'avait humiliée avant de la plonger dans un abîme de terreur et d'angoisse. Philippe avait tout misé sur sa naïveté et il avait gagné. Il l'avait séduite et avilie pour mieux l'utiliser.

Peu à peu, Hannah s'était laissé entraîner dans un piège qu'elle ne soupçonnait pas. Quand elle avait enfin compris, elle avait tenté de rompre, mais Philippe pour la retenir n'avait pas hésité à user de moyens de pression cruels et dégradants. Pour lui échapper, elle avait dû tout sacrifier : son amour-propre, son frère et tout espoir d'avenir.

Hannah ferma un instant les yeux. Ce jour-là, elle avait renoncé à vivre... Sans ce pêcheur méditerranéen qui faisait un peu de contrebande pour arrondir ses fins de mois, elle n'aurait pas survécu.

Au prix d'un gros effort, elle s'obligea à revenir au présent. Son problème actuel avait un nom : Kelt Gillan, et il fallait y réfléchir de façon rationnelle.

Cette violente attirance physique n'était qu'une simple réaction hormonale, presque animale. La logique et le bon sens pouvaient l'aider à la combattre et surtout à ne pas y céder.

Hannah n'était plus une petite idiote naïve, elle pouvait aller dîner chez Kelt. Après quoi, elle l'éviterait farouchement.

Le lendemain, à son grand regret, les enfants n'apparurent pas et, pour la première fois depuis son arrivée, elle se demanda comment elle allait passer ces trois mois de repos forcé sans s'ennuyer.

Elle partit se promener sur la plage, mais elle n'était

pas encore tout à fait remise et la fatigue l'obligea à écourter sa marche. Heureusement, la maison contenait des livres. Elle s'installa donc sur la terrasse avec un ouvrage sur l'histoire de la Nouvelle-Zélande qui lui sembla intéressant. Un ex-libris figurait sur la page de garde : Kelt Crysander-Gillan. Suivaient quelques lignes écrites à la main, que la jeune femme ne lut pas, ne voulant pas être indiscrète. Le souvenir de Kelt l'obséda un long moment, l'empêchant de commencer sa lecture.

A 19 heures précises, le soleil disparut derrière les hautes montagnes couvertes de forêts et Kelt arriva au volant d'un luxueux 4x4. Hani sentit son cœur se serrer : son frère autrefois en possédait un de la même marque. A quoi bon songer à Rafiq ? Il croyait sa sœur morte, et c'était mieux ainsi.

Kelt sortit de voiture en un mouvement souple et énergique. Il était très élégant, avec une chemise à col ouvert du même gris-bleu que ses yeux et un pantalon de fin velours côtelé. Elle en oublia ses pensées sombres et, toute à l'excitation qui montait en elle, sortit aussitôt pour l'accueillir quand il ouvrit le portillon.

Elle avait tenté de se mettre à son avantage malgré la pauvreté de sa garde-robe et avait choisi de porter une tunique toute simple achetée sur le marché de Tukuulu, dont la couleur saumon clair mettait en valeur sa peau dorée et les reflets auburn de ses cheveux sombres.

Après s'être dévisagée dans le miroir, elle s'était trouvé trop mauvaise mine : en se présentant ainsi, elle risquait de réveiller chez son hôte cette attitude protectrice qu'elle détestait. Elle avait donc opté pour un soupçon de fard à joues, et un rouge à lèvres assorti au ton de sa robe. Ses cheveux étaient tirés en arrière pour dégager son visage, maintenus par de grosses pinces en nacre.

Assez sûre d'elle mais le cœur battant, elle rejoignit Kelt près du petit portail.

3

Il la dévisagea avec l'attention scrupuleuse et dépersonnalisée d'un médecin, puis lui ouvrit la portière.

— Tu te sens mieux ? demanda-t-il.

Hani se rembrunit : il continuait à la considérer comme une malade : c'était exaspérant ! C'était quand même moins dangereux que l'expression de ses yeux à Tukuulu, le soir de la fête...

— Je vais très bien, répliqua-t-elle, le fixant avec un calme qu'elle était loin de ressentir.

— Tu as toujours les yeux cernés. Tu as bien dormi ?

Curieusement, pour la première fois depuis toutes ces années, Hannah avait dormi comme un bébé, et s'était réveillée pleine d'énergie.

— Très bien, merci. Pour changer de sujet, elle demanda : tu habites loin d'ici ?

— A un kilomètre à peu près par la route. C'est plus près en passant à travers les enclos, mais je te le déconseille.

— Pourquoi ?

Il démarra avant de lui lancer un rapide regard.

— Tu pourrais troubler le bétail...

Hani regarda les gros bovins placides dont le pelage brun roux brillait sous le soleil déclinant.

— Je me souviendrai de ta mise en garde, mais ces bêtes semblent bien flegmatiques, déclara-t-elle, elles ne se troublent sûrement pas facilement.

— Et toi ? demanda son compagnon d'un ton tranquille.

— Comment cela moi ?

— Tu te troubles facilement ?

N'en croyant pas ses oreilles, Hani le regarda : il affichait un sourire énigmatique, fixant le pare-brise devant lui. Se moquait-il d'elle ou était-ce une manière de flirter ? Brusquement, elle se sentit incapable de penser avant que la raison ne lui revienne. Bien sûr qu'il ne lui faisait pas d'avances, à moins qu'il ne soit de ces hommes qui courtisent toutes les femmes à leur portée ! Pour une obscure raison, Hannah lui prêtait plus de discernement, aussi répliqua-t-elle suavement :

— Non, heureusement. Les instituteurs ne peuvent pas se le permettre, sinon ils perdraient le respect de leurs élèves.

Il comprendrait ainsi qu'elle n'était pas disponible et n'avait rien d'une aventure d'un soir. Pour plus de sûreté, elle ajouta :

— En tout cas, n'aie pas peur, je ne compte pas aller chez toi à pied ni déranger tes vaches.

Changeant de conversation, elle s'enquit :

— Quels sont ces arbres qui poussent en bosquets au milieu des enclos ?

— Des totaras.

— Il me semble qu'il y a les mêmes en Afrique du Sud...

Elle se tut subitement et se mordit la lèvre, puis, pour tenter de faire oublier les mots qui lui avaient échappé, elle demanda :

— Ils fleurissent ?

— Non. Ce sont des conifères.

Kelt marqua un temps d'arrêt :

— Tu n'es pas sud-africaine ?

— Pas du tout, répliqua-t-elle la gorge sèche.

— Mais tu es allée là-bas ?

— Enfant, j'y ai passé des vacances.

Il ne fit pas de commentaire, mais voulut savoir :

— Explique-moi comment une jeune Anglaise décide de s'exiler sur une île comme Tukuulu pour y enseigner dans une petite école de village.

Hani ne se trahirait pas, sa réponse était prête.

— J'avais envie de me rendre utile et l'école cherchait des instituteurs. Le proviseur a du mal à garder ses enseignants, mais tu dois le savoir, puisque c'est un de tes amis.

Sans répondre, Kelt enchaîna :

— Tu comptes rester encore longtemps là-bas ?

— Je ne suis pas pressée de partir, pour l'instant.

— Il est quand même assez inhabituel qu'une jeune femme, anglaise de surcroît, s'enterre sur une île minuscule au fin fond du Pacifique.

Hani répliqua d'une voix de miel :

— Toi qui es évolué et cultivé, tu n'as pas l'air de souffrir de vivre sur cet archipel perdu de Nouvelle-Zélande.

Kelt eut un sourire narquois.

— Si les gens d'ici t'entendent dire que la Nouvelle-Zélande est un archipel perdu, tu ne te feras pas beaucoup d'amis. Nous sommes fiers de notre pays et à juste titre.

Ils avaient à présent laissé les enclos et venaient de pénétrer dans un de ces bosquets de grands arbres sombres que la jeune femme avait remarqués. Elle ne put réprimer une exclamation de plaisir :

— Oh comme c'est beau ! Le dessous du feuillage est argenté ! Ce doit être ravissant, quand il y a du vent.

— C'est encore plus beau en automne : on dirait de grandes torches rouge et or. Regarde, nous arrivons en haut de la crête d'où on domine Kiwinui : tu vas avoir une idée de l'étendue de la station.

Quelques minutes plus tard, Kelt arrêtait le véhicule. Une fois le contact coupé, le silence se referma sur eux et une odeur d'herbe humide à laquelle se mêlait le parfum piquant de la mer pénétra dans la voiture.

Le souffle court, Hani dit à mi-voix :

— C'est splendide.

— Je trouve aussi.

Kelt n'en dit pas davantage, mais la fierté se percevait au ton de sa voix.

Au pied de la colline, une vaste plaine couverte de pâturages s'étendait jusqu'à la mer, bordée par une plage de sable. Sur la gauche, une longue jetée de bois avançait dans l'eau. Un grand voilier à coque noire, et une puissante vedette à moteur y étaient amarrés.

Au milieu des pâturages, s'élevaient divers bâtiments de bois ainsi qu'une sorte de village de maisons basses :

— Ce que tu vois en bas est le centre d'exploitation de Kiwinui : les hangars à laine, ceux pour les machines et l'outillage, les abris pour le bétail, et derrière, les maisons des familles qui travaillent dans la station.

Hani eut soudain l'impression de manquer d'air : son compagnon était trop proche, elle distinguait jusqu'au grain de sa peau bronzée, et son odeur mâle, à peine citronnée, caressait ses narines. Un frémissement irrépressible la parcourut. N'y tenant plus, elle bondit hors de la voiture et avança de quelques pas. Quand

Kelt la rejoignit, elle n'osa pas lever les yeux vers lui et attendit que sa respiration reprenne un rythme normal pour lui demander :

— Je vois à droite une large bande d'herbe rase. Qu'est-ce que c'est ?

— Un petit aérodrome. Kiwinui est très étendu : pour fertiliser les pâturages, on les survole en les arrosant d'engrais.

Afin d'oublier son trouble, Hani se concentra sur le panorama. Au nord, une série de crêtes aux flancs couverts de forêts ressemblaient aux montagnes de Moraze. Entre ces chaînes montagneuses s'étendaient des pâturages verdoyants et la mer, d'un bleu intense, était festonnée par une succession de criques ourlées de sable doré. C'était un paysage enchanteur et, comme pour le célébrer, un oiseau lança sa trille aiguë puis la modula en un chant aussi gai et mélodieux que celui du rossignol en été.

Un élan de joie pure envahit la jeune femme. Certes, la présence à son côté de cet homme qui la troublait tant décuplait sa réceptivité, mais pareille splendeur ne pouvait laisser personne indifférent.

— C'est si beau, dit-elle dans un souffle. Quel est cet oiseau qui chante ?

Kelt lui lança un regard vif.

— Une grive musicienne. Les premiers colons les ont introduites ici.

Hani se maudit pour sa question stupide : si elle avait été aussi anglaise que son langage le laissait croire, elle aurait identifié cet oiseau si commun dans la campagne anglaise. Pourquoi Kelt se poserait-il des questions sur sa nationalité ? De toute façon, il n'avait aucune chance de découvrir qui elle était réellement. Après avoir échappé à Philippe, Hani avait si bien brouillé les pistes que même ses hommes de main n'avaient pu la retrouver.

Kelt expliquait maintenant :

— A l'origine, la maison de maître se trouvait près du village agricole. Elle a brûlé au début des années 1900 et on en a reconstruit une nouvelle sur la crête.

— Et la maison de la plage ?

— Elle date de l'origine, mais ma grand-mère l'a complètement réaménagée. Elle aimait la vie simple, mais ne renonçait pas pour autant à son confort.

Hani hocha la tête, il était clair que Kelt appartenait à une famille fortunée.

— Quant aux maisons des employés, reprenait-il à présent, elles non plus n'ont rien de commun avec celles des origines : aujourd'hui, les gens veulent un habitat vaste, pourvu de toutes les commodités modernes. C'est d'ailleurs bien légitime.

Hani hocha de nouveau la tête avant de demander :

— Quelle est la différence entre une ferme et une station d'élevage ?

— Au sens strict, une station est une très grande ferme d'élevage et remonte généralement au tout début de l'histoire de ce pays. Les premiers Gillan sont arrivés ici il y a cent quarante ans, Kiwinui est une station d'élevage.

Hani reporta les yeux sur la mer : l'eau, turquoise jusqu'à une vingtaine de mètres de la plage, devenait soudain bleu marine au-delà.

— On dirait que le fond de l'océan chute brutalement, fit-elle observer. La plage de ma maison est sûrement plus sûre pour les enfants. Ne les empêche pas de venir, Kelt : j'aurai plaisir à les surveiller.

— Nous verrons quand tu seras en meilleure forme.

Le ton n'admettait pas de réplique et Hani, fulminant, décida cependant de ne rien dire. Après tout, si elle n'aimait pas son caractère autoritaire, elle n'aurait qu'à l'éviter désormais. Curieusement, elle ne se sentait cependant pas écrasée par son autorité, comme c'était le cas autrefois avec Philippe quand elle se croyait encore amoureuse de lui. Plus qu'autoritaire, Philippe était tyrannique, despote et, très vite, elle avait appris à se plier à ses volontés, comprenant intuitivement qu'il était dangereux de s'y opposer.

Glacée à l'évocation de ces souvenirs, la jeune femme regagna la voiture et son compagnon la suivit.

La route privée de la grande maison était jalonnée d'arbres, plantés pour leur ombre et leur beauté. Hani identifia un flamboyant et le mal du pays l'assaillit, faisant se brouiller ses yeux. A Moraze, quand les flamboyants étaient en fleurs, ils recouvraient l'île d'un manteau incarnat... Elle ne reverrait jamais plus Moraze, se rappela-t-elle, fixant durement le pare-brise.

Kelt sentit ses mains se crisper sur le volant. Sa passagère avait les yeux humides et cela touchait en lui une fibre inconnue. Que se passait-il dans la tête de cette étrange jeune femme au joli visage ? Qu'est-ce qui l'attristait brutalement sans que rien ne l'ait laissé prévoir ?

Certes, sa maladie devait sans doute la rendre particulièrement émotive, mais l'intuition de Kelt lui disait que, derrière une apparence sereine et distante, Hannah Court cachait une blessure beaucoup plus profonde qu'une simple faiblesse physique.

Il dut se faire violence pour ne pas lui dire que, quels

que soient ses problèmes, il était prêt à l'aider et il se reprocha ce farouche désir de la protéger. Il lui fallait se méfier. En général, il ne s'intéressait qu'à des femmes indépendantes qui n'avaient aucun besoin de protection. Pourtant, le souvenir d'Hannah dans ses bras, quand elle grelottait de fièvre, demeurait gravé en lui, et revenait le hanter la nuit... N'avait-il pas obéi alors à un instinct de protection ?

A brûle-pourpoint, il demanda :

— Tu as un permis de conduire international ?

— Oui.

Le ton indifférent l'agaça mais il n'en poursuivit pas moins :

— Je vais te prêter une voiture, mais avant de prendre le volant, jette un coup d'œil au code de la route de ce pays, cela vaudra mieux.

Hani porta sur lui un regard surpris :

— C'est gentil de ta part, mais...

— Cela te permettra d'être indépendante, la coupa-t-il froidement.

Ainsi, il ne se sentirait pas obligé de jouer les chauffeurs, se dit la jeune femme avec une ironie qu'elle se reprocha aussitôt. Mais son amour-propre acceptait mal l'idée de lui être une fois encore redevable.

— Je n'ai pas vraiment besoin..., commença-t-elle, mais il l'interrompit de nouveau :

— J'ai fait la même chose avec les autres enseignants venus se reposer ici et je n'ai jamais eu à le regretter. Pourquoi ne le ferais-je pas avec toi ?

— Dans ce cas, merci beaucoup... euh... c'est très gentil.

L'instant d'après, Kelt immobilisait sa voiture. Dans la chaude lumière du soir, la structure virile de son visage frappa de nouveau Hani alors qu'il se tournait pour lui annoncer :

— Bienvenue chez moi.

Elle défit maladroitement sa ceinture en se demandant pourquoi le regard grave qui avait accompagné ces mots d'accueil conventionnels la troublait autant.

L'élevage devait être une activité très lucrative au début du XXe siècle, à l'époque à laquelle la maison avait été construite, songea-t-elle quelques instants plus tard en prenant la mesure de l'énorme bâtiment de bois édifié dans ce style colonial qui traversait aisément les âges et les modes.

Kelt n'en semblait pas particulièrement fier et il l'invita simplement à y entrer, après en avoir ouvert l'imposante porte en chêne. Trouvait-il normal d'habiter une demeure pareille, tout comme elle, dans son enfance insouciante à Moraze, trouvait naturel d'habiter le *castello*, la somptueuse demeure de sa famille ?

Essayant de ne pas paraître ébahie telle une touriste visitant un château, elle déclara :

— C'est superbe. Tu as toujours vécu ici ?

— Non, répondit-il sans la regarder. Après une imperceptible hésitation, il ajouta : ma mère n'était pas néo-zélandaise et j'ai passé de nombreuses années ailleurs. Mais c'est ici que je me sens chez moi.

Une porte s'ouvrit au fond du grand vestibule et l'homme qui avait accueilli Hannah à l'aéroport apparut, portant un magnifique poisson dans un panier d'osier. La jeune femme lui sourit.

— Bonsoir, monsieur Wellington, quel plaisir de vous revoir.

— Bonsoir, mademoiselle Court, répliqua-t-il avec

une courtoisie teintée de respect, avant d'ajouter : je m'appelle Arthur.

— Hannah vous a pris pour le propriétaire de Kiwinui, Arthur, annonça Kelt.

Le vieil homme parut un instant décontenancé, puis :

— Il n'y a qu'un maître ici, mademoiselle, déclara-t-il presque solennel, avant d'indiquer son panier : j'espère que vous aimez le poisson.

— Je l'adore, assura Hani.

Il eut un sourire heureux :

— Tant mieux. C'est un pagre que j'ai pêché moi-même ce matin. La prochaine fois, vous aurez de la viande rouge. Je sais qu'il est difficile d'en trouver dans certaines petites îles du Pacifique.

— En effet, et vous me ferez très plaisir.

Hannah n'avait pas eu l'intention de revenir, mais...

Quand Arthur se fut éclipsé, Kelt entraîna la jeune femme dans un salon que prolongeait une large terrasse donnant sur le jardin. Le soleil venait de disparaître derrière la ligne de crête et les nuages étaient encore ourlés d'un or mêlé de pourpre et de rubis. Promenant son regard autour d'elle, Hani se détendit. Le salon était élégamment meublé sans être guindé et communiquait avec la terrasse par de grandes portes-fenêtres. On accédait au jardin par un escalier de nobles proportions qui donnait sur une pelouse entourée au premier plan d'arbustes et de plates-bandes fleuries, puis au-delà, de grands arbres élégants.

— Que ce jardin est beau !, s'exclama Hannah, incapable de contenir son admiration.

Quel contraste saisissant avec son école de Tukuulu,

inscrite dans le décor noir et déchiqueté de la mine, se prit-elle à songer.

Kelt sourit comme s'il avait lu ses pensées.

— Cela change de Tukuulu, n'est-ce pas ?

— En effet. Hélas la mine est là-bas la seule ressource.

— Ses propriétaires n'ont guère de préoccupations écologiques, semble-t-il.

— C'est souvent le cas avec les gros conglomérats étrangers. Les dirigeants se moquent du bien-être des autochtones, même s'ils travaillent pour eux.

Hani avait parlé avec véhémence et Kelt porta sur elle un regard aigu. Poussée par une curiosité subite, elle demanda :

— C'était ta première visite à Tukuulu ?

— Oui. Ton proviseur m'invite depuis longtemps, mais je n'ai pas réussi à y aller avant. Il a besoin qu'on l'aide sur bien des plans et on le fera. Il est très convaincant.

— Heureusement, parce que le gouvernement de l'île n'est guère généreux avec l'école, répliqua la jeune femme sur un ton désapprobateur.

Kelt en convint d'un hochement de tête puis proposa :

— Je te sers quelque chose à boire ?

— Un verre de vin blanc, volontiers.

Celui qu'il lui servit avait une belle teinte dorée et sa saveur était à la fois parfumée et rafraîchissante. Un délice, songea Hannah dès la première gorgée.

La présence de son compagnon la mettait un peu mal à l'aise, mais il se révéla pourtant très vite un hôte agréable et détendu. Sa conversation était stimulante, originale, et Hannah découvrit avec surprise qu'il avait un grand sens de l'humour. La demi-heure avant le repas passa très rapidement.

Malgré tout, la jeune femme sentait qu'il lui portait un intérêt qui dépassait celui qu'exige la simple courtoisie. Il l'observait souvent à la dérobée et elle devait peser ses mots avant de parler.

Elle avait beau tenter de le convaincre qu'elle était superficielle et sans problèmes, il ne semblait pas s'y laisser prendre et, pour ne rien arranger, il l'attirait follement !

Elle avait cédé une fois déjà au désir, et s'était trouvée entraînée dans les affres de la dégradation et de la terreur. Elle ne s'y laisserait pas prendre une seconde fois. Même si les deux hommes n'avaient rien de commun, il était hors de question qu'elle cède à cette dangereuse tentation.

Le dîner fut servi dans un jardin d'hiver qu'embaumaient des frangipaniers en fleurs. Hani avait toujours adoré leur parfum, mais ici, il prenait des effluves sensuels, capiteux, qu'elle n'avait jamais remarqués auparavant.

Il est vrai que tout ici lui paraissait plus beau, plus brillant, plus parfait... Les couleurs lui semblaient plus intenses, les mets qu'on lui servait plus succulents, la lumière scintillait avec plus d'éclat sur le cristal des verres et l'argenterie... Et surtout, surtout, la voix de Kelt faisait naître en elle une chaleur exquise, infiniment voluptueuse.

— Tu n'as pas froid ?

— Pas du tout, non.

Se calant contre le dossier de son siège, son hôte l'observa.

— Je t'ai vue frissonner.

Il percevait trop de choses... La prenant complètement au dépourvu, il avança la main pour couvrir la sienne. Quand, dans un réflexe, elle voulut la retirer, il la serra.

— Tu es glacée ! dit-il, plissant les yeux pour la regarder entre ses longs cils.

Hani, le cœur battant à tout rompre, avala sa salive.

— J'ai bien assez chaud.

Il abandonna sa main mais ne la quitta pas des yeux.

— Je vais mettre un peu de chauffage.

— C'est inutile.

Fronçant les sourcils, il se leva quand même, disant :

— J'en ai pour une minute.

Insensible aux protestations d'Hannah, il disparut.

4

Quelques instants plus tard, il était de retour avec un pashmina d'un bleu profond dont il lui entoura les épaules, expliquant :

— Ma cousine l'a oublié la dernière fois qu'elle est venue, elle ne verra pas d'inconvénient à ce que tu l'utilises, c'est une personne adorable.

Un élan brûlant de jalousie transperça le cœur de la jeune femme qui en fut horrifiée.

— Je lui écrirai un mot de remerciement, déclara-t-elle sans regarder son compagnon.

Celui-ci, qui regagnait son siège, rétorqua paisiblement :

— Inutile, je lui dirai que tu as apprécié.

Hani reporta son attention sur son assiette, agacée de constater que le pashmina était le bienvenu. Le silence s'installa autour de la table. Au bout d'un moment, pour le rompre, elle demanda :

— C'est Arthur qui se charge de la cuisine ?

— Il prépare le dîner, et je me débrouille pour le reste. S'il supervise l'entretien de la maison, sa passion, c'est le jardin et, comme tu l'as vu, la pêche.

— Il est excellent cuisinier, en tout cas : le dîner est délicieux.

— Je suis heureux que tu apprécies : il faut que tu prennes du poids.

La remarque trop personnelle irrita la jeune femme.

— Cela ne regarde que moi, tu pourrais avoir un peu plus de tact.

Il eut un sourire amusé.

— La diplomatie n'est pas mon fort. Que cela te plaise ou non, ta maladie t'a fait maigrir et tu n'as toujours pas bonne mine. A vrai dire, tant que tu n'es pas plus solide, je préférerais que tu t'installes ici plutôt que de rester à la maison de la plage.

Cette fois, Hani fut hors d'elle : qu'il se mêle ainsi de sa vie privée était intolérable ! Mais en même temps, qu'il se soucie ainsi d'elle la touchait étrangement.

— Je peux très bien vivre seule, déclara-t-elle de sa voix la plus distante. D'après mon médecin, une nouvelle crise est peu probable et avec mon médicament, je ne risque rien.

— Tu le portes en permanence sur toi ? interrogea son compagnon, ironique.

— Pas vraiment, mais je ne vais jamais loin sans lui.

— Je te rappelle que le soir de la fête, tu n'étais qu'à cent mètres de chez toi quand je t'ai trouvée effondrée sous le cocotier.

Hannah rougit mais fixa son compagnon dans les yeux :

— J'avais senti venir la crise, mais j'ai attendu que les Anciens aient fini leurs discours pour partir. C'est pourquoi je me suis laissée surprendre. Cela n'arrivera plus. Normalement, je prends le remède dès les premiers symptômes et je me couche. A mon réveil, la crise est passée.

Une vague de chaleur l'envahit au souvenir du

moment où elle s'était aperçue que son compagnon l'avait changée, le lendemain de sa dernière crise. Il ne fallait surtout pas qu'il se doute que, de temps en temps, elle fantasmait, imaginait ses mains sur sa peau, son regard sur son corps nu...

— Il faut que tu prennes ton médicament combien de temps après l'apparition des premiers symptômes ? demanda-t-il.

— Un quart d'heure tout au plus, mais tu n'as pas à t'inquiéter, je te l'ai dit, je ne m'en éloigne jamais beaucoup.

Il fronça les sourcils.

— Je serais quand même plus tranquille si tu t'installais ici. Il y aurait en permanence quelqu'un pour veiller sur toi.

C'en était trop ! Jusqu'ici, Hani avait réussi à contenir la vivacité de son caractère, mais Kelt allait trop loin ! Il se mêlait sans vergogne de ce qui ne le regardait pas.

— Pour qui te prends-tu ? s'exclama-t-elle, furieuse. Je fais ce que je veux et je n'ai pas besoin que l'on veille sur moi ! Je sais m'occuper de moi !

Elle eut aussitôt honte de son éclat, mais trop tard. Kelt n'était pas dupe : son apparente sérénité n'était qu'un leurre : sa vraie personnalité était plus ardente, presque violente, sans doute. D'ailleurs, son visage généralement impassible semblait fait pour exprimer des sentiments forts comme le rire, la colère et, pourquoi pas, la tendresse...

Que reflétait ce visage dans le plaisir amoureux ?

La réponse physique de Kelt fut immédiate. Il la réprima impitoyablement, observant entre ses paupières mi-closes la jeune femme qui retrouvait son sang-froid, imposant de nouveau à son visage si vivant, si mobile, son masque habituel d'impassibilité.

— Pardon de m'être emportée, dit-elle, mais je suis indépendante et tiens à le rester.

Il leva un sourcil.

— Je le comprends. Dans ce cas, je te demande de passer un appel téléphonique ici tous les soirs.

Le défi scintilla dans les magnifiques yeux verts.

— Et si je refuse ?

Kelt détailla le ravissant visage, la jolie bouche sensuelle et le petit menton volontaire si fièrement pointé. Qui était-elle, d'où venait-elle ?

Manifestement, une jeune femme pleine de mystère, et farouchement indépendante. Le proviseur de l'école qui l'employait n'avait guère pu le renseigner quand Kelt l'avait interrogé : Hannah Court était apparue un jour pour proposer ses services avait-il expliqué, ajoutant :

— En général, les gens qui échouent à Tukuulu sont des repris de justice en fuite, des drogués, des alcooliques, bref, des malheureux qui fuient leur passé et pensent qu'il est facile de prendre un nouveau départ sous les tropiques. Nous n'avons que faire de ces gens-là.

— Mais Hannah Court est différente ?

— Oui, et nous mesurons notre chance. Elle est merveilleuse avec les enfants, c'est une des meilleures institutrices que nous ayons jamais eues.

— Quelle est sa nationalité ?

— Je pense qu'elle est anglaise, mais je n'ai pas vérifié.

— Tu connais son passé ?

— Non. Elle n'en parle pas.

— Alors elle fuit elle aussi quelque chose, avait conclu Kelt.

Haussant les épaules, son ami avait admis :

— C'est possible, mais je ne veux pas le savoir. Elle fait bien son travail, est discrète, ne boit pas, n'a pas de vie sentimentale tapageuse. De plus, elle s'est très bien adaptée aux coutumes de l'île. Que demander de plus ?

Certes, songeait à présent Kelt au souvenir de cette réponse, mais quel gâchis qu'une femme aussi jeune et vibrante fuie le monde. Son absence de vie sentimentale pouvait indiquer une expérience malheureuse… Cela dit, en six ans, on se remettait d'un chagrin d'amour, non ?

Kelt écarta ces pensées pour revenir au présent : la jeune femme le défiait toujours du regard.

— Si tu refuses de téléphoner ici régulièrement, je devrai avertir ton proviseur, asséna-t-il d'un ton dur. Tu dois me promettre que si tu sens les premiers symptômes d'une nouvelle crise, tu avertiras Arthur ou moi, poursuivit-il dans la foulée.

La tête haute, la jeune femme soutint son regard avec froideur.

— Si cela doit te rassurer, je le ferai, j'appellerai ici tous les soirs, ajouta-t-elle, prenant un ton délibérément doucereux. Que ne ferait-on pas pour contenter un homme qui vous prête une maison sur la plage ?

La remarque était désobligeante, mais Hani détestait se sentir acculée. Depuis que Philippe l'avait terrifiée par sa brutalité alors qu'elle était trop jeune pour réagir, toute volonté imposée lui faisait horreur et elle sortait les griffes.

— Tu ne me dois rien, rétorqua sèchement Kelt. Je t'ai dit que j'avais déjà prêté cette maison à certains de tes collègues.

Il y eut un instant de silence tendu, puis il reprit d'une voix dangereusement radoucie :

— J'espère en tout cas que tu tiendras parole. Je déteste les menteurs.

Dans ce cas, elle n'était pas faite pour lui, songea la jeune femme avec une amertume mêlée d'ironie, sa vie entière était construite sur des mensonges. Elle rétorqua pourtant d'un ton égal :

— Il va falloir que tu me croies sur parole. Et maintenant, ajouta-t-elle avec un sourire délibérément mondain, pardon de ne pas être un boute-en-train, mais je vais te demander de me raccompagner : il faut que je me couche tôt.

Comme elle s'y attendait, il la dévisagea d'un œil critique avant d'admettre :

— D'accord. Cependant, sache que j'apprécie beaucoup ta compagnie, plus je te connais, plus je te trouve intéressante.

Les mots étaient-ils délibérément ambigus ? Hani préférait l'ignorer. En revanche, qu'il accepte si facilement de la raccompagner si tôt aurait dû la soulager. Eh bien non : elle était déçue, au contraire !

Elle ôta le châle bleu pour le rendre mais Kelt protesta :

— Non, garde-le. Il fait frais dehors.

C'était vrai. L'air avait beaucoup fraîchi et la surprit, en sortant de la maison. Ensuite, emmitouflée dans le douillet pashmina, à côté de Kelt qui pilotait la Range Rover, elle songea avec anxiété qu'il lui faudrait des vêtements chauds pour passer confortablement les trois mois prévus ici. Mais où trouver l'argent ? Certes, pour ses dix-sept ans, sa marraine lui avait offert en secret un petit capital, « parce que les femmes ont toujours besoin d'un peu d'argent à dépenser sans avoir à rendre de comptes », lui avait-elle confié avec un clin d'œil, et ce placement lui rapportait de menus revenus. Mais elle n'avait pas de quoi acheter des vêtements qui ne lui seraient plus utiles à Tukuulu. Alors comment faire ? Y avait-il quelque part une boutique de vêtements d'occasion ?

— Qu'est-ce qui te tracasse ? demanda Kelt comme s'il lisait ses pensées.

S'obligeant à prendre un ton léger, Hani expliqua :

— Il va me falloir des vêtements chauds. Certes c'est l'été, mais je suis habituée à la chaleur tropicale.

— Il y a quelques jolis magasins à Kaitake, notre centre commercial. Si tu peux attendre après-demain, nous irons ensemble. Je dois m'y rendre de toute façon.

Tout devait y être horriblement cher.

— Je pourrais aller à pied au village…

— Le village, c'est Waituna et je te l'ai déjà dit, il est à cinq kilomètres. On n'y trouve qu'une station-service et une supérette. Kaitake est sur la côte, à une vingtaine de minutes de voiture.

Hani hésita puis finit par se résoudre.

— Merci, c'est gentil à toi. J'irai volontiers.

Kelt haussa les épaules sans répondre.

Une demi-heure plus tard, il était de retour chez lui. Il se rendit dans la cuisine pour boire un verre d'eau et y trouva Arthur qui achevait de mettre de l'ordre.

— Dites-moi, Arthur, demanda-t-il, Mlle Court est-elle anglaise ?

— Certainement pas, monsieur !

Kelt leva un sourcil surpris.

— Elle a pourtant un accent très pur.

— Je ne suis pas de cet avis. Elle parle parfaitement l'anglais, mais ce n'est pas sa langue maternelle, j'en mettrais ma main à couper.

Arthur fronça les sourcils avant de déclarer lentement :

— En fait, elle a de temps en temps des intonations presque... euh... créoles.

Kelt fut aussitôt très intéressé :

— Vous diriez qu'elle vient des Caraïbes ?

— Peut-être, mais je ne le pense pas, non. En tout cas, elle n'est pas anglaise.

Cette nuit-là, la pluie qui cliquetait sur le toit tira Hani d'un profond sommeil, mais le matin à son réveil, le paysage scintillait dans le soleil, comme poudré de poussière de diamant.

Près du rivage, le bleu de la mer semblait délavé. Après le petit déjeuner, au cours de sa promenade, la jeune femme découvrit qu'une berge de la petite rivière s'était effondrée dans le lit de celle-ci, formant un barrage. L'eau débordait par-dessus l'autre rive et menaçait de couper le chemin du village de Kiwinui.

Elle rentra chez elle en hâte téléphoner à la grande maison. Arthur la remercia et lui promit de prévenir le contremaître de l'exploitation.

Plus tard, dans la matinée, elle retourna sur les lieux : un homme dégageait le lit du cours d'eau. Kelt !

Le cœur de la jeune femme tressaillit de joie. Il s'était débarrassé de sa chemise et le soleil jouait sur les muscles puissants de son torse. Hani sentit un feu intense naître au creux de ses reins. Toute à la violence de sa réaction, elle était incapable de détacher les yeux de ce corps irradiant la virilité. Un flot brutal d'adrénaline, un désir viscéral, primitif, figeaient son cœur, son cerveau et son corps tout entier.

Comme elle lui avait envoyé d'invisibles signaux, Kelt se redressa pour la regarder. Il lui sourit, ses yeux avaient la même expression que ce premier soir à Tukuulu : appréciateurs, pleins des promesses d'un plaisir futur.

Cela ne dura qu'un instant. Kelt se remit immédiatement à l'ouvrage, lançant seulement un distant :

— Bonjour !

— Bonjour, lui renvoya Hani d'une voix qu'elle espérait normale.

D'un geste triomphant, elle brandit dans sa direction sa boîte de médicaments.

Il sourit de nouveau.

— C'est très bien.

Il saisit la branche basse d'un arbre pour se hisser sur la berge et, avec un nouveau sourire dévastateur, déclara :

— Merci de nous avoir prévenus du risque d'inondation.

— J'avais peur que la route ne soit coupée.

— C'était en effet le risque majeur.

Kelt se tourna vers le lit de la rivière pour évaluer son travail : il avait réussi à créer une brèche dans la terre et l'eau s'écoulait maintenant lentement vers la mer.

— Quand j'ai repris Kiwinui, expliqua-t-il, j'ai engagé un programme de dragage des rivières et de stabilisation de leurs berges grâce aux plantations. J'ai également fait creuser des canaux de dérivation autour des pâturages pour éviter les inondations. Ici, la terre s'érode facilement si on ne l'entretient pas et, avant mon arrivée, le directeur de la station s'occupait plus de productivité que de la protection de l'environnement.

Hani hocha la tête. Après la mort de son père, Rafiq avait lui aussi imposé un certain nombre de mesures écologiques à Moraze.

— Comment empêche-t-on l'érosion des berges ? interrogea la jeune femme.

— En les replantant pour en fixer la terre.

Kelt indiqua d'un geste, à l'arrière de son petit pick-up, une cagette contenant des plants.

— Nous avons une pépinière sur le domaine, poursuivit-il, et y reproduisons des plantes locales. Ces rejets de lin sont une variété qu'on ne trouve qu'en Nouvelle-Zélande, qui donne des petits buissons qui fixent très bien le sol.

— Tu vas planter tout cela ?

— Dès que le lit sera complètement déblayé, oui.

— Je peux t'aider ? proposa spontanément la jeune femme.

Son compagnon haussa les épaules :

— Tu vas te salir et tu n'as même pas de bottes.

— Quelle importance ?, s'exclama-t-elle, agacée.

Assise par terre, elle se débarrassa de ses sandales.

— Tu t'en sortiras ? demanda-t-il, toujours dubitatif.

Elle lui lança un regard de défi :

— Ecoute, ce n'est pas mon métier, mais si tu me dis où mettre chaque plant, je devrais m'en sortir.

Il prit un air amusé et sortit un plantoir de sa poche, puis creusa sur le talus des petits trous à intervalles réguliers, puis retourna dégager le lit du cours d'eau.

Hani se mit au travail et, même avec une conscience aiguë de la présence de Kelt, ce fut un moment très agréable, apaisant même.

Enfin... à condition de ne laisser dévier ni son regard ni ses pensées, se dit-elle, caustique, après que ses yeux se furent égarés, comme aimantés, sur le torse bronzé, tellement sensuel…

— Et voilà ! s'exclama-t-elle une fois tous les rejets de lin plantés.

En deux enjambées, Kelt fut près d'elle. Aussitôt, le cœur de la jeune femme se mit à battre avec violence : il ne prêtait aucune attention aux plantations et la fixait de ses yeux gris-bleu dont le regard s'était voilé. Hannah, la gorge sèche, porta à ses joues déjà embrasées ses mains couvertes de terre.

« File, s'adjura-t-elle frénétiquement, disparais avant de commettre l'irréparable ! »

Comme s'il avait senti son effort pour se maîtriser, il sembla se reprendre et son regard redevint distant.

Elle n'avait pas rêvé : il l'avait désirée…

Cette certitude l'emplit d'une félicité qu'elle se pensait incapable d'éprouver. Elle aussi le désirait, même si leur attirance mutuelle restait dans le domaine de l'impossible, elle se sentait enfin redevenue normale ! Malgré tout le mal que lui avait fait Philippe, il n'était pas parvenu à tuer en elle la femme sensuelle !

Kelt avait reporté son attention sur les plantations.

— Ce sera encore plus beau quand les plants auront poussé, et qu'on ne verra presque plus la terre. Merci, Hannah, grâce à ce travail, Kiwinui gardera toujours ta marque.

Il avait décidément le don de l'émouvoir… Elle répliqua spontanément :

— Cela m'a plu.

— J'espère que cela ne t'aura pas trop fatiguée.

Toujours cette attitude protectrice ! Hani serra les dents. Il ajouta :

— N'oublie pas, Hani, au premier frisson ou au moindre problème, tu appelles.

Il consulta rapidement sa montre.

— Il faut que je rentre maintenant. J'attends un coup de fil de l'étranger.

5

Comme convenu, il vint la chercher le lendemain matin pour l'accompagner à Kaitake. Dès qu'elle entendit sa voiture arriver, Hani sortit en hâte pour l'accueillir, le cœur battant à toute allure. Plus beau que jamais dans son jean et son chandail en coton gris-bleu de la couleur de ses yeux, il la dévisagea longuement avant de lui adresser ce sourire qui la faisait fondre et anéantissait toutes ses résistances.

En proie à une sorte de vertige, elle parvint cependant à lui souhaiter la bienvenue. Il se rembrunit.

— Tu as l'air un peu fatiguée.

— Je vais très bien, rétorqua-t-elle pour couper court à la discussion.

Elle jeta un regard au véhicule dans lequel il était arrivé : une confortable voiture familiale à quatre portes et faillit éclater de rire. Heureusement que c'était à elle qu'il la destinait, car elle lui allait aussi mal que possible ! On ne pouvait l'imaginer qu'au volant d'un engin plus viril, plus casse-cou : une puissante voiture de sport par exemple, ou une grosse moto.

Hannah avait passé la soirée à consulter un manuel du code de la route local trouvé dans la bibliothèque et s'en félicita in petto : si Kelt lui demandait de prendre le volant, elle ne se couvrirait pas de ridicule.

C'est exactement ce qui se passa et elle s'exécuta sans discuter. Une fois au volant, elle commença par examiner le tableau de bord, la boîte de vitesses, ainsi que les particularités du véhicule.

— C'est une automatique, observa-t-elle, pendant que son compagnon prenait place sur le siège passager. Mon frère disait...

Atterrée d'en avoir trop dit, elle se mordit la lèvre, espérant contre tout espoir que Kelt n'avait pas entendu.

Hélas...

— Que disait ton frère ?

— Que les automatiques étaient des voitures de vieilles dames.

— S'il avait connu les routes d'ici, il aurait sans doute changé d'avis.

La jeune femme se garda de relever, cherchant le levier de réglage du siège. Quand ce dernier fut à la bonne distance du volant, elle déclara avec entrain :

— C'est mieux ainsi. Au moins j'arrive jusqu'aux pédales. Tout le monde n'a pas tes jambes interminables !

— Je ne dirais pourtant pas que tu es courte sur pattes, rétorqua Kelt avec un brin d'ironie.

Hani rougit mais, au moins ils ne parlaient plus de Rafiq.

A Tukuulu, l'école disposait d'un vieux 4x4, doté de vitesses qui grinçaient, de freins qui renâclaient et dont le moteur était plus que capricieux. Après l'avoir parfois conduit, Hani eut l'impression de vivre un rêve au volant de cette voiture parfaitement entretenue. Elle se garda cependant de rouler trop vite : en effet, la route, bien qu'en parfait état, n'était pas goudronnée. A côté d'elle, Kelt demeurait silencieux, et ne fit pas l'ombre d'un commentaire jusqu'à ce qu'ils aient dépassé le village des ouvriers agricoles et les bâtiments d'exploitation de Kiwinui. Ce ne fut qu'à la jonction de la petite route et de la nationale qu'il déclara :

— Tu conduis très bien. Ton frère a été un très bon moniteur.

La jeune femme pâlit, et ses mains se crispèrent sur le volant. Espérant que son compagnon n'avait rien remarqué, elle demanda :

— Tu veux prendre ma place à présent ?

— Pas du tout. Je te signale seulement que la vitesse est limitée à 100 km/h.

Comme Hannah écarquillait des yeux étonnés, il ajouta :

— Officiellement, bien sûr, mais je te conseille de ne pas dépasser le 80 : il y a des virages très serrés.

Il y avait peu de circulation sur la route, mais Hani s'étonna du nombre de camions qui y roulaient. Comme elle en faisait la remarque à Kelt, il expliqua :

— Nous sommes tout au nord de l'île et le chemin de fer n'arrive pas jusqu'ici, le transport se fait donc par camion.

Il s'interrompit avant de préciser :

— Au prochain croisement, tu prendras à gauche.

Ils arrivaient dans une petite agglomération implantée le long d'un estuaire. Plantée de palmiers, avec de jolis parterres de fleurs entrecoupés de buissons tropicaux, l'endroit était charmant et paraissait prospère.

— Voici Kaitake, annonça Kelt. Tourne à droite, puis tout de suite à gauche, c'est là que se trouve le parking.

Une fois garée, la jeune femme coupa le contact et son compagnon annonça :

— On se retrouve à 12 h 30, si tu veux. Tu auras pu faire ton shopping et je t'inviterai à déjeuner.

— Pas question que tu m'invites ! protesta-t-elle, malgré l'élan de joie qui l'assaillait à l'idée de déjeuner en tête à tête avec lui. Tu me loges, tu me prêtes une voiture, c'est à moi de t'inviter ! Ce n'est que peu de choses quand on pense à tout ce que tu fais pour moi.

Kelt leva les yeux au ciel, feignant un air accablé.

— La maison de la plage serait vide sans toi et la voiture ne bougerait pas de son garage. Pourquoi faut-il que tu manifestes toujours aussi farouchement ton indépendance ?

Tout simplement parce qu'Hani devait sa survie à cette indépendance. Elle resta coite, se contentant de hausser les épaules, et Kelt finit par abdiquer :

— Entendu, si tu y tiens, c'est toi qui m'invites, mais attention, j'ai un appétit d'ogre.

Oui... et pas seulement pour la nourriture... La jeune femme refoula immédiatement cette pensée coquine et rétorqua d'un ton léger :

— Pas de problème.

Mais le mal était fait. Son cœur battait à vive allure à présent et une multitude d'images troublantes envahirent son esprit. Aucun doute, Kelt devait avoir un succès fou auprès des femmes, avec ce charisme et cette aura de virilité. La sensualité qui émanait de lui laissait penser qu'il devait être un excellent amant. Mais une fois ses désirs assouvis, qui devenait-il ? Un autre Philippe, blessant, cynique ?

Hani s'efforça de se détendre. Il lui fallait oublier le

passé et cesser de comparer Kelt à Philippe. Les deux hommes n'avaient rien en commun, heureusement.

La main de son compagnon qui lui prenait le coude la ramena au présent et son cœur s'emballa de plus belle, comme elle se laissait entraîner dans la rue. Dès qu'elle s'en sentit capable, elle leva les yeux vers lui et son expression paisible la rassura : à son côté, bizarrement elle se sentait en sécurité.

C'était justement là que résidait le piège et il était des plus dangereux, songea-t-elle. Pour mieux se ressaisir, elle fit observer :

— Je ne m'attendais pas à trouver autant de maisons avec des arcades en Nouvelle-Zélande. Cela rappelle les tropiques.

— Il fait moins chaud ici, mais il peut pleuvoir autant que sous les tropiques, expliqua Kelt.

Hani ne releva pas, mal à l'aise de se sentir dévisagée par tous ceux qui les croisaient et saluaient son compagnon. Après s'être efforcée pendant tant d'années de passer inaperçue, elle n'était plus habituée à attirer ainsi l'attention. A l'avenir, mieux valait ne plus revenir ici avec Kelt.

Il dut sentir son malaise, car il demanda :

— Qu'est-ce qui ne va pas ?

— Rien, au contraire, assura-t-elle avec son sourire le plus persuasif. Mais tu m'avais promis des boutiques, et je n'en vois aucune.

— Un peu de patience, il y en a une à l'angle, plus bas.

Derrière eux, une voix féminine rieuse appela Kelt. Le cœur d'Hani se serra dès que la jeune femme les eut rattrapés. Cette très jeune fille, d'environ dix-sept ans, était absolument ravissante : ses cheveux sombres aux reflets roux encadraient un visage fin parfaitement maquillé, mettant en valeur ses yeux immenses couleur noisette. Ses vêtements de haute couture soulignaient sa longue silhouette à peine sortie de l'adolescence. Hani, par comparaison, se sentit loin, très loin de sa jeunesse : elle avait vécu tant de drames depuis...

— Tu es tellement grand que je t'ai repéré depuis le bout de la rue, Kelt !, lança la jeune femme, avec un sourire radieux.

S'adressant à Hani, elle poursuivit :

— Bonjour ! C'est vous qui occupez la maison de la plage ? Vous vous y plaisez ?

— Beaucoup, répliqua poliment Hannah.

Kelt prit un ton détaché :

— Hannah, je te présente ma cousine, Rosemary Matthews.

— Tu pourrais dire Rosie, tout de même, s'exclama l'interpellée. Personne ne m'appelle jamais Rosemary.

Regardant Hani, elle ajouta avec un sourire malicieux :

— Kelt et moi sommes des cousins très éloignés, et je fais partie de la cohorte des femmes qui rêvent de l'épouser. Je ne suis pas la seule, croyez-moi !

Hani se mit à rire et leva les yeux vers Kelt qui observait sa cousine, mi-amusé, mi-sévère. Elle demanda, sans même réfléchir :

— Il y en a tant que ça ?

— Des dizaines, et sans doute plus, plaisanta la jolie Rosie. Au début, elles sont pleines d'espoir, puis disparaissent, le cœur brisé. Si vous saviez combien j'ai dû en consoler !

— Cesse de dire des bêtises, intervint Kelt avec un

sourire indulgent, il ne faudrait pas qu'Hannah te prenne au sérieux.

— Elle a l'air bien trop maligne ! riposta Rosie, les yeux pétillants de malice.

Elle redevint subitement sérieuse :

— Vous connaissez la Nouvelle-Zélande, Hannah ? Il me semble vous avoir déjà vue.

Hani se pétrifia, mais n'en laissa rien paraître et se contenta de répondre d'un ton détaché :

— Non, c'est la première fois que je viens ici.

Kelt expliqua :

— Hannah vit sur l'île de Tukuulu. Elle a été malade et est venue se remettre ici, sous un climat moins chaud. Mais dis-moi, Rosie, tu ne devais pas accompagner ta mère à Aukland ?

La jeune fille haussa les épaules :

— Finalement, j'ai préféré rester ici. Maman est là-bas avec son nouvel ami, ils vont aller à l'opéra tous les soirs et ce n'est pas ma distraction favorite. Bon, il faut que je me sauve maintenant, j'ai rendez-vous avec un ami. Je suis ravie de vous avoir rencontrée, Hannah, et j'espère que l'on se reverra. A condition que Kelt vous laisse un peu de temps pour vous, ajouta-t-elle, adressant à son cousin un sourire espiègle, plein de sous-entendus.

L'instant d'après, elle disparaissait au coin de la rue, ses beaux cheveux aux reflets roux dansant gracieusement sur ses épaules.

— Rosie est coquine, mais pas méchante, fit observer Kelt.

— En tout cas, elle est directe, rétorqua Hani. Craignant que sa remarque résonne comme une critique, elle ajouta : avec elle, on ne doit jamais s'ennuyer.

— C'est bien vrai.

Sur quoi, consultant sa montre, Kelt reprit :

— Bon, on se retrouve tout à l'heure au parking. Amuse-toi bien.

Hani répondit par un hochement de tête avant de se diriger tranquillement vers la boutique qu'il lui avait indiquée.

Un seul regard à la vitrine lui apprit que tout y était trop cher pour elle. Elle y entra tout de même, craignant que Kelt l'observe à son insu.

Elle ne s'était pas trompée : les vêtements étaient superbes mais hors de prix. La boutique s'adressait davantage à Rosie et aux femmes de son genre qu'à elle. Avec un sourire confus à la vendeuse, Hani sortit.

Après deux autres échecs, elle finit par découvrir une boutique de troc et vêtements d'occasion où elle trouva enfin son bonheur : quelques T-shirts à manches longues dans de jolis coloris, un pantalon noir en lainage très fin, un jean et deux polos en laine. Le tout était très bon marché et de bonne qualité.

— Vous partez en vacances dans des pays froids ? s'enquit la vendeuse, pendant qu'Hani s'inspectait dans la glace vêtue du pantalon noir assorti d'un polo en laine d'un joli ton de pêche.

— Hélas non, mais je suis ici pour quelques mois et je viens d'un pays très chaud.

— Ces vêtements vous vont à ravir, assura la vendeuse avec un sourire, on dirait qu'ils ont été faits pour vous. Voulez-vous les garder ? Je mettrai ceux que vous portiez dans un sac avec vos autres achats.

Hani accepta, se disant que décidément les Néo-Zélandais qu'elle avait rencontrés jusqu'ici se montraient charmants.

Kelt l'attendait au parking et, lorsqu'elle y arriva, le regard qu'il posa sur elle la mit en émoi. Il l'évaluait, l'appréciait, et visiblement la trouvait à son goût.

— Tu es superbe, déclara-t-il, rompant le charme après quelques instants de silence.

— Oh… euh… merci.

Son cœur battait trop vite pour que la jeune femme en dise plus et elle fourragea dans son sac à la recherche de la clé de la voiture.

— Je pose mon paquet dans le coffre, dit-elle.

— Tu veux conduire ? s'enquit son compagnon.

— Nous ne déjeunons pas ici ?

— Il y a un excellent restaurant à la campagne, pas très loin.

Un endroit certainement hors de prix, se dit la jeune femme dans un instant de panique, mais trop tard : elle s'était engagée à inviter son compagnon, et ne reculerait pas.

Le restaurant se trouvait au cœur d'un vignoble, à quelques kilomètres seulement de Kaitake, et Hani fut immédiatement séduite.

— On se croirait en Toscane, fit-elle observer, comme on les installait sous une pergola qu'habillait un somptueux bougainvillier.

— Tu es déjà allée là-bas ? demanda distraitement son compagnon.

Elle y avait passé autrefois des vacances scolaires avec une amie de classe dont les parents possédaient une magnifique villa ancienne dominant Florence.

— J'ai vu des photographies, répondit-elle, se maudissant d'avoir une fois de plus trop parlé.

Au moins, ce n'était qu'un demi-mensonge… Kelt dut

cependant soupçonner quelque chose car il la dévisagea avec encore plus d'attention. A son grand dam, elle rougit.

— Tu prendras un verre de vin ? demanda-t-il au bout d'un moment.

— Non merci. Hani ajouta avec un petit sourire confus : le vin me donne sommeil si j'en bois dans la journée.

Elle se pencha sur le menu qu'on venait de lui présenter. Elle remarqua qu'il ne mentionnait pas les prix, comme souvent dans les restaurants de grand luxe. Tant pis, quoi que coûte ce déjeuner, elle se débrouillerait pour le payer. Plaie d'argent n'est pas mortelle : c'est ce qu'elle se répétait depuis six ans. Elle aurait tout de même été plus à l'aise si elle avait pu inviter son compagnon dans un café de Kaitake.

De toute évidence, Kelt était un habitué : la jeune femme qui les avait conduits à leur table l'avait accueilli avec un chaud sourire, en l'appelant par son prénom. Quand elle revint, il commanda une bière pour lui et un jus de papaye et citron vert pour Hannah. Après quoi, il demanda à celle-ci :

— Tu as fait de bonnes courses, dirait-on ?

— J'ai trouvé ce que je voulais, en effet. Sans s'étendre sur ce sujet, Hani demanda : le pashmina que tu m'as prêté appartient à Rosie, non ?

— En effet.

Un rayon de soleil avait percé la tonnelle, et jouait dans les cheveux de Kelt, leur donnant des reflets dorés. Un élan de désir pur parcourut la jeune femme, si violent qu'elle en demeura confondue. Elle qui, après sa lamentable expérience, avait cru qu'elle ne désirerait plus jamais un homme ! Elle avait soudain l'impression de renaître à la vie, c'était exaltant, mais terrifiant aussi. Jamais elle n'oserait tomber de nouveau amoureuse.

Pourtant... oui, pourtant, peut-être une aventure serait-elle un bon moyen d'exorciser définitivement les souvenirs funestes...

Cette pensée, surgie de nulle part, choqua Hani qui s'empressa de la repousser, honteuse. C'est d'une voix très calme qu'elle déclara :

— Je lui écrirai un mot de remerciement.

— Ne te donne pas cette peine : tu la reverras vite à mon avis. Rosie est d'une curiosité insatiable, je ne lui donne pas huit jours pour que tu la voies arriver à la maison de la plage.

Rosie constituait un sujet sans risque et Hani embraya avec soulagement :

— Que fait-elle dans la vie ? Des études ?

— Elle passe une sorte d'année sabbatique, déclara Kelt. Sa mère a décidé qu'elle était trop jeune pour partir seule à l'université et elle a voulu la garder à la maison un an de plus.

— On dirait que tu désapprouves ce choix.

— Je trouve qu'elle devrait avoir une activité sérieuse au lieu de sortir tous les soirs et de papillonner à longueur de journée. Sous ses airs d'écervelée, Rosie est une fille intelligente, or elle gaspille son temps.

— Elle a peut-être besoin de profiter de la vie après sa dernière année de lycée, fit valoir Hani. Elle a dû travailler dur pour avoir son bac.

— Ne t'inquiète pas pour elle, grinça Kelt, Rosie n'a jamais travaillé beaucoup pour quoi que ce soit.

Changeant délibérément de sujet, il demanda :

— Et toi, comment comptes-tu occuper tes trois mois ici ?

— Je ne sais pas encore, dit Hani en souriant, espiègle. Peut-être à sortir tous les soirs et à papillonner, moi aussi.

Kelt haussa un sourcil surpris, avant de répliquer sur un ton impersonnel :

— Cela ne te ferait sûrement pas de mal de t'amuser un peu, mais pour l'instant, tu es encore en convalescence.

— Rassure-toi, reprit la jeune femme, je plaisantais, et de toute façon, je ne suis pas du genre à papillonner.

Elle porta son regard sur la colline dont les flancs étaient couverts de vignes.

— C'est joli, dit-elle. Ces vignes sont admirablement entretenues. En automne, quand elles changent de couleur, le paysage doit être enchanteur.

— Nous sommes trop au nord ici, pour avoir de très belles couleurs d'automne, expliqua Kelt, il faut aller dans l'île du sud pour cela.

A cet instant, la serveuse approcha avec leurs entrées : un potage glacé pour Hannah et un plat nettement plus substantiel pour son compagnon.

En goûtant sa soupe, la jeune femme songea avec un brin d'ironie qu'elle n'avait pas pris de repas en tête à tête avec un homme depuis six ans. Or, c'était la seconde fois en deux jours qu'elle partageait celui de l'homme le plus séduisant qu'elle ait jamais rencontré. L'un des plus beaux aussi... Sans parler de l'effet qu'il avait sur elle... Heureusement, cette attirance n'était que physique, elle n'était pas amoureuse et ne risquait donc pas de souffrir comme autrefois avec Philippe.

D'ailleurs, en six ans, elle avait changé : la vie l'avait mûrie, elle n'avait plus rien de commun avec la femme enfant qui avait succombé corps et âme au charme délétère de Philippe.

A bien y réfléchir, Kelt serait l'amant idéal... Il lui permettrait d'effacer ses traumatismes et de se prouver qu'elle était capable de gérer une relation amoureuse adulte. Par une sorte de miracle, il avait ranimé chez elle une féminité primitive qu'elle croyait morte à jamais.

Elle ne le laissait pas indifférent, elle le savait.

Le bon sens de la jeune femme reprit vite ses droits. « Inutile de se lancer dans des rêves impossibles, Hani, se dit-elle sévèrement, rien n'a vraiment changé : tant que Philippe sera vivant, tu ne seras en sécurité nulle part ni avec personne. »

6

La voix de Kelt, calme mais interrogative, fit irruption dans la confusion de ses pensées.

— Ton potage ne te plaît pas ? On peut commander autre chose, si tu préfères.

— Non, il est délicieux, merci.

Retombant sur terre, la jeune femme avala quelques cuillerées de soupe sans en apprécier la saveur. Sa tête était ailleurs. Elle s'interdit de fantasmer davantage : une aventure avec lui serait trop dangereuse. Pour lancer la conversation sur un sujet neutre, elle déclara :

— Ils ont un très bon chef, ici.

— C'est une femme, en vérité, américaine de surcroît, qui a vécu au Brésil et a rencontré son mari néo-zélandais à Londres. Quand il est revenu ici, où il possédait ce vignoble, elle a décidé d'ouvrir un restaurant. Il commence à être très connu, d'ailleurs.

Un chien apparut à cet instant, à la tête d'une troupe de canards. A la hauteur de la pergola, les canards partirent de leur côté vers un petit étang en contrebas tandis que le chien s'arrêtait pour considérer les clients attablés. Quelques secondes après, narines palpitantes, il se dirigeait vers Hani.

— Il est gentil, mais si tu n'aimes pas les chiens, je le fais partir, offrit tout de suite Kelt.

— Je les adore, au contraire !

Hani tendit la main, paume vers le sol, pour que l'animal la flaire, ce qu'il fit délicatement et il poussa la bonne éducation jusqu'à ne pas la lécher.

— Comme tu es beau, le flatta doucement la jeune femme tandis que des souvenirs douloureux l'assaillaient. Comment t'appelles-tu ?

— Rogue, répondit Kelt, et il n'est pas autorisé à mendier.

— Il ne le fait pas, n'est-ce pas, Rogue ?

Une voix féminine venant de la maison appela alors l'animal qui s'en alla aussitôt en remuant la queue.

— Je vois que tu as l'habitude des chiens, fit observer Kelt.

— Nous en avions toujours, dans mon enfance.

Philippe lui avait un jour offert un chiot. Elle s'y était très vite attachée, mais quelques jours plus tard, le chien avait disparu. A la suite d'une dispute, Philippe s'était vengé en faisant abattre le pauvre animal par un domestique. « Pour que cela te serve de leçon, avait-il dit à Hannah. Quand tu seras plus raisonnable, je t'en achèterai un autre. »

Ce jour-là, Hani avait compris que pour lui, elle était comme ce chiot : une marchandise remplaçable, qu'il avait achetée et pouvait sacrifier à sa guise.

La gorge serrée, elle avala difficilement sa salive avant de se forcer à sourire pour dire :

— Je me demande quel mélange de races a donné ce gentil Rogue.

— Il y a chez lui du berger allemand, certainement, et

un peu de bull-terrier, avec un zeste de colley écossais, peut-être. Mais qui le sait vraiment ?

En parlant, Kelt observait sa compagne dont le visage, une fois de plus, avait fugitivement trahi un tourment intérieur intense avant de reprendre son masque d'impassibilité. Son refus obstiné de lui révéler quoi que ce soit sur son passé commençait à l'intriguer sérieusement.

Elle n'avait rien de commun avec les femmes qui lui plaisaient habituellement. Après une expérience de jeunesse où il avait souffert et fait souffrir celle qu'il croyait aimer, Kelt avait toujours recherché des femmes aussi indépendantes que lui. Il ne croyait plus pouvoir tomber amoureux.

Néanmoins, elle représentait un mystère et sa curiosité allait croissant. Elle n'était pas réellement celle qu'elle voulait paraître, il en aurait mis sa main à couper. De temps en temps, sa vraie nature refaisait surface et, par inadvertance, elle révélait un élément de son passé : son frère, ou la Toscane, cette région italienne où elle était allée à coup sûr.

Que fuyait-elle ? Qu'expiait-elle depuis six ans ? Redoutait-elle quelque chose… quelqu'un ?

Il en était là de ses pensées quand Hani leva vers lui ses grands yeux verts indéchiffrables et lui dit en souriant :

— Rogue semble très heureux ici. Tant mieux. Quand on ne veut pas s'attacher à un chien, il ne faut pas en avoir.

Elle avait soudain pâli et sa voix était mal posée. Kelt, toujours sur le qui-vive, s'aperçut qu'elle tremblait, mais elle était déjà debout, balbutiant :

— Excuse-moi un instant.

Elle traversa la terrasse d'une démarche mal assurée puis disparut dans la salle de restaurant.

Etait-ce une nouvelle attaque de malaria ? Ou l'irruption de souvenirs insupportables ? Si dans cinq minutes elle n'était pas de retour, il enverrait la serveuse aux nouvelles.

Il n'eut pas à le faire. L'absence de la jeune femme dura juste le temps qu'il s'arrange avec la serveuse pour régler la moitié de la note, précisant :

— La personne avec qui je suis ne doit se douter de rien.

La jeune fille hocha la tête, et se contenta de jeter un regard intéressé à Hannah qui venait de réapparaître.

Kelt la regarda approcher et fut envahi d'une vague de chaleur profonde, presque violente. Elle était si désirable, avec son visage presque exotique qu'éclairait un demi-sourire énigmatique ! Dans le soleil, ses cheveux brillaient comme de l'or bruni, lançant de mouvants éclairs cuivrés. Le balancement gracieux de ses hanches attirait le regard de tous les hommes présents.

Une sauvage poussée d'adrénaline l'embrasa. Sans réfléchir, il lui prit la main dès son arrivée.

— Ça va ? demanda-t-il rudement.

— Ça va, ne t'inquiète pas, dit-elle, la voix un peu tendue.

Mais il sentait sa main trembler dans la sienne et voyait la veine au creux de son cou battre follement. Pourquoi ? Avait-elle peur ? Peur de lui ?

Pâle l'instant précédent, elle s'empourprait à présent et ses yeux immenses plongeaient dans les siens, troublés, presque implorants. Un sentiment de triomphe le submergea lorsque la vérité se fit jour en lui : elle n'avait pas peur, elle était émue ! C'est lui qui la mettait dans cet état ! Il abandonna sa main pour l'inviter à s'asseoir.

La serveuse approcha aussitôt et proposa les desserts.

Hani refusa et opta pour un café. Kelt l'imita puis se cala contre le dossier de son siège et, la fixant entre ses paupières mi-closes, déclara :

— Tu ne m'as toujours pas dit comment tu comptais occuper ces trois mois de convalescence.

— Si j'écrivais un livre ?

— Tu l'as déjà fait ?

— Non, admit la jeune femme, mais il y a une première fois à tout. Je pourrais aussi apprendre la peinture. J'ai toujours voulu peindre.

— Le lycée local propose des cours du soir, je me renseignerai si tu veux, proposa Kelt. Quoi d'autre ?

— Rien en vérité, mais je trouverai toujours à m'occuper.

— Tu n'as pas envie d'apprendre quelque chose en rapport avec ton métier d'institutrice ? Nous avons à Kaitake un collège d'études supérieures. As-tu la nationalité néo-zélandaise ?

Kelt vit sans surprise le joli visage se fermer.

— Non, admit nerveusement Hani, et je n'ai qu'un permis de séjour touriste, ce qui compliquerait les choses si je devais reprendre des études.

Et les rendrait financièrement inaccessibles, ajouta-t-elle in petto. Son compagnon fronça les sourcils :

— Où as-tu obtenu ton diplôme d'institutrice ?

Il la vit hésiter, puis :

— C'est l'école normale d'Aukland qui me l'a délivré.

Le proviseur avait tout organisé pour qu'elle prenne des cours par correspondance et parte là-bas passer son examen. L'association bénévole qui subventionnait l'école avait assumé les frais de scolarité et de voyage.

La pensée lui vint tout à coup que, si elle ne retournait pas à Tukuulu, le conseil de l'école lui demanderait peut-être de rembourser ces frais. Elle se sentait si bien qu'elle préféra l'écarter : son remède avait agi, la crise s'éloignait. Avec un soupir de soulagement, elle remercia d'un sourire la serveuse qui venait de poser sa tasse de café devant elle.

— Si tu veux reprendre tes études, disait maintenant Kelt, je peux prendre contact de nouveau avec l'école normale d'Aukland.

Pourquoi tenait-il tant à l'aider ? Il n'en savait rien. Si son analyse était juste, le passé d'Hannah était lourd et traumatisant et il lui faudrait plusieurs années d'aide psychologique pour s'en remettre.

Habituellement, Kelt fuyait les gens blessés par la vie. Il ne se reconnaissait plus et cette pensée le mit soudain hors de lui. Qu'attendait-il pour cesser de la voir ?

A peine les mots s'étaient-ils formés dans son esprit qu'il sut qu'il n'en ferait rien. Elle lui plaisait trop, voilà tout. Il mourait d'envie de l'apprivoiser : qu'elle n'ait plus peur de lui, qu'elle ne tressaille plus quand il lui prenait la main, qu'elle se détende enfin… et après… après…

Un groupe de femmes venait de s'installer à une table non loin. L'une d'elles, très grande, aux cheveux platine, portait une tenue voyante mais très élégante et arborait un énorme brillant à la main gauche. Elle avait repéré Hani et la regardait fixement. La jeune femme dut le sentir et détourna la tête avant de reporter son attention sur Kelt, l'air gênée. L'échange de regards n'avait pas échappé à ce dernier et il se pencha vers sa compagne pour expliquer à voix basse :

— C'est la future ex-femme de l'un des plus puissants promoteurs de l'île. Un homme qui bâtit n'importe quoi, n'importe où, sans aucun souci de l'environnement. Il la quitte pour une autre, beaucoup plus jeune.

Comme si la beauté platine avait compris qu'on parlait d'elle, elle se dressa pour s'approcher de la table de Kelt et Hani.

— Bonjour, Kelt, susurra-t-elle avec un sourire enjôleur, avant de porter sur Hani un regard hautain.

Kelt se dressa.

— Bonjour, Tess, répondit-il un peu sèchement, avant de présenter Hani sans s'étendre.

Un bref échange apparemment amical s'ensuivit, mais Hannah sentit que Kelt n'appréciait guère son interlocutrice. Néanmoins, Kelt plaisait visiblement à cette belle femme, élégante et sophistiquée. Hani fut confondue par l'élan de jalousie qui lui transperça le cœur. Kelt n'était rien pour elle. Elle n'avait aucun droit sur sa vie... Quelques instants plus tard, Tess prit congé, après un dernier sourire sulfureux à Kelt, avant de regagner sa table.

— Elle semble tout à fait charmante, dit stupidement Hani, alors qu'elle lui aurait volontiers arraché les yeux.

— Je crains qu'elle ne m'ait mis sur la liste des remplaçants potentiels de son mari, rétorqua Kelt, sardonique, avant de finir son café. Si tu es prête, veux-tu qu'on y aille ?

Hani s'attendait un peu à ce qu'il tienne à régler l'addition, mais ce ne fut pas le cas. D'ailleurs, à son grand soulagement, celle-ci n'était pas très élevée : guère plus que ce qu'elle aurait payé dans un bon café-restaurant.

Son compagnon insista pour qu'elle reprenne le volant et ils étaient presque à l'embranchement de la route de Kiwinui quand elle freina pour s'arrêter au bord de la route.

— Qu'est-ce qui se passe ? demanda aussitôt Kelt.

— Je veux juste contempler la vue.

Ils sortirent tous deux du véhicule pour admirer la large plaine qui se déployait à leurs pieds, avec en son centre une sorte de tumulus aux flancs rocheux et noirs.

— C'est ce qui reste d'un ancien volcan, expliqua Kelt. On y trouve d'antiques sépultures et…

Il s'interrompit brusquement, tendant l'oreille en fronçant les sourcils.

— Qu'y a-t-il ? demanda anxieusement Hani.

— J'entends un drôle de bruit… Ecoute… on dirait des gémissements…

Déjà, il s'était enfoncé dans les arbres. Hani voulut le suivre, mais il l'arrêta :

— Reste là. Je ne sais pas ce que c'est. Je vais voir, et je t'appellerai.

— Mais…

— Ne bouge pas, insista-t-il sur un ton qui n'admettait pas la réplique. Si je crie, file à la voiture et appelle la police avec le portable, dans la boîte à gants.

Hani avait maintenant peur et, comme il s'enfonçait dans les hautes broussailles, articula presque silencieusement :

— Je t'en prie, fais attention.

Elle retourna près de la voiture et attendait depuis longues minutes, le cœur battant, quand Kelt reparut, portant dans ses bras un petit animal noir et blanc.

— Oh, un chiot !, s'écria-t-elle, courant à sa rencontre.

Kelt la mit en garde :

— Attention, le pauvre petit est mort de peur.

Hani tendit les mains.

— Donne-le-moi, je t'en prie.

Secouant la tête, Kelt commença par palper très doucement les membres fragiles du pauvre chiot qui se calma presque instantanément et leva vers lui son petit museau aux yeux bruns pleins de vie.

— Il n'a pas l'air de souffrir, constata Kelt, on va aller directement chez le vétérinaire s'assurer qu'il se porte bien et qu'il n'est pas trop jeune pour être séparé de sa mère. Sinon, il faudra le piquer.

Hani réprima un cri d'effroi. Pourtant, elle connaissait assez les chiens pour savoir que son compagnon disait vrai.

— Tu vas le garder dans tes bras, reprenait à présent celui-ci, c'est moi qui conduirai.

L'instant d'après, la jeune femme était installée sur le siège passager, le petit animal blotti contre elle.

— Elle a l'air d'aller très bien, dit-elle à Kelt quand il eut pris place à côté d'elle.

— C'est une femelle ?

— Oui, elle est très belle, l'œil vif et la truffe bien fraîche. On ne l'a sûrement pas jetée d'une voiture. Peut-être celui qui l'a abandonnée voulait-il qu'on la trouve rapidement.

Kelt démarra avant de dire d'un ton âpre :

— Dans ce cas, pourquoi l'aurait-on mise dans un sac-poubelle fermé et caché derrière un buisson plein d'épines ?

Hani ne dit rien, mais un regard de côté apprit à Kelt que ce qu'elle venait d'apprendre la bouleversait. Il ajouta avec un petit rire sans joie :

— Tu sais, il faut toujours regarder la vérité en face.

— Je sais, réussit à articuler la jeune femme malgré sa gorge nouée, mais elle est parfois si horrible ! Comment peut-on condamner une petite créature sans défense à une mort certaine en l'abandonnant ainsi comme un vulgaire détritus ? C'est ignoble !

— Je suis de ton avis, dit Kelt en soupirant.

La vétérinaire, une femme d'une quarantaine d'années, confirma que la petite chienne se portait comme un charme.

— Sans doute était-elle le seul chiot de la portée, précisa-t-elle, elle doit avoir dans les deux mois. C'est un mélange de colley écossais et de corgi avec un peu de berger allemand. Elle devrait faire un bon chien de troupeau.

Kelt sourit en regardant le petit animal confortablement lové dans les bras d'Hani.

— Que comptez-vous en faire ? demanda alors la vétérinaire.

— Je veux la garder, répondit immédiatement la jeune femme.

Kelt fronça les sourcils.

— Tu crois ? Les chiots sont un peu comme des bébés : au début, il faut s'en occuper beaucoup, se lever la nuit pour les sortir.

— Je sais.

— Et quand tu repartiras à Tukuulu ?

— Quelqu'un de la station l'adoptera. Elle sera dressée, et pourra travailler.

— Bon. C'est toi qui décides, dit encore Kelt avant de s'adresser à la vétérinaire : merci de votre aide. Nous allons maintenant vous acheter ce qui est nécessaire pour un chiot.

La femme se mit à rire.

— Permettez-moi de vous l'offrir : je suis tellement

contente que vous ne me laissiez pas cette petite chienne sur les bras !

— Dans ce cas, dit alors Kelt, riant aussi, je serai le parrain et c'est moi qui lui offrirai son premier sac de croquettes.

Ce fut au tour d'Hani de se mettre à rire :

— Merci, à tous les deux ! Ma chienne et moi vous serons éternellement reconnaissantes, plaisanta-t-elle.

Sur le chemin du retour, Kelt demanda tout d'un coup :

— Comment vas-tu l'appeler ?

— Je ne sais pas. Mon frère avait l'habitude de dire que les chiens choisissent eux-mêmes leur nom, si on leur en laisse le temps.

Brusquement, le cœur d'Hani se serra. Des années durant, elle n'avait jamais parlé de Rafiq, avait même essayé de ne plus penser à lui tant son absence lui était douloureuse. Et voilà qu'avec Kelt, elle baissait sa garde, et l'avait mentionné deux fois en deux jours !

Son compagnon disait distraitement à présent :

— Ton frère a sans doute raison et il ne te reste plus qu'à attendre. J'espère seulement que tu ne seras pas trop triste dans trois mois, quand il faudra te séparer de cette chienne.

Hani se mordit la lèvre, comme une pensée lui venait qu'elle exprima aussitôt :

— Je pourrai peut-être l'emmener à Tukuulu. Pourquoi pas ?

Pour la première fois depuis qu'elle avait fui Philippe, elle se sentait prête à s'attacher de nouveau. Une émotion délicieuse l'envahissait tout entière, exaltante comme la liberté, douce et rassurante comme la confiance. Philippe n'avait donc pas réussi à tuer la femme qu'elle était. Elle s'était seulement cachée loin, très loin dans son inconscient. Si elle s'autorisait à aimer cette petite chienne abandonnée, elle se battrait pour l'emmener à Tukuulu, elle le savait.

La voix de Kelt la ramena au présent.

— Si elle doit devenir un chien de troupeau, il faudra la dresser, sinon elle deviendra une bête nerveuse et incontrôlable.

Hani réfléchit avant de répondre :

— Je verrai comment cela se passe.

Après un regard vif vers Kelt, elle ajouta :

— En tout cas, je me félicite que nous nous soyons arrêtés au bord de la route pour contempler la vue.

Kelt hocha la tête.

— Moi aussi.

7

La petite chienne s'endormit sans difficulté dans son nouveau panier, mais en pleine nuit, Hani fut réveillée par les premiers symptômes de la crise qu'elle avait espéré endiguer la veille. Elle avala ses remèdes, puis, se souvenant de sa promesse, s'obligea, malgré son état, à téléphoner à la grande maison. Kelt décrocha à la première sonnerie.

— Je viens tout de suite, retourne te coucher, répondit-il immédiatement.

Le temps qu'il arrive, elle était secouée de tremblements et accueillit le bruit de sa voiture avec un ineffable soulagement. Pour une fois, elle remerciait le ciel de l'instinct de protection surdimensionné de Kelt.

Quelques instants après, il entra dans la chambre sur la pointe des pieds. La chienne se mit à gémir et frétilla pour sortir de son panier.

— Dors, lui ordonna-t-il à voix basse, et elle obéit.

Il s'approcha du lit pour examiner attentivement Hani avant de demander :

— Tu as pris ton remède ?

Le sourire qu'elle lui adressa était quelque peu forcé.

— Oui, docteur, réussit-elle à marmonner. Elle ajouta du fond du cœur : merci d'être venu.

Kelt lui prit la main.

— Essaie de te reposer, je vais te préparer un thé.

— Très chaud, s'il te plaît, murmura-t-elle, tremblant si fort qu'elle claquait des dents.

Peu après, il s'asseyait au bord du lit pour attirer la jeune femme et la soutenir afin qu'elle boive plus commodément. A toutes petites gorgées, elle avala la boisson brûlante jusqu'à la dernière goutte puis sombra dans un état de semi-conscience. Kelt, qui ne la quittait pas des yeux, avait cependant l'impression que cette crise était moins violente que la précédente. Néanmoins, la jeune femme était brûlante et il ne pouvait rien faire d'autre que de la tenir contre lui en attendant que son état s'améliore.

La fièvre céda brutalement et, comme la fois précédente, Hani se mit à transpirer abondamment. Kelt, qui la tenait toujours, consulta sa montre : la crise avait duré deux fois moins longtemps que la première.

Cependant, elle était trempée, comme l'autre fois, et le même problème se posait : fallait-il la déshabiller ? S'il le faisait, elle lui en voudrait, mais elle ne pouvait pas passer la nuit dans cet état...

A la simple idée de lui enlever ses vêtements, Kelt sentit un désir, violent, intraitable, fuser au fond de son ventre. Serrant les dents, il allongea la jeune femme contre ses oreillers. Elle dut le sentir, car ses paupières palpitèrent un instant puis elle ouvrit péniblement les yeux.

Hani fixa longuement le visage sévère au-dessus d'elle, merveilleusement familier et étranger à la fois. Peu à peu, son cerveau embrumé se remit à fonctionner et elle se souvint de ce qui lui était arrivé : les symptômes avant-coureurs, les tremblements, la fièvre... Kelt était venu à son secours...

A présent, elle était épuisée et ses vêtements mouillés, glacés, lui collaient à la peau. Elle frissonna.

Elle articula avec difficulté un « merci » à peine compréhensible. Son regard gris-bleu imperturbable, Kelt demanda au bout de quelques minutes :

— Tu te sens capable de prendre une douche seule ?

— Oui, marmonna-t-elle, mais il ne fut pas dupe : l'alternative la gênait tellement qu'elle n'avait pas le choix.

Elle voulut se redresser, mais il ordonna :

— Ne bouge pas : je vais d'abord faire couler l'eau, puis je te transporterai dans la salle de bains.

A son retour, elle avait réussi à s'asseoir au bord du lit et rassemblait ses forces, le souffle court.

— J'ai dit que je te porterais.

— Je peux me débrouiller, dit-elle, plus clairement cette fois, et il perçut le défi dans sa voix.

— C'est bon, essaie.

Hani avait présumé de ses forces : à peine debout, ses jambes vacillèrent et Kelt eut juste le temps de la rattraper avant qu'elle ne tombe. Une fois dans ses bras, elle lança un regard au petit chiot qui les observait et eut un pauvre sourire.

— Elle nous prend pour des fous, réussit-elle à dire alors que Kelt franchissait la porte de la salle de bains pour la déposer sur le siège qu'il avait installé sous la douche.

— Elle a sans doute raison, admit-il. A présent, si tu crois pouvoir t'en sortir, je te laisse. Sinon, il faudra que tu serres les dents, et acceptes que... que j'officie à ta place.

La jeune femme s'empourpra.

— Je me débrouillerai.

Il la regarda encore avant de déclarer :

— Bon, appelle si tu as besoin d'aide.

Il sortit.

Hani resta immobile durant quelques instants, récupérant des forces sous l'eau chaude sans se soucier de son pyjama. Mais quand elle tenta de s'en débarrasser, ce fut une autre affaire : elle réussit tant bien que mal à faire glisser le bas mais il lui fut impossible d'enlever le haut : le jersey de coton mouillé collait à son corps comme une seconde peau et elle était trop fatiguée pour lutter.

Elle avait renoncé à l'enlever, furieuse de sa faiblesse, quand un coup retentit à la porte.

— Un instant, cria-t-elle, cherchant frénétiquement du regard une serviette.

Elle finit par attraper celle que Kelt avait posée à l'extérieur de la douche, et la noua tant bien que mal autour de sa taille. Evidemment, le linge fut aussitôt trempé et son impuissance fit décupler sa fureur ; elle se sentait humiliée, rabaissée...

— Hannah ?

Cette fois, elle ne répondit pas. Inquiet, Kelt entra sans attendre et comprit d'un regard la situation :

— Ce n'est pas grave, dit-il, radouci.

Hani se recroquevilla sur son siège quand il ouvrit la porte de la douche. Le visage absolument impassible, il commença par ôter sa chemise avant d'arrêter l'eau.

Hani était gênée, honteuse à en mourir, mais curieusement, n'avait pas peur. Toujours impassible, il fit passer le haut de son pyjama par-dessus sa tête, et Hani se sentit rougir depuis la taille jusqu'à la racine des cheveux.

Heureusement, il l'emmitouflait déjà dans sa chemise qui la couvrait jusqu'aux cuisses.

— Maintenant, enlève cette serviette mouillée, ordonna-t-il.

Mais la jeune femme tremblait trop et elle fut incapable de défaire le nœud avec ses doigts qui ne lui obéissaient plus. Mortifiée, les larmes lui montèrent aux yeux.

— Je me sens tellement... idiote... incapable...

— On est rarement au mieux de sa forme après un accès de fièvre tropicale, déclara Kelt, et il dénoua la serviette qui tomba par terre.

Ses mains étaient sur sa peau, des mains douces, tièdes qui déclenchèrent aussitôt chez Hani un émoi délicieux. Son corps renaissait à la vie et ses tremblements fébriles se transformèrent en exquis frémissements d'excitation. Pour tenter de se maîtriser, Hani s'obligea à détourner les yeux du torse de son compagnon, si désirable avec cette toison sombre sur sa peau hâlée et lisse.

Le regard vert croisa les yeux gris-bleu et Hani y vit scintiller le désir, aussi violent, aussi incontrôlable que le sien...

Combien de temps dura le charme ? A l'aune des battements de cœur de la jeune femme, sans doute une éternité avant qu'elle ne voie les yeux de Kelt se vider progressivement de toute expression. L'instant d'après, il reculait et, la prenant par l'épaule, l'aidait à se mettre debout pour l'entraîner hors de la douche.

— Il faut que tu dormes, déclara-t-il d'une voix neutre. As-tu un séchoir à cheveux ?

— Oui.

Hani retomba brutalement sur terre, vidée de toute énergie, glacée, honteuse à en mourir.

Elle aurait voulu regagner seule sa chambre, mais il n'en fut pas question : sans lui demander son avis, Kelt la souleva dans ses bras et la déposa au bord du lit. Il annonça ensuite :

— La chienne a besoin de sortir, et il s'éclipsa.

Tout en se débarrassant de la chemise d'homme pour enfiler maladroitement la tunique de plage qu'il avait étalée sur le lit à son intention, Hani l'entendit parler au chiot, puis la porte d'entrée s'ouvrit. Quelques minutes plus tard, il lançait depuis le couloir de la chambre :

— Ça va ?

— Oui.

Il entra avec une serviette propre pour lui sécher les cheveux tandis que la chienne regagnait son panier sans rechigner.

Il lui frictionna les cheveux avec douceur. Hani était si lasse qu'elle se laissa aller rêveusement, incapable de formuler la moindre pensée cohérente. Elle était bien, s'abandonnait...

Bientôt, il brancha le séchoir.

— J'aurais dû appeler Rosie, elle est sûrement plus compétente que moi pour les brushings, marmonna-t-il.

Hani bâilla à s'en décrocher la mâchoire.

— Tu... tu fais cela très bien...

De nouveau, elle s'abandonna.

Quand il lui annonça que ses cheveux étaient secs, Hani n'eut que la force de s'affaler sur le lit, et ferma les yeux. Elle sentit qu'il tirait sur elle la couverture, et remarqua obscurément qu'il avait changé les draps. Epuisée, elle s'endormit.

Kelt la contempla longuement : ces cheveux magnifiques aux reflets auburn, cette peau couleur de miel, et ce visage étonnant, tellement inhabituel, qui peu à peu reprenait son éclat, à mesure que le sommeil le détendait... Comme elle était jolie !

Il consulta sa montre : si cela se déroulait comme la dernière fois, elle ne bougerait plus jusqu'à demain matin et se réveillerait guérie. Il pouvait donc rentrer chez lui.

Il remit sa chemise, troublé d'y retrouver ce léger parfum de fleur qui n'appartenait qu'à Hannah, puis, les mâchoires serrées, sortit sur la terrasse. L'océan se retirait et de minuscules vaguelettes venaient grignoter le sable argenté par la lune. Kelt laissa son regard errer sur la mer puis rentra dans la maison.

Sa décision était prise, il s'installa sur le canapé.

La petite chienne, en grattant les bords de son panier, éveilla Hani qui s'étira avec prudence : elle allait bien, décida-t-elle avant de se lever.

— J'arrive, dit-elle à l'animal impatient. Laisse-moi seulement le temps de reprendre mes esprits.

Le remède avait fait merveille. Hani était encore un peu faible, mais serait en pleine forme dès qu'elle aurait pris son petit déjeuner.

Un émoi violent la saisit soudain au souvenir du rêve qu'elle avait fait : heureux, érotique et joyeux, plein d'amour et de passion, sans rien de commun avec ceux, empreints de terreur et de honte, qu'elle avait habituellement.

Elle souleva le petit chien qui gigotait dans tous les sens pour le porter dehors et, dans le salon, s'immobilisa, sidérée : Kelt dormait sur le canapé !

Une brusque chaleur envahit la jeune femme : comme

il était émouvant et beau, abandonné ainsi dans le sommeil ! Son visage aux traits bien marqués ne perdait rien de sa force virile, pas plus que l'ombre sombre de sa barbe naissante ne réussissait à l'enlaidir.

Soudain consciente qu'elle ne portait qu'une tunique de plage, la jeune femme voulut aller chercher son peignoir, mais le chiot se débattait dans ses bras, visiblement pressé. Elle sortit donc à pas de loup et le posa sur la pelouse. Aussitôt l'animal s'exécuta sous le regard bienveillant de sa nouvelle maîtresse.

Pieds nus dans l'herbe humide, Hani s'abrita les yeux de la main pour lutter contre la réverbération éblouissante du soleil dont les rayons obliques soulignaient d'or les crêtes des montagnes à l'arrière de la côte. Dieu, que ce pays était beau ! Elle pourrait vivre ici, se dit-elle tout à coup. Elle s'y habituerait très facilement...

Le chiot, soulagé, reniflait allègrement l'herbe et s'approcha pour lui lécher les pieds.

— Ça va mieux, petit chou ? Il est temps que tu te trouves un nom, sais-tu ?

Hani le reprit dans ses bras et il sortit un bout de langue rose pour lui lécher le menton, après quoi il bâilla, montrant de belles petites dents blanches bien acérées.

Etouffant un rire amusé, Hannah regagna la maison, priant le ciel que Kelt dorme toujours. Dans le salon, elle retint son souffle, portant un regard prudent sur la longue silhouette étendue, mais c'était trop en demander au ciel.

— Comment te sens-tu ? demanda Kelt, la voix un peu rauque.

Hani se figea.

— Bien, répondit-elle précipitamment.

Elle se tourna vers lui, serrant le petit animal sur sa poitrine et ajouta maladroitement :

— Merci pour hier soir. C'était gentil de venir.

Kelt leva un sourcil tout en frottant sa barbe naissante.

— Ne me remercie pas, c'est normal. C'est moi qui t'ai demandé de me prévenir si une nouvelle crise survenait.

— Mais je ne t'ai pas demandé de venir.

— Je le sais, c'est bien pourquoi il n'est pas nécessaire de me dire merci. Maintenant, pose la chienne par terre : elle a besoin de reconnaître les lieux.

L'animal gigotait en effet avec impatience dans les bras d'Hani. Sitôt sur le sol, il se mit à renifler le tapis.

La jeune femme observa :

— Hier après-midi déjà, elle a tout senti, partout dans la maison.

— Il lui faudra encore quelques jours pour s'habituer.

En un mouvement souple, Kelt se mit debout et Hannah recula automatiquement d'un pas. Elle vit son regard se durcir.

— Pourquoi as-tu peur de moi ?

— Je n'ai pas peur, se défendit-elle maladroitement comme une collégienne prise en faute.

— Dans ce cas, pourquoi as-tu fait un bond en arrière comme si tu redoutais que je ne saute sur toi ?

Il la fixait de ses yeux gris-bleu implacables et Hannah se dit qu'elle aurait dû lui avouer la vérité : cette réaction instinctive de crainte lui venait d'un autre, d'un homme qui ne l'avait pas brutalisée, mais lui avait infligé des tortures morales, avec une perversité consommée, il l'avait marquée, mutilée pour la vie.

Mais il lui était impossible de parler, les mots restaient bloqués dans sa gorge. Elle prit une inspiration et balbutia :

— Pardonne-moi... je me sens un peu faible.

— Tu es malade, ce n'est pas la même chose, la reprit Kelt avec impatience.

Il lui indiqua le canapé.

— Assieds-toi, ordonna-t-il, il faut que nous parlions.

Comme elle hésitait à obéir, il poursuivit :

— A voir tes réactions, on pourrait te prendre pour une vierge...

Elle secoua si vivement la tête qu'il s'interrompit. Sa seconde hypothèse devait donc être la bonne. D'une voix égale, il continua :

— Ou alors, tu as vécu une très mauvaise expérience.

La voyant tressaillir, il sut qu'il avait vu juste et ajouta :

— Tu veux en parler ?

Hani secoua négativement la tête.

Plusieurs secondes s'écoulèrent dans un silence lourd et Kelt le rompit sur le ton d'une conversation normale :

— Tu as besoin de te faire soigner. Une aide psychologique te ferait du bien.

— Je vais très bien ! rétorqua Hani, aussitôt sur la défensive.

— Bien sûr, ironisa ton compagnon, c'est ta méthode d'autodéfense : tout va toujours très bien. Malheureusement, cela ne marche pas dans tous les cas.

Piquée, Hanna pointa le menton en avant :

— Navrée, mais je n'ai pas envie de me faire psychanalyser. Je te suis reconnaissante de t'être occupé de moi cette nuit, mais cela ne te donne aucun droit de te mêler de ma vie. Je suis adulte et responsable et, hormis ces moments où je suis malade, je n'ai pas besoin que l'on s'occupe de moi.

Kelt ricana.

— Vraiment ? Je ne m'en serais jamais douté ! Maintenant écoute-moi bien, il y a des années que tu aurais dû voir un thérapeute ! Au lieu de quoi tu préfères te culpabiliser à cause de cette mystérieuse aventure et expier en t'interdisant de nouvelles expériences et en te dévouant aux autres. Tu trouves cela malin ?

Hani pâlit.

— Tu ne sais pas de quoi tu parles !

— Oh si ! Tu tressailles dès qu'un homme s'approche de toi. Cela te semble normal ?

— C'est faux !

En deux pas, Kelt fut auprès d'elle et la prit par le bras pour l'attirer à lui. Une chaleur brûlante envahit Hannah, prise de panique tandis qu'un émoi incontrôlable naissait au creux de ses reins.

— Tu vois, tu trembles déjà, observa très calmement Kelt. Si je t'embrassais, qu'est-ce que cela serait !

— Tu n'es qu'un prétentieux ! lança la jeune femme, cherchant désespérément à ne pas imaginer le goût de ses lèvres sur les siennes. Lâche-moi, veux-tu ?

— Tu vois, tu as peur ! Et pourtant, tu dois bien te douter que je n'abuserai jamais de toi, ni de personne, d'ailleurs.

Philippe non plus n'avait pas abusé d'elle, il avait été beaucoup plus pervers en faisant en sorte qu'elle ait envie de lui... jusqu'au jour où elle avait découvert sa vraie nature. Mais il était trop tard pour fuir.

Toujours très calme, Kelt dit encore :

— Si tu as peur, Hannah, tu peux partir, je ne te retiens pas.

Il avait desserré son étreinte, mais par une sorte de défi, Hani ne bougea pas. De toute façon, elle savait d'instinct qu'avec lui, elle ne risquait rien : contrairement à Philippe, il n'était pas cruel, et le pouvoir ne l'intéressait pas. Elle leva les yeux vers le beau visage aux traits volontaires qui la dominait et, peu à peu, la vérité de ce qu'il lui avait dit sur elle lui apparut. Certes, fuir après son expérience traumatisante de Philippe avait été un moyen de survie, mais elle avait choisi d'enseigner par désir de se consacrer aux autres. Ce qu'elle continuait à fuir, ce n'était pas Philippe, mais bel et bien sa propre culpabilité de l'avoir désiré, puis d'avoir sacrifié son frère en le fuyant.

Brusquement, il lui sembla que tout se mettait en place dans son cerveau, et que s'éclairaient des recoins obscurs qu'elle n'avait jamais osé explorer. Elle s'entendit déclarer d'une petite voix tranquille :

— Je n'ai pas peur de toi, Kelt.

Elle vit son expression changer et ferma les paupières lorsqu'il inclina la tête.

8

— Ouvre les yeux, articula Kelt tout contre sa bouche.

Confondue, la jeune femme murmura :

— Pourquoi ?

Il eut un petit rire attendri et son souffle tiède caressa la joue d'Hani qui ne put réprimer un frémissement de bonheur.

— Pour que tu saches exactement qui tu embrasses.

— Je le sais, chuchota-t-elle, c'est l'homme qui s'est occupé de moi, cette nuit.

— L'homme qui a envie de t'embrasser, la reprit-il.

— Moi aussi j'en ai envie.

Elle s'était empourprée et, sous le regard intense de Kelt, sentit ses jambes vaciller. Déjà il inclinait davantage la tête.

Ce fut un baiser tendre, sans exigences, exquis de douceur et de délicatesse, aussi léger qu'un battement d'ailes de papillon. Se dégageant l'espace d'un instant, la jeune femme réussit à murmurer avec une sorte de triomphe :

— Je n'ai pas peur de toi !

— Si tu savais comme j'en suis heureux !, dit Kelt d'une

voix chaude et sensuelle, avant de la serrer davantage contre lui pour l'embrasser encore.

Hani ressentit alors une sérénité qu'elle n'avait jamais éprouvée : elle pouvait s'abandonner à son destin, elle se trouvait là où elle devait être. Elle se permit enfin de laisser déferler sa sensualité si longtemps refoulée. Le baiser de Kelt avait le goût des plaisirs fabuleux, son étreinte était jalouse, possessive… Ces instants magiques resteraient à jamais inscrits en elle. Non seulement elle n'avait plus peur, mais l'homme qui l'embrassait la rassurait par sa force et sa virilité. Dieu comme elle avait envie de se donner à lui !

— Hannah…

L'entendant prononcer son nom, Hani eut soudain envie de lui dire : « Je m'appelle Anne, pas Hannah », mais ce n'était pas possible. Anne de Courteville était morte, noyée six ans plus tôt. Kelt embrassait Hannah Court, non la jeune princesse d'une petite principauté insulaire, qui avait trahi et trompé lamentablement ceux qu'elle aimait.

— Hannah, murmura Kelt, tu vas bien ?

Elle sourit :

— Jamais je ne me suis sentie aussi bien. Embrasse-moi encore.

Il se mit à rire doucement, et ce fut elle qui, se haussant sur la pointe des pieds, prit son beau visage entre ses mains et posa ses lèvres sur les siennes.

Cette fois, leur baiser fut intense : Kelt s'empara de sa bouche avec une fougue à la mesure de la force qui émanait de lui et attendait clairement qu'elle lui réponde avec autant d'ardeur. Hani le fit, emportée dans le tourbillon de sa sensualité enfin libérée. Tout cessa d'exister autour d'elle, seule comptait cette bouche exigeante qui lui donnait tant de bonheur...

Ce fut Kelt qui se dégagea, disant avec un petit rire :

— J'ai l'impression que ta jeune protégée a encore besoin de sortir.

— Oh...

Hani, infiniment déçue mais s'interdisant de le montrer, se baissa vivement pour prendre le petit animal qui geignait en se tortillant à ses pieds.

— Donne-la-moi, dit Kelt, je m'en charge.

Hani obéit et, quand il fut sorti, se précipita dans la salle de bains pour tenter de se ressaisir.

Elle s'était laissé emporter par la passion au point de ne pas entendre la chienne ! Mais Kelt, lui, n'avait pas perdu la tête... Dieu du ciel ! La vie ne lui avait donc rien appris ! Après avoir compris que Philippe ne s'intéressait à elle que parce qu'elle était la sœur de Rafiq de Courteville, elle s'était pourtant juré de ne plus jamais s'abandonner et elle recommençait les mêmes erreurs avec un homme aussi froid et maître de lui que Philippe !

Non ! Kelt n'avait rien à voir avec Philippe : il était bon, généreux, responsable... comme Rafiq.

Hani se dévisagea dans le miroir, pleine de doutes : au fond, que savait-elle de Kelt ? Pas grand-chose, inutile de se raconter des histoires. Pourquoi l'avait-il embrassée ? Sans doute sur un coup de tête... ou peut-être qu'il la trouvait à son goût. En tout cas, il ne pouvait s'agir que d'un attrait physique très superficiel.

« Et toi ? lui murmura une petite voix insistante au fond d'elle-même. Tu n'es pas amoureuse de lui, tout de même ? »

— Si, je l'aime.

Avec un gémissement horrifié, la jeune femme se détourna et saisit une serviette pour s'en tamponner le visage.

Tomber amoureuse de Kelt était hors de question ! Hani s'était déjà suffisamment ridiculisée. Désormais, elle saurait se tenir.

Après avoir remis de l'ordre dans ses cheveux, elle redressa les épaules pour gagner le salon au moment où Kelt rentrait, le chiot gambadant sur ses talons. Sans préambule, pour ne pas changer d'avis, elle prit la parole sans bien savoir quels mots elle allait prononcer :

— Je... euh... enfin... Ne pense pas que... ce que nous avons fait...

— Tu parles du baiser que nous avons échangé ? la coupa Kelt très décontracté.

— Oui... Tu ne dois pas t'imaginer que...

Son compagnon eut un sourire amusé :

— Tu essaies de me dire que, même si tu m'as embrassé avec une ardeur indéniable, tu n'es pas prête à coucher avec moi, c'est cela ?

Son franc-parler secoua Hani qui gagna du temps en se baissant pour soulever la petite chienne.

— Exactement, finit-elle par admettre, c'est ce que je veux dire.

— Dans ce cas-là, rétorqua son compagnon avec une hauteur qui lui fit froid dans le dos, tu n'as pas à t'inquiéter. Ne me juge jamais à l'aune du lâche à qui tu dois ta phobie des hommes. Quand j'aurai envie de te faire l'amour, je m'arrangerai pour que tu le comprennes longtemps à l'avance et c'est toi qui en décideras.

— Je suis désolée..., balbutia Hani, mais il la coupa :

— Inutile de t'excuser.

Il regarda la petite chienne ensommeillée et demanda :

— Elle s'est choisi un nom ?

Heureuse de la diversion, Hani secoua la tête, ajoutant :

— Si elle ne l'a pas fait d'ici demain, je le ferai.

— En dépit de ce que disait ton frère ? A propos, où est-il, ce frère ?

— Il est décédé, répondit tout de suite la jeune femme malgré son horreur du mensonge. Elle se détourna rapidement et ajouta, indiquant le chiot : je vais la remettre dans son panier.

Kelt l'arrêta d'un geste :

— Je vais rentrer chez moi, déclara-t-il, et pour ta gouverne, sache que je te trouve charmante, mais que tu ne risques rien avec moi. Ne t'imagine pas...

La jeune femme rougit et lui coupa la parole :

— Ecoute, c'est sans importance, j'ai... j'ai eu une réaction... enfin... je n'aurais pas dû te parler ainsi, mais... je ne veux pas me lancer dans une aventure qui s'achèvera forcément quand je rentrerai à Tukuulu.

Kelt fronça les sourcils.

— Avec cette dernière crise, tes chances de retourner sous les tropiques s'amenuisent.

— Comment cela ?

— Sous un climat très chaud, tes accès se multiplieront. Tu ne pourras pas prendre indéfiniment ton médicament, il a des effets secondaires très dangereux.

— Mais... comment le sais-tu ?

La jeune femme était affolée.

— Tu as un ordinateur ? s'enquit-il. Elle secoua la tête et il ajouta : accompagne-moi chez moi, je te montrerai ce que j'ai trouvé sur internet au sujet de la fièvre tropicale dont tu souffres.

Dix minutes plus tard, vêtue d'un jean et d'un des polos de laine achetés à Kaitake, Hani grimpait dans la Range Rover avec la petite chienne tout excitée.

Pendant que Kelt conduisait en silence, elle regarda par la fenêtre, incapable de voir le paysage tant elle était angoissée. Kelt se trompait peut-être... Il n'était cependant pas du genre à affirmer quoi que ce soit au hasard.

Une fois dans l'élégant bureau, devant l'ordinateur dernier cri, la terreur la saisit, si violente qu'elle en eut la nausée. Ce qu'elle venait de lire ne laissait aucun doute.

— Comment sait-on que c'est vrai ? demanda-t-elle d'une voix blême.

— Cet article a été publié dans une revue médicale très sérieuse.

— On aurait dû me le dire !

— En effet, le médecin de Tukuulu n'a pas été très honnête.

Kelt maîtrisait sa voix, mais était furieux qu'on l'ait laissée ainsi dans l'ignorance. Il poursuivit, apaisant :

— Ce n'est cependant pas la fin du monde : quelques années sous des latitudes tempérées et tu seras définitivement guérie. Veux-tu que j'appelle le spécialiste des maladies tropicales qui a signé cet article ?

Hani n'en avait pas les moyens, et sans son travail à Tukuulu, comment survivrait-elle ? Que faire ? Où aller ? Retourner à Moraze était impossible : Rafiq ne lui pardonnerait jamais de l'avoir mêlé à un scandale aussi compromettant, moins encore de lui avoir fait croire qu'elle s'était suicidée. D'ailleurs, elle avait lu quelque part qu'il était marié maintenant, et père de deux très jeunes enfants. Il avait d'autres personnes à aimer... Pour enseigner en Nouvelle-Zélande, sans doute faudrait-il qu'elle émigre, mais les autorités risquaient de fouiner dans son passé, c'était trop dangereux...

La voix de Kelt lui parvint de très, très loin et elle essaya de fixer son attention :

— Je vais l'appeller aujourd'hui même, disait-il.

— Non, je t'en prie.

— Pourquoi ? Si c'est une question d'argent...

— Non, l'interrompit-elle vivement.

Elle se leva de son siège, essayant d'afficher un sourire.

— Si ce que je viens de lire est vrai, j'ai l'impression qu'il ne me reste pas beaucoup de temps à passer dans cette partie du monde, déclara-t-elle, feignant un ton enjoué.

— Tu comptes rentrer en Grande-Bretagne ?

— Quelle autre solution ?

Répondre par une autre question n'était qu'un demi-mensonge.

— Si l'Angleterre ne te tente pas, tu peux toujours rester ici, annonça Kelt le plus naturellement du monde. Nous avons besoin de bonnes institutrices dans ce pays. Il faudrait peut-être que tu passes quelques diplômes supplémentaires, mais cela ne devrait pas poser de problèmes.

Certes, mais les formalités d'émigration en posaient de sérieux. Pour donner le change, Hani haussa les épaules, disant :

— Attendons que je sois sûre de ne pas pouvoir rentrer à Tukuulu pour faire des projets. En tout cas, merci d'avoir fait cette recherche sur internet.

— Tu as raison, approuva Kelt, commence par reprendre des forces, nous verrons ensuite.

A cet instant, on frappa un coup discret à la porte :

c'était Arthur qui, après un rapide sourire vers Hani, s'adressa à Kelt :

— Votre cousine est ici, monsieur.

— Merci, Arthur.

— Je vais rentrer chez moi à pied, intervint aussitôt Hani.

Avec ce qu'elle venait d'apprendre, elle n'avait aucune envie de rencontrer la pétulante Rosie Matthews.

— Pas question !

Kelt n'en dit pas davantage, déjà Rosie apparaissait sur le seuil du bureau. Elle afficha avec drôlerie un air exagérément sidéré :

— Eh bien ! Tu as laissé Hannah pénétrer dans ton sanctuaire ? S'adressant à la jeune femme, elle reprit : quel honneur ! Il doit être amoureux de vous, Hannah ! Personne n'est admis dans son bureau.

— Arrête tes bêtises, Rosie, répliqua l'intéressé avec un sourire indulgent, tu parles si fort que tu vas réveiller le pauvre chiot.

— *Un chiot* ?

Le visage étonnamment expressif de la jeune femme s'attendrit en découvrant le petit animal assoupi au pied du bureau.

— Quel amour, roucoula-t-elle, mais je m'étonne que tu l'aies choisi, Kelt, toi qui n'aimes que les chiens de race. Ce petit chou n'a visiblement pas un pedigree irréprochable, poursuivit-elle en riant.

Son cousin lui expliqua brièvement les circonstances de la découverte de la chienne, Rosie s'extasia sur le hasard qui faisait si bien les choses, puis en vint au but de sa visite :

— Tu n'aurais pas envie de donner une soirée, Kelt ?

— Pourquoi ? Ta mère ne veut pas le faire ?

— Elle est à Aukland avec son nouvel amoureux, tu le sais.

— Demande à ton père !

Rosie leva les yeux au ciel.

— Tu sais bien qu'il écrit un nouveau livre.

— Tu veux que je lui rappelle qu'il a une fille ? demanda Kelt d'un ton grinçant.

Le côté protecteur qu'il manifestait pour sa cousine évoqua Rafiq dans l'esprit d'Hani. Lui aussi la protégeait... Trop, d'ailleurs.

— Surtout pas, répondit vivement Rosie.

Kelt fronça les sourcils mais, sans insister, demanda :

— Qui veux-tu inviter ?

Rosie se fit délibérément évasive.

— Oh, la bande habituelle...

Kelt insista :

— Qui en particulier ?

Sa cousine rougit un peu et finit par avouer :

— Ce garçon qui est reçu chez les O'Halloran, je pensais que ce serait sympathique de lui faire connaître la bande.

— Comment s'appelle-t-il ?

— Alonso de Porto mais il a une kyrielle de titres. Il est espagnol, et veut visiter le pays.

Hani s'était figée, pétrifiée. En réflexe d'autodéfense, elle se pencha pour prendre la petite chienne, espérant ainsi dissimuler sa panique.

9

Sitôt dans les bras d'Hani, le chiot se mit à bâiller à s'en décrocher la mâchoire et, pour éviter de regarder les deux cousins, la jeune femme le fixa avec sollicitude en lui caressant la tête. Mais son cerveau était ailleurs.

Pouvait-il s'agir d'un autre Alonso de Porto ? Celui qu'elle avait connu était un beau garçon qui évoluait dans le sillage de Philippe jusqu'à ce que ses parents, des nobles espagnols, y mettent le holà. Peut-être cette fois l'avaient-ils envoyé en Nouvelle-Zélande pour l'éloigner de son entourage oisif et corrompu ? C'était possible...

Hannah était à présent épouvantée. Philippe avait-il retrouvé sa trace et envoyé Alonso à ses trousses ? Non, voyons, il fallait être logique : il avait des hommes de main pour ce genre de besogne.

Elle s'efforça de se souvenir du garçon qu'elle avait connu : elle était à l'université à l'époque et ne l'avait rencontré que très brièvement, une ou deux fois. Peut-être ne la reconnaîtrait-il pas ? Elle ne courrait cependant pas le risque.

L'évidence lui sauta aux yeux : la meilleure façon de n'en courir aucun était de ne pas assister à la soirée ! Ce soir-là, elle resterait tranquillement à la maison de la plage et le tour serait joué.

Kelt disait à présent à Rosie :

— Je le connais, je crois, c'est un homme assez sympathique, pas trop snob pour le rejeton d'une des plus grandes familles d'Espagne.

Hani frémit : il s'agissait bien de celui qu'elle avait rencontré.

— Tu es donc d'accord pour l'inviter ?

Kelt regarda Rosie avec un sourire indulgent :

— Oui, à une condition : Arthur se chargera du buffet, mais pour le reste, tu te débrouilleras seule. D'accord ?

— Super ! s'écria joyeusement Rosie.

Elle sauta au cou de son cousin qui l'écarta gentiment.

Elle lança avec entrain :

— Ce sera l'occasion de présenter à Hannah à tous nos amis !

Kelt regarda la jeune femme.

— Pourquoi pas, en effet ?

Hani ne l'entendait pas de cette oreille. Elle se préparait à protester, invoquant la première excuse venue, quand Rosie, toujours exubérante, s'exclama :

— Oh, je suis ravie, Hannah ! Si vous devez passer trois mois ici, il faut que vous rencontriez du monde : vous verrez, ce sont des gens charmants, sans parler de ce bel Espagnol, ajouta-t-elle avec un clin d'œil.

— N'oublie pas qu'Hannah est en convalescence, fit valoir sévèrement Kelt, pas question que tu l'enrôles pour t'aider.

— Je vais beaucoup mieux, intervint aussitôt l'intéressée, agacée qu'il s'immisce une fois de plus dans sa vie.

— Je ne vous demanderai rien, promis, assura Rosie.

A bientôt, Hannah ! Pourquoi ne pas déjeuner ensemble un de ces jours ? Cela me ferait plaisir.

Sans attendre de réponse, elle disparut après un rapide baiser à Kelt.

— Ne te laisse pas accaparer par Rosie, déclara-t-il dès qu'ils furent seuls.

— De toute façon, je n'ai pas dit que j'irai à la soirée, se défendit Hani. Son père ne s'occupe donc pas d'elle ?

— Il vit dans les nuages, complètement obnubilé par son travail. Il aime sa fille, mais la préfère quand elle est loin. Alors, elle vit avec sa mère.

— Que fait-il ?

— Il est historien. En ce moment, il écrit un ouvrage sur les voyages des explorateurs chinois dans l'océan Indien. Il a le projet de se rendre à Moraze, une petite île au large des côtes orientales d'Afrique, où se trouvent, paraît-il, des ruines dont il pense qu'elles sont d'origine chinoise.

Hani sentit son sang se glacer. Elle connaissait ces ruines. Tout la ramenait à sa vie d'antan depuis quelques heures et un lourd sentiment de fatalité commençait à l'oppresser.

— Comme c'est intéressant, dit-elle avec une légèreté censée donner le change. Maintenant, si tu le veux bien, je vais te laisser et rentrer à pied chez moi. Cela me fera du bien.

— Pas question, je te reconduis.

Il était inutile de discuter, Hani le savait et s'en abstint.

Kelt la laissa devant la maison de la plage avec ordre de se reposer. Curieusement, elle constata alors que si cette façon de se soucier d'elle l'agaçait, elle la rassurait également. Depuis qu'elle connaissait Kelt, elle ne se sentait plus seule au monde...

Refusant d'y réfléchir davantage, la jeune femme décida d'aller se promener sur la plage avec la petite chienne. L'air salé, vif et piquant, lui fit du bien : le soleil était déjà chaud et, sous ses pieds nus, le sable humide était tiède. La chienne, toute à son bonheur, courait dans tous les sens, flairant tout ce qui se présentait. Un morceau de planche retint soudain son attention et, après l'avoir abondamment reniflé, elle essaya de le dégager du sable, en vain, il était trop enfoncé. Hani, comprenant sa déception, s'approcha pour le sortir et vit alors qu'il s'agissait d'une pièce appartenant à une barque et qui en portait le nom : Gabby.

— Eh bien voilà, s'exclama-t-elle, tu as trouvé ton nom. Désormais, tu seras Gabby !

La chienne dressa les oreilles, fixant sa maîtresse, puis elle se mit à japper en grattant frénétiquement le sable. On aurait dit qu'elle lui faisait fête pour la remercier.

Hani sentit les larmes lui brûler les yeux : il y avait si longtemps qu'elle n'avait plus osé s'attacher à un être vivant. Gabby avait réussi à percer ses défenses et à réveiller en elle des émotions refoulées depuis six ans !

La jeune femme se reprit vite : elle se révélait encore capable d'aimer, mais se refusait à souffrir de nouveau et le passé lui avait appris que l'un n'allait jamais sans l'autre. L'amour rendait vulnérable. Elle s'était laissé détruire une fois, elle ne reproduirait pas les mêmes erreurs ! Heureusement, Gabby n'était qu'un chien...

Un moment après, Hani rebroussa chemin, mais à mi-distance, elle dut porter la pauvre Gabby qui n'en pouvait plus. A la maison, la chienne se précipita sur son bol pour boire abondamment, avant de s'étendre sur le carrelage au soleil et s'endormir aussitôt.

Avec un sourire attendri, Hani la contempla quelques instants puis se prépara un rapide déjeuner. Mais la pensée d'Alonso recommençait à la tourmenter. S'il voyait toujours Philippe, elle était en grand danger. Philippe la croyait morte, mais s'il découvrait la vérité, il ferait tout pour lui faire payer l'outrage de l'avoir quitté.

Que faire ? Inutile de céder à la panique, il valait mieux essayer de regarder la réalité en face et vérifier si Alonso de Porto était bien celui qu'elle redoutait. Une rapide recherche sur internet lui apporterait la réponse, mais il fallait un ordinateur et Hani n'en avait pas. Elle pouvait évidemment demander à Kelt, mais...

Soudain, elle se rappela avoir vu un cybercafé au village de Kiwinui, près du cabinet du vétérinaire. Elle s'y rendrait dès le lendemain, se promit-elle, tant pis pour ses appréhensions : un homme averti en valait deux, disait le dicton.

Le lendemain matin, comme averti par télépathie, Kelt téléphona :

— Je vais au village, je me demandais si tu voulais venir avec moi.

Le premier réflexe de la jeune femme fut de refuser, mais si elle s'y rendait, elle risquait de l'y rencontrer...

— J'envisageais justement d'y aller.

— Je passe te prendre dans une demi-heure.

Il faisait un beau temps ensoleillé et la température était très agréable. Hani choisit un pantalon en coton du même vert que ses yeux, ainsi qu'un T-shirt à manches courtes d'un ton miel à peine plus soutenu que sa peau.

Un coup de brosse dans ses cheveux pour leur donner du volume, un peu de brillant à lèvres et elle était prête.

— Je rentrerai vite, dit-elle à Gabby qui dormait et ouvrit à peine les yeux.

Rien qu'en voyant la voiture arriver, Hani sentit son cœur s'accélérer, et quand Kelt en descendit, elle ne put réprimer un élan de pur bonheur. Qu'un homme ait le pouvoir de vous rendre heureuse à ce point par sa seule présence était injuste ! se prit-elle à penser. Pour cacher son émoi, elle annonça d'emblée :

— La petite chienne s'est trouvé un nom : Gabby. Cela te plaît ?

Kelt hocha la tête en riant et elle expliqua brièvement comment le nom était venu, ajoutant :

— Elle fait de gros progrès : cette nuit, elle n'a demandé à sortir qu'une fois.

Dans la voiture, la conversation roula sur des sujets neutres et la jeune femme ne pensa pas trop à l'épreuve qui l'attendait au cybercafé.

Hélas, dès qu'elle en franchit le seuil, il lui fallut affronter ses angoisses. Le cœur battant sourdement, l'estomac noué, elle s'obligea à s'asseoir devant un des ordinateurs et lança le moteur de recherche.

Vingt minutes plus tard, elle s'assit à l'une des tables et commanda un café, sous le choc.

Philippe était mort. Il avait été tué quatre ans plus tôt, à Moraze, au cours d'un combat contre les militaires. L'information n'en disait pas plus : clairement, Rafiq avait été avare de détails avec les médias.

Hani, curieusement, ne ressentait rien : ni joie, ni soulagement, seulement un étrange vide.

Rentrer à Moraze ? Jamais ! Rafiq ne lui pardonnerait

pas le mal qu'elle lui avait fait. Elle avait choisi de disparaître et, pour tous ceux qu'elle aimait, mieux valait qu'elle soit morte… Son regard balaya lentement le café, les clients attablés, les gens dehors dans la rue, la vie qui suivait son cours normal, paisible…

Pourquoi ne pas se construire une nouvelle existence ? Elle ne connaissait personne ici, elle repartirait de zéro…

— Hannah ?

La voix ferme de Kelt la fit sursauter.

— Tu es là ? s'exclama-t-elle, feignant la bonne humeur. J'ai commandé un café, tu en veux un ?

Il en demanda un à la serveuse qui passait avant d'observer :

— Tu as l'air contrariée.

— Non, je rêvais.

— Ce ne devait pas être un rêve agréable. Tu semblais tourmentée.

— Les rêves éveillés sont toujours agréables au contraire, on peut les contrôler. Il n'y a que la nuit que l'on fait des cauchemars.

10

Kelt s'assit à la table et demanda :

— Dans ce cas, dis-moi à quoi tu rêves quand tu es éveillée.

La jeune femme choisit de jouer sur les mots :

— A cinq ans, je rêvais d'être écuyère de cirque : j'aurais chevauché un bel étalon blanc, porté une jupette en satin rouge brodée de sequins, et aurais eu de longs cheveux blonds flottant au vent. Et toi ? Que voulais-tu être ?

— A cinq ans ?

Kelt s'interrompit parce qu'on apportait son café. La serveuse eut si ostensiblement l'air de le trouver à son goût qu'Hani dut refouler un élan de jalousie. Décidément, elle délirait ! Rien ne l'autorisait à être jalouse ! Il l'avait embrassée, elle lui avait rendu son baiser, rien de plus, cela ne lui donnait aucun droit sur lui. Leur baiser ne signifiait rien...

— Oui, à cinq ans, répéta-t-elle quand la serveuse se fut éloignée.

Kelt se mit à rire :

— J'ai d'abord voulu être astronaute, je me voyais le premier homme sur Mars. Puis être explorateur m'a paru le plus beau des métiers, j'aurais été une sorte d'Indiana Jones, c'était plus excitant. Peu après, il m'a semblé que devenir corsaire avait plus de panache : avec mon équipage de desperados, nous aurions dévasté les Caraïbes et amassé un fabuleux butin.

Hani éclata de rire, et faillit dire qu'à Moraze, on redoutait beaucoup les pirates autrefois, mais elle se ravisa à temps. Hélas, son compagnon était perspicace :

— Tu allais dire quelque chose ?

— Rien d'important, je me disais que les rêves d'enfant sont très révélateurs de la personnalité de chacun.

Pas dupe, Kelt observa d'un ton ironique :

— Quand on s'attend à t'entendre faire des remarques personnelles, tu ne dis au contraire que des généralités.

Il entama un autre sujet et la conversation se poursuivit sans heurt.

Ce ne fut qu'une fois arrivé devant la villa de la plage qu'il s'enquit :

— Tu as réfléchi à ce que tu ferais si tu ne pouvais pas retourner à Tukuulu ?

Hannah se tendit.

— J'aviserai en temps voulu, si c'est nécessaire.

— Donc tu es décidée à retourner là-bas ?

La jeune femme hocha la tête.

— Ton métier d'institutrice te tient tant à cœur ?

— J'aime mon métier, oui.

— Tu n'as jamais songé à avoir des enfants à toi, un mari ?

— Je pourrais te poser la même question, rétorqua Hani pour éviter de répondre. Après tout, tu es plus âgé que moi.

— J'ai trente ans.

— Six ans de plus que moi, et toujours célibataire.

Kelt parut amusé.

— Je n'ai pas rencontré celle qu'il me fallait.

— Je t'en dirai autant.

Un mensonge de plus, songea Hani et cette fois, plus que de la honte, elle en éprouva une infinie tristesse.

— Nous sommes donc libres tous les deux, déclara tranquillement Kelt.

— Je le suis, oui.

— Moi aussi, sans l'ombre d'un doute.

Hannah ne sut que répondre. Etait-ce sa manière de sonder une femme quand elle lui plaisait ? Son imagination s'enflamma et elle sentit ce maudit émoi surgir au creux de ses reins.

Pourquoi ne pas céder à cette violente attirance et découvrir où cela la conduirait ? Il n'avait rien à voir avec Philippe, elle le sentait, le savait.

Elle se reprit rapidement : une aventure avec lui serait absurde, dangereuse, aussi réaliste qu'un rêve d'adolescente !

Elle fit observer :

— Et toutes ces femmes dont parlait Rosie ? Pas une n'a su retenir ton cœur ?

Il eut l'air amusé.

— Rosie exagère toujours. Il ne faut pas prendre ce qu'elle dit pour argent comptant. Mais dis-moi : quel âge avais-tu quand tu es arrivée à Tukuulu ?

— Dix-huit ans.

Kelt fronça les sourcils.

— Si jeune ? Comment a réagi ta famille ?

— Je n'ai pas de famille.

Un mensonge de plus ! Echapperait-elle jamais à ce cercle infernal ?

— Et depuis, tu n'es sortie avec personne ? demandait à présent son compagnon.

— Cela ne te regarde pas !

— En d'autres termes, ta réponse est non ?

Que répondre ? Rien, puisque c'était vrai. Hani lança à son compagnon un regard contrarié, sortit de la voiture et s'engagea sur le petit chemin de la maison.

Il la suivit et lança dans son dos :

— J'essaie de te dire que tu me plais, que je te trouve très intéressante, tu ne le comprends donc pas ? Dis-moi, tu as aimé que je t'embrasse ?

La tête haute, sans se retourner, Hani rétorqua :

— Dans le cas contraire, je t'aurais giflé.

Elle fouilla son sac à la recherche de sa clé, la trouva et ouvrit sa porte avant de déclarer, toujours sans se retourner :

— Les histoires d'amour sans lendemain ne m'intéressent pas.

— Pourquoi sans lendemain ?

Kelt avait parlé doucement mais fermement et, presque malgré elle, Hani pivota pour le regarder : une lueur étrange scintillait dans son regard. Aussitôt, elle sentit sa gorge se nouer : elle avait tant envie de lui ! Ce n'était pas qu'un attrait sexuel, son corps, sa tête, son cœur, tout en elle le réclamait. Pourquoi ne pas céder ? Kelt ne la repousserait pas et il ne lui ferait pas de mal, lui, mais... Le danger était néanmoins énorme : elle risquait de perdre irrémédiablement son cœur...

Sa lucidité lui donna la force de se reprendre, et elle répondit avec douceur :

— Je ne suis pas prête à avoir une relation, Kelt, qu'elle soit sérieuse ou pas.

Il la regarda longuement sans rien dire et ses yeux étaient si intenses, si insistants, qu'elle dut faire un effort pour ne pas baisser les siens. Enfin, il hocha la tête et admit avec un sourire distant :

— C'est peut-être mieux ainsi.

Il regagna sa voiture tandis qu'Hani rentrait chez elle, meurtrie.

Ce jour-là, Arthur vint lui apporter la voiture promise quelques jours plus tôt, disant :

— Kelt avant de partir m'a demandé de vous dire que l'assurance est en règle et vous demande de ne pas hésiter à vous en servir.

— C'est gentil de sa part, déclara Hani, n'osant s'enquérir de l'endroit où était parti Kelt, ni de la durée de son absence.

Dès qu'il partit, elle se sentit seule au monde, abandonnée. Il lui semblait avoir perdu par sa faute quelque chose d'infiniment précieux et elle se sentit triste à en mourir. Le temps était splendide, mais elle n'avait aucune envie de sortir. Elle se contenta d'une courte promenade le soir pour Gabby qui ne tenait pas en place.

Elle se servit de la voiture le lendemain après-midi pour aller acheter des provisions et profita d'être en ville pour retourner au cybercafé faire des recherches sur Alonso de Porto. Son enquête ne lui apprit rien d'intéressant. Dans le doute, elle s'abstiendrait donc de toute confrontation et n'irait pas à la fête de Rosie. Cependant, la connaissant, il valait mieux ne lui faire part de sa décision qu'au dernier moment.

C'est dans cette disposition d'esprit qu'elle l'accueillit quand la jeune fille vint lui rendre visite à l'improviste le lendemain après le déjeuner. Comme toujours avec

Rosie, la conversation fut animée et Hani l'apprécia jusqu'au moment où Rosie attaqua le sujet de la soirée. Elle tenait à ce qu'Hani soit l'invitée d'honneur.

— Non, répliqua-t-elle catégoriquement et elle tint bon malgré les protestations de Rosie.

— Décidément, vous êtes aussi têtue que Kelt, finit par bougonner Rosie avec la mauvaise humeur d'une enfant gâtée que l'on contrariait. Je voulais que la fête ait lieu ici, sur votre plage, parce qu'elle est bien abritée et que c'est un endroit merveilleux, et il m'a dit qu'il n'en était pas question ! Il ne veut pas que je vous ennuie. De plus, je viens d'apprendre qu'Alonso était parti !

A cette nouvelle, Hani éprouva un tel soulagement qu'elle fut incapable d'articuler un mot. Rosie, toujours centrée sur elle-même et ses plaisirs, ne s'en aperçut pas et enchaîna, examinant Hani avec attention :

— Je ne comprends pas, Kelt veut toujours vous protéger sous prétexte que vous êtes malade, mais vous avez très bonne mine.

Hani sourit :

— Je me sens bien depuis que je suis ici et Gabby, ma petite chienne, m'oblige à faire beaucoup d'exercice. Le pays est si beau ! Je me suis même baignée.

— Baignée ? Kelt ne vous a pas interdit d'aller dans l'eau toute seule ?

Rosie semblait scandalisée et Hani ouvrit de grands yeux étonnés.

— Non, pourquoi l'aurait-il fait ?

— Parce que sa mère s'est noyée. Elle s'est baignée un jour seule sur la plage devant la grande maison. C'est lui qui l'a retrouvée.

— Quelle horreur ! s'exclama Hani, le cœur étreint. Pauvre Kelt !

— En effet. Il en a été marqué à vie.

Le lendemain, Hani retourna en ville acheter des provisions et se rendit compte que les vacances avaient dû commencer. Le parking du supermarché était rempli et une multitude d'enfants joyeux et turbulents arpentaient les rues, accompagnés de parents indulgents et harassés.

Les grandes vacances... La jeune femme eut un accès de nostalgie et les mots de Kelt lui revinrent à la mémoire : des enfants à elle, un mari. En disparaissant de son monde, elle s'était interdit un avenir normal. Elle avait manqué son suicide physique, mais s'était aliénée sentimentalement. Pour la première fois, elle entrevoyait toutes les implications de la décision qu'elle avait prise six ans plus tôt. L'image dégradée qu'elle avait d'elle-même prouvait le pouvoir que Philippe continuait à exercer sur elle. Sa honte lui interdisait de profiter de la vie et c'est pour se mortifier qu'elle avait refusé la proposition que Kelt lui avait formulée de façon si délicate.

Philippe n'était plus, désormais. Quand trouverait-elle le courage de sortir de son exil affectif pour accepter ce que la vie lui offrait ?

De retour à la maison, après avoir rangé ses provisions, elle sortit Gabby pour une courte promenade, avant de s'installer dans un transat sur la terrasse, la petite chienne étendue paresseusement à ses pieds. Il était temps de mettre de l'ordre dans ses pensées, de réfléchir au lieu d'agir impulsivement.

S'installer définitivement en Nouvelle-Zélande ? Pourquoi pas ? Après tout, ses diplômes lui avaient été délivrés à Aukland. Par ailleurs, l'organisation caritative qui finançait l'école de Tukuulu était basée en Nouvelle-Zélande : ses membres l'aideraient peut-être à trouver un travail ici ?

Dans ce cas, elle pourrait se marier...

Non ! C'était du domaine du fantasme, autant que ses rêves de petite fille. Jamais elle n'aurait confiance en quelqu'un, même en Kelt, au point de lui avouer le secret de son passé sordide.

Donc le mariage était exclu, mais une aventure, pourquoi pas ? Un trouble intense, délicieux saisit la jeune femme et, les yeux fixés sur le chiot assoupi à ses pieds, elle articula à voix basse :

— Je veux connaître la passion, la passion sans mensonge ni manipulation, la passion partagée.

Pas de mariage, pas de complications, pas de promesses, pas de serments, rien qu'une aventure.

Sa respiration s'était accélérée et son esprit se mit à battre la campagne. Comment faire comprendre à un homme que l'on a déjà éconduit qu'on a changé d'avis ?

Qui ne tente rien n'a rien, disait le dicton.

A cet instant, une très grosse vedette apparut dans la crique, soulevant des gerbes d'écume, et laissant derrière elle un sillage d'un blanc étincelant. Gabby s'éveilla brutalement et lança quelques aboiements audacieux.

— Calme-toi, lui intima Hani, la prenant sur ses genoux pour la rassurer. Ils vont faire le tour de la baie, puis repartir.

Mais le pilote coupa le moteur à quelques mètres du rivage et mouilla l'ancre. Après quoi, des cris joyeux et des hurlements excités retentirent, les jeunes garçons qui se trouvaient à bord faisaient visiblement la fête. Ils se mirent à plonger et Hani, découvrant qu'ils étaient nus, craignit un instant qu'ils ne débarquent sur la plage. Mais ils se croyaient manifestement seuls dans la baie. Alors pourquoi se refuser le plaisir de se baigner nus ?

Elle rentra dans la maison avec la chienne, mais quelques heures plus tard, le bateau était toujours là et elle se sentit angoissée. A bord, les jeunes gens faisaient un tapage infernal et buvaient certainement beaucoup. Ne risquerait-elle rien, toute seule dans la maison de la plage, le soir venu ?

Elle était décidée à appeler Arthur quand, à son grand soulagement, elle entendit un véhicule arriver.

Son soulagement se mua en joie ineffable : c'était Kelt au volant d'un gros break. Elle le regarda sortir du véhicule et sut au plus profond d'elle-même qu'elle le voulait, le désirait, était faite pour lui. Elle en aurait peut-être le cœur brisé, mais jamais elle ne regretterait de s'être donnée à lui.

— Ont-ils débarqué sur la plage ? demanda-t-il, le regard inquiet.

— Non, mais avec le soir qui tombe, je n'étais plus très rassurée. J'allais téléphoner à la grande maison.

— Je rentre seulement de voyage, sinon je serais venu plus tôt. J'ai vu le bateau depuis la crête, en arrivant. Je connais le propriétaire : il l'a prêté à son fils pour faire une croisière de quelques jours avec des copains de l'université. Ils ne sont pas méchants, mais c'est leur dernier soir et ils ont dû boire pas mal.

Il se tut avant d'ajouter :

— Dans ce pays, beaucoup de noyades sont liées à l'alcool.

— Que vas-tu faire ? demanda Hannah.

— Gagner leur bord d'une manière ou d'une autre et les ramener au port de Kaitake.

— Comment rentreras-tu ? Tu appelleras Arthur ?

— Non, il a pris sa soirée.

Kelt regarda intensément la jeune femme, une étrange lueur scintillant dans ses pupilles gris-bleu.

— Pourquoi ne viens-tu pas me chercher là-bas ? demanda-t-il alors.

Hani comprit que c'était *sa* chance. Un trouble délicieux la saisit, proche de l'allégresse.

— Bien sûr, murmura-t-elle.

Elle le prit timidement par la manche et se hissa sur la pointe des pieds pour poser ses lèvres sur les siennes.

Kelt se raidit et elle allait se dégager, malade d'humiliation, quand, brusquement, il la prit dans ses bras pour l'embrasser avec une passion si fougueuse, si possessive, qu'elle en fut bouleversée.

Ses yeux scintillaient toujours quand il se dégagea et la regarda sévèrement :

— On ne fait pas ce genre de choses lorsqu'on n'a pas l'intention d'aller plus loin, dit-il durement.

— Mais j'en ai l'intention, balbutia Hani, rouge jusqu'aux oreilles.

— L'intention de quoi ?

— D'aller plus loin, avoua-t-elle d'une toute petite voix.

11

Hani lui adressa un timide sourire, persuadée qu'il allait la reprendre dans ses bras. Mais il la fixa sans faire le moindre geste et finit par marmonner, les dents serrées :

— Je m'en souviendrai.

Le cœur de la jeune femme se mit à battre à tout rompre et elle sut avec une certitude absolue que si elle reculait maintenant, elle se le reprocherait toute sa vie. D'une voix tranquille, elle déclara :

— On se retrouve donc au port.

Un silence lourd de sens suivit ses paroles.

— Il me faudra une demi-heure pour y arriver par la mer, dit Kelt, avant de tourner les talons.

Il descendit sur la plage sans un regard en arrière.

Hani le suivit des yeux. A bord de la vedette, les jeunes le repérèrent immédiatement et lui envoyèrent un canot pneumatique. Quelques minutes plus tard, il prenait les commandes du bateau et le moteur rugit.

Quand il eut disparu derrière le cap qui fermait la baie, Hani demeura encore quelques instants immobile, puis rentra chez elle chercher de quoi se couvrir.

Une demi-heure plus tard, à la minute près, elle était

au port de Kaitake et regardait la vedette accoster. Les jeunes gens débarquèrent, étonnamment calmes. Un homme les attendait sur le quai, probablement le propriétaire du bateau. Il échangea avec Kelt une vigoureuse poignée de main.

Ce dernier se détourna, cherchant des yeux la voiture d'Hani dont le cœur chavira. Il était si beau, si séduisant, cet homme à qui elle allait se donner : grand, souple, puissant, viril, il était... pour elle, à elle... le temps de cette nuit au moins.

— Tout est réglé, dit-il en s'installant sur le siège passager.

Hani était si exaltée qu'elle redoutait que sa voix ne la trahisse. Elle choisit un sujet de conversation neutre et demanda :

— Ils n'ont pas fait de difficultés ?

— Aucune, surtout quand je leur ai dit que, s'ils ne m'obéissaient pas, j'appelais le propriétaire du bateau pour qu'il vienne régler le problème lui-même.

Hani éclata de rire et son rire était si gai, si cristallin que Kelt en fut stupéfait.

— Tu devrais rire ainsi plus souvent, dit-il sans réfléchir.

Hani le regarda, interloquée.

— Comment cela ?

— Je ne t'ai jamais entendu un rire aussi joyeux.

Disait-il vrai ? Elle s'aperçut soudain que, depuis six ans, elle n'avait pas souvent ri de grand cœur.

— Suis-je si rabat-joie ? demanda-t-elle, jouant la coquette.

— Je n'irais pas jusque-là.

Kelt détourna les yeux de la conductrice. Jamais il ne réussirait à se maîtriser s'il continuait à la regarder. Il lui demanderait de se ranger sur le bas-côté et ils feraient l'amour là, dans la voiture ! C'était bien la dernière chose à faire ! Elle avait eu une expérience amoureuse sans doute dramatique et, cette fois, il voulait qu'elle fasse l'amour en toute confiance. Il la rendrait heureuse.

Il reprit sur le ton d'une conversation ordinaire :

— Non seulement tu n'es pas rabat-joie, mais je te trouve intéressante, stimulante. Quant à ton rire, il valait la peine que je l'attende si longtemps, acheva-t-il avec malice.

Hani se concentra farouchement sur sa conduite. Ces paroles l'émouvaient profondément, c'était la preuve qu'elle avait pris la bonne décision. Il y avait plus, entre eux, qu'un simple désir physique : une sorte d'entente, de complémentarité tacite les poussait l'un vers l'autre...

Si elle continuait sur cette voie, elle finirait par tomber amoureuse, songea-t-elle soudain avec panique, et serait alors prisonnière de son propre désir.

Que faire ? Reculer parce qu'elle n'avait pas le courage d'aimer de nouveau ? Ou admettre la possibilité d'aimer encore en en acceptant les éventuelles conséquences, le risque d'avoir le cœur brisé ?

Elle allait lui annoncer qu'elle avait finalement changé d'avis quand une pensée lui vint, impérieuse : « Tu vas faire l'amour avec Kelt pour te guérir de ta peur d'aimer. Prends-le comme un remède. »

Un remède ô combien désirable...

Brusquement, elle faillit éclater de ce rire qui avait tant plu à Kelt : faire l'amour avec lui ne ressemblerait en rien à un remède, ce serait un bonheur éblouissant, une fête des sens et du cœur, une exaltation commune.

La vie ne réservait pas de plus beau cadeau ! D'un ton joyeux, elle déclara avec entrain :

— Dans ce cas, je ferai en sorte que tu entendes mon rire plus souvent.

Ils n'échangèrent plus un mot pendant le reste du trajet. Arrivée à l'embranchement du chemin de la grande maison, Hannah commença à ralentir mais se reprit :

— J'oubliais ! Tu as laissé ta voiture chez moi.

Elle lui lança un regard de biais :

— Tu veux rester dîner ?

Suivit un très court silence.

— Volontiers, dit enfin Kelt, mais je veux prendre une douche. Dépose-moi ici, je marcherai jusque chez toi.

— J'ai préparé du chili con carne, tu aimes cela ?

— J'adore, assura Kelt.

Son ton restait détaché mais une lueur troublante, presque avide, scintillait dans ses yeux.

Hani reprit la route étourdie par sa propre audace. Pourquoi l'avoir invité ? Pour donner un semblant de formalisme aux moments qu'ils allaient passer au lit ?

Gabby l'accueillit avec des débordements de joie. Hani la sortit rapidement avant de passer sous la douche. Après cela, elle choisit une robe d'été avec un petit boléro qui lui couvrait le haut des bras car l'air fraîchissait le soir. Une fois prête, elle sortit le chili du réfrigérateur : il était très relevé, ainsi qu'elle l'aimait. Elle le servirait avec ce délicieux yogourt que l'on trouvait sur cette partie de l'île et le ferait suivre d'une bonne salade verte et de fraises pour le dessert.

Elle n'avait pas de vin... Tant pis, de toute façon elle n'avait pas besoin d'alcool pour se sentir grisée : il lui semblait que dans ses veines coulait le plus délicieux, le plus pétillant des champagnes français...

Ce sentiment de légèreté, presque d'ébriété se mua en quelque chose de plus profond dès l'arrivée de Kelt. Tout au fond de son être, Hani sentit croître un insatiable besoin primitif, exigeant, presque douloureux.

— J'ai apporté du champagne, annonça Kelt, mais je n'en ai pas besoin, le seul fait de te regarder me monte à la tête.

Ne sachant que répondre, Hannah dit maladroitement :

— Je vais le mettre au frais.

Elle s'était imaginé qu'ils prendraient un verre sur la terrasse en devisant aimablement, mais elle avait trop envie de lui, elle ne pouvait plus attendre. Elle se mit à tourner le chili pour se donner une contenance et, comme le silence s'éternisait, elle glissa un regard vers lui : il la fixait intensément, le visage impénétrable.

Hani posa sa cuiller de bois, la main tremblante. Sans doute s'aperçut-il de son trouble car il fit un pas dans sa direction, avant de murmurer :

— Je ne te toucherai pas. Pas encore.

Hani, étourdie, s'entendit répondre :

— Cela t'ennuie si moi, je te touche ?

— Hannah, tu es si douce... Tu me tourmentes depuis l'instant où je t'ai vue pour la première fois. Si tu m'effleures, je ne sais pas si je peux répondre de moi.

Emerveillée d'avoir tant de pouvoir sur lui, elle approcha lentement, émue de constater à quel point il prenait sur lui pour rester immobile et ne pas la toucher. Elle n'avait pas peur, au contraire, constata-t-elle avec exaltation, jamais elle ne s'était sentie aussi libre, aussi en sécurité. Se hissant sur la pointe des pieds, elle posa les lèvres au creux de sa gorge ; Kelt émit un petit gémissement étouffé et ses bras se refermèrent sur elle en une étreinte farouche.

Sans attendre, il la souleva et la transporta sur le grand lit de la chambre où il l'assit, avant de déposer un baiser très tendre sur la veine à peine bleutée qui palpitait à son cou. Il se redressa.

— Je n'ose même pas te déshabiller, murmura-t-il avec un petit sourire d'excuse. Dans ma précipitation, je risquerais de déchirer ta robe, ce serait dommage.

Il parlait pour soulager la tension qui les habitait tous les deux. Ce fut d'une voix très douce, presque amusée, qu'à son tour, la jeune femme prit la parole :

— Eh bien chacun va se déshabiller seul.

— Bonne idée.

Kelt entreprit de déboutonner sa chemise. Fascinée, Hani regardait ses longs doigts s'activer sur les boutons. Quand son torse magnifique, couvert d'une toison sombre et drue, fut découvert, elle sentit son désir décupler.

— Tu es tellement beau, murmura-t-elle dans un souffle.

— A ton tour, dit-il en guise de réponse.

Rougissante, elle enleva d'abord le petit boléro, sans cesser de fixer son compagnon. La flamme ardente scintillait toujours dans les pupilles gris-bleu, mais il ne fit pas un geste pour l'aider à enlever sa robe. Elle y parvint tant bien que mal et, trop effarouchée pour la laisser tomber par terre, la tint pudiquement devant elle.

— C'est encore à toi, maintenant, chuchota-t-elle.

Kelt ôta ses chaussures puis ses chaussettes, avant de laisser tomber son pantalon sur le sol. Hani sentit le souffle lui manquer : ses jambes étaient interminables, avec de longs muscles puissants, il avait des hanches étroites, et il était... en pleine érection sous le seul vêtement en fin coton qui lui restait.

— Je peux? l'entendit-elle demander comme dans un rêve.

Elle hocha la tête, et il lui enleva la robe des mains, de sorte qu'elle ne fut plus vêtue que de sa lingerie légère. Jamais elle ne s'était sentie aussi nue de sa vie.

— Tu es merveilleusement belle, déclara-t-il d'une voix qu'elle reconnut à peine tant elle était troublée.

Oui, sous son regard, elle se sentait belle, épanouie, comprit-elle alors avec un bonheur ineffable. Elle lui tendit les bras.

Kelt ne résista pas davantage, et l'attirant contre lui, prit ses lèvres. Doucement d'abord, puis avec de plus en plus de passion, sa langue toujours plus possessive, intrusive, comme une préfiguration fiévreuse.

Hani tremblait de désir, et son corps tendu, arc-bouté, frémissait, brûlant. Sa respiration s'était accélérée et son souffle s'exhalait dans un râle haletant. Les yeux grands ouverts, elle le fixait.

Il allait la prendre tout de suite, sans attendre, elle en était sûre et elle le désirait... Mais non, il lui avait enlevé ses minuscules sous-vêtements et la caressait, embrassait ses seins puis explorait sa peau avec ses mains, sa langue, pour que la moindre parcelle de son corps le reconnaisse et réponde à ses caresses, pour que chacun de ses sens soit affûté, exalté, prêt à l'entraîner dans l'orgasme.

Quand Hani fut au bord de l'extase, il la laissa revenir lentement à elle, pour lui donner la liberté de l'explorer à son tour, qu'elle apprenne ainsi la forme de ses muscles, le toucher de sa peau, qu'elle découvre le pouvoir formidable qu'elle avait de le rendre heureux...

Hani était à peine consciente, plongée dans un bonheur fabuleux tandis que ses mains exploraient son compagnon avec une avidité qu'elle ne contrôlait pas. De temps en temps, des mots incohérents lui échappaient, qu'elle n'entendait pas...

Enfin, Kelt s'allongea doucement sur elle et la pénétra d'un mouvement fluide, à la fois puissant et doux. Hani sentit ses muscles se contracter pour mieux l'accueillir et s'accrocha aveuglément à son dos, se cabrant pour initier ce va-et-vient instinctif et magique qui les conduirait au sommet de l'extase. L'orgasme l'emporta et elle cria son nom, tandis que tout son corps explosait comme pour accompagner la jouissance ultime de son compagnon.

Ils demeurèrent soudés l'un à l'autre de longs instants, leurs deux corps frémissant encore, tandis que leurs cœurs, lentement, très lentement, reprenaient un rythme normal. Kelt glissa alors à côté de la jeune femme pour mieux l'attirer dans ses bras et l'embrasser, puis murmura tout contre sa bouche :

— Fatiguée ?

— Un peu lasse, murmura-t-elle à son tour.

Il se mit à rire, la tenant toujours serrée contre lui jusqu'à ce qu'elle glisse dans le sommeil.

La nuit était bien avancée quand elle s'éveilla et elle sut d'instinct que Kelt ne dormait pas. Elle avait la tête au creux de son épaule et ses cheveux étaient répandus sur son torse. Il dut sentir qu'elle était éveillée, car il murmura :

— Il est presque minuit.

— Oh, mon Dieu, et je ne t'ai même pas fait dîner. Il y a longtemps que tu es réveillé ?

Il eut un petit rire amusé :

— Assez longtemps pour... pour avoir envie de manger... et pas seulement...

Eclatant de rire, Hani bondit hors du lit.

Ils dévorèrent le chili, burent un peu de champagne, sortirent le chien, puis retournèrent dans la chambre faire l'amour encore et encore. Hani s'assoupit de nouveau, et quand elle se réveilla, Kelt dormait paisiblement à côté d'elle. Heureusement, parce qu'elle avait les yeux pleins de larmes.

Elle pleurait de joie, certes, mais son bonheur avait un arrière-goût amer. Dans les bras de son compagnon, elle avait trouvé plus de joie qu'elle n'aurait cru possible, mais cette aventure serait hélas éphémère. Lorsqu'elle arriverait à son terme, Kelt lui manquerait cruellement jusqu'au dernier jour de sa vie.

Pourtant, Hani ne regrettait rien. Jamais elle n'avait connu pareil épanouissement et, plus surprenant encore, pas un instant la pensée de Philippe ne l'avait effleurée. Pour la première fois de sa vie, elle s'était sentie véritablement aimée, choyée. Pourquoi ne pas se contenter de ce que le présent lui offrait ?

Dès lors, les jours et les nuits se succédèrent dans la joie de vivre et la volupté. Kelt et Hani ne se quittaient plus et s'épanouissaient toujours davantage dans une fête des sens qui les comblait tous les deux. Les rares moments où elle se retrouvait seule, Hani avait parfois des accès de tristesse et de doute. Physiquement, elle était comblée, mais le vide sentimental grandissant qu'elle éprouvait lui pesait. Elle était chaque jour un peu plus amoureuse et savait que Kelt ne l'aimait pas. Bien sûr, il la désirait et lui faisait l'amour avec une ardeur toujours renouvelée. Il savait aussi se montrer tendre, généreux, attentif, mais il existait entre eux un fossé infranchissable.

Hannah avait beau se raisonner, se persuader qu'elle était pleinement heureuse, à mesure que l'été avançait, le vide affectif de sa relation lui devenait difficile à supporter. Cela changerait-il un jour ?

Un soir, au retour d'un pique-nique sur une petite île au large de la plage, Kelt fit observer :

— Voilà six semaines que tu n'as plus été malade.

Hani réfléchit et se rendit compte qu'il disait vrai. Son regard s'attarda avec bonheur sur ses muscles bronzés qui saillaient à chaque coup d'aviron et elle ajouta, taquine :

— Je n'ai pas vu le temps passer, j'étais absorbée par autre chose.

Il eut un sourire amusé :

— On va voir si ce que tu dis est vrai : je dois partir après-demain pour une dizaine de jours. Tu me diras à mon retour si le temps t'a semblé long. Je t'aurais bien demandé de m'accompagner, mais...

Elle l'interrompit vivement :

— Non, il n'en est pas question. Quant à la fièvre tropicale, j'ai l'impression que j'en suis débarrassée définitivement. Je me sens très bien.

Le vieux canoë de bois racla le sable, Kelt sauta à l'eau pour le tirer au sec sur la plage. Pendant les jours qui suivirent, Hani, chaque fois que son compagnon arrivait à la maison de la plage, sentait monter en elle une étrange tension. Il lui semblait qu'inconsciemment, elle cherchait à graver dans sa mémoire les moindres instants passés avec lui, le timbre de sa voix, l'odeur de sa peau et même la couleur si changeante de ses yeux ni gris ni bleus...

C'était stupide ! Après tout, ils ne seraient séparés que dix jours.

Dix jours dont chaque minute s'étira interminablement, misérablement. Hani s'accrochait au souvenir merveilleux de leur dernière nuit : Kelt lui avait fait l'amour avec tant d'abandon, tant de passion...

Mais les souvenirs n'étaient pas suffisants : elle avait besoin de lui comme de l'air pour respirer.

La veille du jour prévu pour son retour, elle ne tenait pas en place et, le soir, fut assaillie de sinistres pressentiments. Pour se rasséréner, elle prit Gabby sur ses genoux, c'était devenu une jolie chienne presque adulte, vive et intelligente. La chaleur de l'animal la réconforta un peu, mais elle avait tant envie de revoir Kelt, de lui dire...

De lui dire quoi au juste ? « Je t'aime » ? Il n'en était pas question et elle fut saisie de mélancolie.

Plus tard, le bruit d'une voiture qui descendait le chemin l'alerta, son cœur se mit à battre follement. Tremblant de tous ses membres, elle alla vers la porte et l'ouvrit au moment où Kelt s'apprêtait à frapper.

Il semblait las, mais souriait et la joie submergea la jeune femme qui se précipita dans ses bras pour lui offrir ses lèvres.

Il l'embrassa avec fougue. Quand il reprit son souffle après un long et merveilleux baiser, elle lui annonça :

— On ne s'est pas vus depuis neuf jours, onze heures et quarante-trois minutes.

— Je sais et jamais le temps n'a passé aussi lentement.

Elle eut un rire très doux et embrassa le creux de son cou avant de demander :

— On mange d'abord ?

« Ou préfères-tu que nous allions au lit ? » Elle ne le dit pas, mais sa propre audace la stupéfia. Comme Kelt l'avait changée ! Il lui avait rendu sa confiance en elle.

— Si tu continues ainsi, nous n'aurons même pas le temps d'arriver dans la chambre, dit-il, la voix troublée.

N'écoutant que son désir, Hani se hissa sur la pointe des pieds pour l'embrasser puis, du bout de sa langue, dessina les contours de ses lèvres. Contre sa poitrine, le cœur de son compagnon battait sourdement, violemment, et elle sentait son odeur virile, à la fois fugace et bien présente, si excitante. Hani aurait pu respirer ce parfum tout le reste de sa vie !

— Nous risquerions de choquer Gabby, dit-elle en riant contre les lèvres de Kelt avant de l'agacer encore avec sa langue.

Il la souleva dans ses bras avec fougue, et gagna la chambre en quelques enjambées.

Ils firent l'amour avec la frénésie de deux amants enfin réunis après des années de séparation et Hani comprit qu'elle lui avait manqué à la mesure de l'immense solitude dont elle avait souffert sans lui.

Un long moment après, elle reposait, apaisée, heureuse, entre ses bras et s'avoua qu'elle était amoureuse. Oui, elle aimait Kelt, et au fond, cela n'avait pas une si grande importance. Le chagrin que lui causerait leur séparation ne pèserait pas grand-chose en regard de l'intensité des sentiments qu'elle lui portait.

Elle murmura rêveusement :

— Tu es resté absent trop longtemps.

— Il fallait que je retourne en Carathie, révéla-t-il tranquillement.

Hani étouffa un bâillement.

— La Carathie, dis-tu ? C'est bien ce petit pays au bord de l'Adriatique ? Que faisais-tu là-bas ?

— Mon frère avait besoin de moi pour mater des désordres politiques.

Encore étourdie par la violence des sensations qu'elle avait éprouvées, Hani enregistra à peine ce qu'elle venait d'entendre. Quand les mots prirent enfin leur sens, elle balbutia, interloquée :

— Que... qu'as-tu dit ?

— Mon frère est le grand-duc de Carathie et, à ce titre, il règne sur le pays. Il m'a appelé à l'aide parce qu'il y a là-bas une faction rebelle qui cherche à contester sa légitimité. Alors j'y suis allé.

Kelt avait prononcé ces mots comme s'il s'agissait de banalités, puis inclina la tête pour embrasser la jeune femme dans le cou.

— Humm, tu sens si bon... ton parfum m'a tant manqué quand j'étais là-bas.

Hannah l'entendait à peine. Les enfants, le premier jour sur la plage, avaient appelé Kelt le duc, ajoutant que sa grand-mère portait une couronne. Oh, Dieu du ciel, pourquoi ne leur avait-elle pas prêté attention ? Pourquoi n'avoir pas posé de questions ?

Sentant son trouble, Kelt se tourna pour lui faire face. Il vit tout de suite combien elle était bouleversée.

— Qu'est-ce qui te tracasse ? interrogea-t-il doucement.

— Je ne savais pas, personne ne m'a dit qui tu étais.

— Pourtant les gens ici le savent, mes grands-parents

venaient souvent à Kiwinui. Quand nous étions enfants, mon frère et moi passions ici toutes nos vacances.

Kelt serra la jeune femme dans ses bras et ajouta avec le plus grand naturel :

— Ces histoires n'ont aucune importance, de toute façon.

Hannah enfouit son visage au creux de son épaule pour lui cacher son désespoir. Comment rêver d'une vraie relation avec le frère du souverain d'un petit mais très riche pays ? Si leur liaison était connue, tous les journaux à scandales d'Europe et d'Amérique en feraient leur miel. Quand on découvrirait qui elle était... Mieux valait ne pas y penser.

Elle ne pouvait rien dire à Kelt. Pour tenter de donner le change, elle demanda :

— Comment se fait-il que tu vives ici, en Nouvelle-Zélande ?

Kelt haussa les épaules et resserra son étreinte.

— C'est très simple : mes grands-parents se sont connus quand ma grand-mère, qui régnait sur la Carathie, combattait une rébellion de montagnards. En réalité, les révoltés étaient soutenus par sa sœur qui voulait prendre le pouvoir. Mon grand-père a sauvé ma grand-mère d'une embuscade. Il était néo-zélandais, et propriétaire par héritage de Kiwinui, comme je le suis aujourd'hui. Ils se sont mariés et ont eu un fils, mon père. Ma mère était une princesse grecque qui aimait beaucoup vivre ici et mon frère et moi avons passé beaucoup de temps à Kiwinui dans notre enfance. Mon frère Gerd, qui est mon aîné, a toujours su qu'un jour il hériterait du trône de Carathie. Je ne le lui ai jamais envié : je préfère mille fois être éleveur en Nouvelle-Zélande.

Hani savait bien qu'il ne lui donnait que les grandes lignes de son histoire, mais n'osa pas le pousser plus avant. Elle se contenta de hocher doucement la tête, ses longs cheveux bruns caressant son torse.

Demain, oui demain, songea-t-elle obscurément... Elle profiterait d'une dernière nuit entre ses bras, et demain elle lui dirait que leur histoire était terminée.

12

Hani s'éveilla pour découvrir Kelt tout habillé qui se penchait pour l'embrasser.

— J'attends un appel de mon frère Gerd, chuchota-t-il. Rendors-toi, lui intima-t-il tendrement.

Mais elle en était incapable : ce qu'elle avait appris la veille était là, bien présent dans son esprit. Quand Kelt sortit de la chambre, il lui sembla que son cœur explosait de chagrin.

Elle attendit que le bruit de la voiture se fût éloigné pour se lever et sortir Gabby. A l'est, le ciel se teintait d'un argent très pâle, annonçant une belle journée d'été, mais pour Hani, le soleil ne brillerait jamais plus comme avant.

Elle regagna lentement sa chambre, Gabby gambadant sur ses talons. Elle devait quitter cette maison, partir avant que Kelt ne revienne. Elle irait en voiture jusqu'à Kaitake, et de là, prendrait un car. Pour où ? N'importe où... Non, pour Aukland, une grosse ville où elle pourrait se perdre. Gabby resterait enfermée dans la maison avec de l'eau et une gamelle pleine. Hani appellerait Arthur ce soir pour qu'on vienne la récupérer.

Elle laisserait cependant un mot pour Kelt : c'était

un minimum après ce qu'il avait fait pour elle. Il ne le saurait jamais, mais en lui faisant l'amour avec tant de fougue et de tendresse, il l'avait guérie de son passé : elle était maintenant forte et sûre d'elle.

Elle réfléchissait aux termes de sa lettre quand une évidence s'imposa à son esprit : c'était la seconde fois qu'elle fuyait. La première fois, elle l'avait fait pour échapper à l'horreur et à la honte. Cette fois, si elle ne donnait pas à Kelt les raisons de sa fuite, elle n'agirait que par lâcheté, par faiblesse. Il en coûterait à son amour-propre d'avouer à Kelt qu'elle était amoureuse de lui, mais ensuite, elle pourrait se regarder en face.

A l'heure du déjeuner, sa valise était faite, elle s'était renseignée sur les horaires des cars et prévoyait de se rendre à Kaitake avec la petite estafette qui desservait cette partie isolée de l'île.

C'est alors qu'on frappa : elle se figea, et n'eut pas besoin des joyeux aboiements de Gabby qui s'était précipitée et grattait frénétiquement la porte pour comprendre qui était là. Blême, elle ouvrit à Kelt.

Il la dévisagea un instant, aperçut la valise et s'exclama :

— Tu peux me dire ce qui se passe ?

Sans réfléchir, elle balbutia :

— J'ai quelque chose à t'expliquer.

Les yeux gris-bleu se durcirent, il entra et repoussa la porte dans son dos.

— Tu en es sûre ? demanda-t-il d'une voix de marbre. C'est peut-être encore un peu tôt mais ne t'inquiète pas, j'assumerai, je t'épouserai.

Le cœur d'Hani fit un bond dans sa poitrine avant de retomber comme un poids mort.

— Non, je ne suis pas enceinte.

Le chagrin la frappa de plein fouet, lui coupant le souffle.

Kelt fronça les sourcils, tendu.

— Alors je t'écoute. Qu'as-tu à me dire ?

— Je vais partir, avoua-t-elle, mais je veux que tu saches que tu m'as rendue très heureuse, que je ne t'oublierai jamais.

Il plissa les yeux.

— Dans ce cas, pourquoi partir ? Je sais que tu m'aimes, donc il y a autre chose.

Hani le dévisagea.

— Tu es bien présomptueux, lança-t-elle, mais sa voix manquait de conviction et elle eut du mal à soutenir son regard. Nous avons été amants, c'est tout, ajouta-t-elle avec défi.

Elle vit le visage de Kelt se crisper encore davantage et il répéta durement :

— C'est tout, dis-tu ? Alors pourquoi étais-tu en pleurs, à ton réveil, la première nuit où nous avons fait l'amour ? Tu croyais que je dormais mais je t'ai entendue. Quand j'ai senti tes larmes brûlantes sur ma peau, j'ai compris qu'il ne s'agissait pas seulement de plaisir physique pour toi.

Hani pointa le menton pour se donner du courage : elle devait la vérité à cet homme qu'elle aimait de toutes les fibres de son être. Le moment était venu de lui parler.

— J'ai connu autrefois de graves problèmes, commença-t-elle d'un ton qu'elle espérait détaché. Grâce à toi, j'ai compris que je pouvais en guérir et je t'en serai toujours reconnaissante.

— Je ne te crois pas, Hannah, marmonna âprement son compagnon. Je veux la vérité.

A coup sûr, il la mépriserait ensuite... Muette, le cœur

battant, elle soutint son regard et le silence entre eux, lourd, tendu, sembla durer une éternité. Kelt recula ensuite de quelques pas et déclara, caustique :

— Donc tu as eu de graves problèmes, que tu as résolus en faisant merveilleusement l'amour. Maintenant qu'ils ne te tracassent plus, tu t'en vas vivre ta vie, au revoir et merci.

Hani se sentit glacée, abandonnée. Sa voix était basse, presque honteuse quand elle demanda :

— Pourquoi ne pas m'avoir dit que tu n'étais pas, comme je le pensais, un éleveur néo-zélandais parmi tant d'autres ?

— Parce que c'est ce que *je suis* ! Un éleveur de bétail ordinaire !

— Tu sais bien que non ! Tu as une grand-mère duchesse et ton frère est grand duc, à la tête d'un pays très riche. Toi-même tu ne peux être que riche et puissant. Tu savais bien que je l'ignorais.

— En vérité, cela ne me déplaisait pas. Je préférais ton attitude spontanée à celle de bien d'autres femmes qui me flattent parce qu'elles savent qui je suis. De toute façon, que je sois allié à la famille régnante de Carathie n'a aucune importance pour nous deux. Cela ne change rien à notre relation, me semble-t-il.

Hannah rassembla son courage.

— Si, au contraire ! Tu ne sais rien de moi. Je t'ai raconté hélas beaucoup de mensonges, je le regrette, mais je ne pouvais pas faire autrement.

Il lui en coûtait infiniment, mais elle poursuivit.

— Je t'ai d'abord menti sur mon nom : je ne m'appelle pas Hannah Court, mais Anne de Courteville, je suis la sœur de Rafiq de Courteville, le souverain de Moraze.

— Moraze ?

Elle vit son compagnon réfléchir rapidement puis reprendre son masque impénétrable pour ordonner :

— Continue.

Curieusement, s'aperçut Hani, ce qu'elle venait de dire ne semblait pas l'avoir surpris, on aurait pu croire qu'il s'y attendait et cela lui donna le courage de poursuivre :

— J'ai passé mon enfance là-bas, puis on m'a envoyée en pensionnat dans un collège anglais, avant que je ne commence mes études universitaires en France. J'avais alors dix-huit ans, mon frère me trouvait trop jeune pour vivre seule à Paris et a organisé ma cohabitation avec une jeune femme plus âgée qui me servirait de chaperon. C'est elle qui m'a présentée à un homme du nom de Philippe de Gastano, qui prétendait avoir le titre de comte. J'ai appris par la suite que c'était faux.

— Continue, intima Kelt comme la jeune femme semblait vouloir s'en tenir là.

Elle baissa les yeux.

— Philippe était drôle, connaissait beaucoup de monde et savait se montrer charmeur. Inutile de t'expliquer en détail ce qui s'est passé. Du haut de mes dix-huit ans, j'étais persuadée d'avoir trouvé l'homme de ma vie. Quand j'ai compris mon erreur, j'ai voulu me suicider. Par chance, je n'y suis pas arrivée, mais à l'époque, je pensais différemment.

— Pauvre petite, dit alors Kelt avec une sollicitude qui émut Hani. Tout de suite après, sur un ton bien différent, il exigea :

— Dis-moi maintenant pourquoi tu veux partir.

Hannah avoua alors d'une voix à peine audible :

— Philippe était trafiquant de drogue, je ne l'ai su que

plus tard, bien sûr. Il m'a initiée à la cocaïne, délibérément, je le sais. Je n'étais pour lui qu'un pion dans ses projets machiavéliques. Il voulait prendre le pouvoir à Moraze et utiliser l'île comme plaque tournante pour son trafic de stupéfiants. Je lui aurais servi de moyen de pression sur mon frère Rafiq et il me menaçait de le faire tuer si je ne me pliais pas à ses volontés.

Hani se tut pour reprendre son souffle : il lui restait un dernier aveu, le plus difficile.

— Il faut que je te dise aussi, poursuivit-elle enfin, que quand j'ai essayé de me suicider, j'étais une droguée, une vraie toxicomane. J'ai quand même retrouvé assez de lucidité pour comprendre quel homme était Philippe et je lui ai annoncé que je le quittais. Il m'a alors juré que, si je le faisais, ses hommes de main tueraient Rafiq.

Elle se tut, cherchant sur le visage de Kelt le mépris qu'elle redoutait tant. Mais il demeurait impénétrable.

— Continue, se contenta-t-il d'ordonner.

— Il ne me restait qu'une solution : mourir et disparaître de la surface du monde. Avant cela, j'ai écrit à Rafiq pour le mettre au courant des projets diaboliques de Philippe. Je suis partie sur une petite île grecque où Rafiq et moi avions passé des vacances puis, sur une plage, j'ai marché dans l'eau aussi loin que j'ai pu, j'ai nagé jusqu'à l'épuisement, puis je me suis laissée aller pour que la mer me prenne.

Kelt s'était crispé et Hani vit clairement qu'il faisait un effort de volonté colossal pour se contrôler.

— Comment as-tu été sauvée ? demanda-t-il seulement.

— Un pêcheur m'a trouvée. J'étais inconsciente, mais je respirais encore.

— Tu aurais dû dire à ton frère ce qui t'était arrivé,

marmonna durement Kelt, il t'aurait certainement comprise.

— N'oublie pas que j'étais droguée, à l'époque, cela n'aide ni à réfléchir ni à prendre des décisions raisonnables.

Hani avait honte de ce qu'elle était alors devenue.

— Pourquoi le pêcheur ne t'a-t-il pas remise aux autorités de la petite île ?

— Il était contrebandier et n'avait pas intérêt à se signaler auprès de la police. Mais c'était un brave homme, il m'a ramenée chez lui et sa femme a pris soin de moi. Elle m'a aidée à me désintoxiquer, m'a soignée quand j'étais en manque et je lui dois beaucoup. Je n'oublierai jamais ce couple.

— J'aimerais aussi les rencontrer, déclara Kelt d'une voix mal contenue, mais celui que je voudrais voir en tête à tête, c'est ce Gastano !

— Il est mort. Je l'ai appris sur internet le jour où tu m'as conduite à Kaitake. C'est horrible de se réjouir de la mort d'un homme, mais la sienne m'a tellement soulagée !

— Que lui est-il arrivé ?

— Il avait débarqué à Moraze avec une petite armée de mercenaires pour soumettre mon frère par la force et il a été abattu par l'armée régulière au cours d'une embuscade.

— Pourquoi n'as-tu pas repris contact avec ton frère quand tu as su qu'il était mort ? demanda durement Kelt.

Hani ne répondit pas tout de suite. Quand elle le fit, ce fut dans un murmure, les yeux baissés.

— J'ai honte, avoua-t-elle. Il y a des gens à Moraze qui savent ce que j'étais devenue et...

— Tu n'as pas à te préoccuper de ces gens, la coupa son compagnon. Tu n'as pas à avoir honte : tu as été manipulée, exploitée, on a essayé de te détruire. Tu n'y es pour rien. Et de toute façon, en quoi cela devrait-il modifier notre relation ?

— Si tu étais quelqu'un d'ordinaire, ce serait sans importance, en effet, admit la jeune femme à mi-voix, mais ce n'est pas le cas : tu es de sang royal, très riche, et si... si notre relation continue, les médias s'en empareront un jour et on saura qui je suis.

— Pourquoi est-ce un problème exactement ?

Hannah prit une inspiration pour se donner du courage.

— Ton nom risquerait d'être éclaboussé par le scandale qui entache le mien. Tu mérites mieux.

Son visage était plus impénétrable que jamais quand il demanda :

— Est-ce que tu m'aimes, Hannah ?

Le cœur serré, la jeune femme hésita, le fixant.

Devant ce silence, il reprit durement :

— Je ne savais pas que tu étais lâche. Je te pose de nouveau la question : est-ce que tu m'aimes, Anne de Courteville ?

Entendre prononcer son vrai nom causa un choc à Hani, il sonnait si doux à son oreille, lié à tant de merveilleux souvenirs.

— Pense au scandale si le monde apprend qu'un membre de la famille régnante de Carathie entretient une liaison avec la sœur déshonorée du souverain de Moraze, insista la jeune femme.

— Tu n'as pas répondu à ma question, tonna alors Kelt.

— J'ai peur, avoua la jeune femme d'une toute petite voix.

— Oui ou non, est-ce que tu m'aimes ? C'est tout ce que je veux savoir !

Hani baissa de nouveau les yeux.

— Tu connais la réponse, j'en suis sûre... Oui, évidemment, je t'aime, je donnerais ma vie pour toi ! Mais je ne supporterai pas qu'on t'humilie ou se moque de toi à cause de mon passé.

Déjà Kelt l'avait attirée dans ses bras pour l'étreindre farouchement. Il couvrit son visage de baisers avant de demander, redevenu sérieux :

— Tu n'as jamais retouché à la drogue ?

— Non, mais c'est sans doute à cause d'elle que j'ai eu ces accès si violents de fièvre tropicale.

— On peut donc tirer un trait définitif sur cette malheureuse expérience. Maintenant regarde-moi.

Timidement, la jeune femme obéit.

— Je me moque éperdument de ce que pensent les gens et il n'est pas question que je te laisse expier, ta vie durant, des erreurs de jeunesse.

— Mais mon frère...

— Si cette vilaine histoire lui était arrivée, l'aurais-tu abandonné ?

Hani sentit les larmes lui monter aux yeux.

— Non, bien sûr, mais...

— Il n'y a pas de mais. Je comprends que tu aies voulu disparaître au moment des faits, mais maintenant il n'y a plus de raison que tu te caches.

Kelt avait parlé avec un grand calme, insistant sur chacun de ses mots. Il attendit que la jeune femme les ait intégrés avant de continuer :

— Cela nous laisse devant l'alternative suivante : soit tu acceptes de partager ma vie et tu me fais confiance pour veiller sur toi et nos enfants. Cesse donc de secouer la tête, bien sûr que nous aurons des enfants ! Soit je t'enlève et te garde enchaînée à mes côtés. Mais de toute façon, nous vivrons ensemble, libres, sans nous cacher.

La rougeur et la pâleur se succédèrent sur le visage d'Hani et un fol espoir palpita dans son cœur. Mais la peur et la honte étaient encore bien présentes aussi.

— Tu es quelqu'un de très généreux, Kelt, finit-elle par dire, mais je ne peux pas accepter. Je t'aime à la folie, mais je ne veux pas te nuire, et je suis moins courageuse que toi.

— Tu l'es ! Sinon tu n'aurais pas prévenu ton frère de ce que tramait ce maudit Gastano ! Tu seras toujours ma vaillante petite combattante, et nous vivrons merveilleusement heureux ensemble. Je comprends que tu n'aies pas envie de faire les gros titres des médias, mais il existe des moyens de les museler, je te protégerai.

Kelt eut un sourire qui fit fondre le cœur de la jeune femme avant d'ajouter :

— Maintenant, il faut que tu me dises où tu as envie de vivre. Est-ce trop te demander ?

Avec un sanglot étranglé, Hani capitula enfin, et laissa le bonheur la submerger. Les mots lui vinrent spontanément aux lèvres :

— Pourvu que ce soit avec toi, je vivrai n'importe où. Sans toi, je ne vivrais pas, je me contenterais d'exister, comme je le fais depuis des années. Mais... si tu veux vraiment le savoir, j'adore ce pays et je me plais énormément ici.

Sur ces mots, elle prit la main de Kelt pour l'entraîner dans la chambre à coucher.

Ils firent longuement l'amour, comme pour évacuer la

tension qui les avait habités pendant leur longue discussion. Quand vint le moment de l'orgasme, ils s'envolèrent ensemble vers des cieux inaccessibles où ne comptent que l'exaltation des sens et l'épanouissement des corps.

Hani était blottie dans les bras de l'homme qu'elle aimait lorsqu'il murmura tout contre son front :

— Je t'aime, Anne, Hannah, Hani et je veux t'épouser le plus vite possible.

Stupéfaite, la jeune femme le dévisagea avant d'éclater en sanglots.

— Je ne savais pas, réussit-elle à articuler à travers ses larmes, pendant qu'il essuyait tendrement ses joues ruisselantes.

— Tu ne te doutais pas que je t'aimais, ma chérie ? Pourtant je suis tombé amoureux dès l'instant où je t'ai vue pour la première fois. Je veux t'épouser très vite, mais auparavant, il faut que tu reprennes contact avec ton frère.

Hani le regarda, affolée, à travers ses larmes.

— Il le faut, insista-t-il. Je veux montrer au monde que, quoi qu'il te soit arrivé dans le passé, je suis fier de t'aimer. Il n'est plus question que tu te caches, tu n'es plus la jeune femme terrifiée et traumatisée qui a voulu mourir. Nous n'avons aucune raison de dissimuler notre bonheur. Mais avant tout, tu dois renouer avec ton frère.

— Il ne me pardonnera jamais !

— Si, parce qu'à sa place tu le ferais. Il ne retrouvera pas la petite sœur que tu étais autrefois, mais une jeune femme que la vie a mûrie et qui sait ce qu'elle veut. Il comprendra les tourments que tu as traversés. Si tu n'essaies pas de renouer avec ton frère, Philippe de Gastano aura été le plus fort.

Ce dernier argument eut raison des résistances d'Hannah qui admit, regardant Kelt droit dans les yeux :

— J'irai à Moraze.

— Je t'accompagnerai.

Deux jours plus tard, elle débarquait du jet privé affrété par Kelt sur l'aéroport international de Moraze. Kelt la prit par les épaules et lui dit calmement :

— Détends-toi, tout se passera bien.

Avant de partir, elle avait appelé Rafiq sur sa ligne privée, et le souvenir de leur conversation restait gravé à jamais dans son cœur. Rafiq avait organisé un atterrissage dans la zone militaire de l'aéroport où un hélicoptère les attendrait pour les transporter directement au *castello*.

Au moment où l'appareil approcha de la haute bâtisse en pierre qui dominait l'entrée du port, Hani eut du mal à contrôler sa nervosité. Elle serra la main de Kelt qui lui répéta aussitôt :

— Tout se passera bien, je te le promets.

— Rafiq *a pleuré* au téléphone ! Tu te rends compte ? Lui si maître de lui ! gémit la jeune femme.

Kelt l'embrassa tendrement :

— Moi aussi j'aurais pleuré, si j'avais retrouvé au bout de six ans une sœur chérie que je croyais morte.

Au *castello*, un serviteur les conduisit directement dans le bureau où se trouvait Rafiq. Sans échanger un mot, le frère et la sœur s'étreignirent. Longtemps, ils demeurèrent enlacés, émus, éperdus de se retrouver enfin.

Lorsqu'ils eurent surmonté le plus fort de leur émotion, Rafiq se dégagea et regarda sa sœur :

— Tu as toujours été ravissante, mais tu es encore plus belle maintenant. Tu es radieuse.

Il se tourna vers l'homme qui se tenait discrètement à l'entrée de la pièce et ajouta avec un petit rire :

— Si je comprends bien, à peine t'ai-je retrouvée qu'il faut que je te perde de nouveau. Présente-moi donc à ce monsieur.

Plus tard, quand Kelt et Hani se trouvèrent seuls sur la grande terrasse qu'embaumaient des daturas géants, Kelt demanda :

— Tu as exorcisé tous tes démons à présent ?

— Dieu merci, oui.

— Alors nous pouvons enfin regarder ensemble l'avenir, sans plus nous soucier du passé. Dès que nous aurons quitté ton frère et sa famille, j'aimerais que tu connaisses la mienne. Tu aimeras mon frère Gerd et il t'appréciera aussi, j'en suis certain.

Kelt se mit soudain à rire, il lui venait une pensée cocasse :

— Je te présenterai aussi la mère de Rosie : peut-être t'entendras-tu très bien avec elle, bien qu'elle ait une cervelle d'oiseau.

Hani à son tour se mit à rire.

— J'aime beaucoup les oiseaux, assura-t-elle, mais je les préfère dans le ciel. Oh, Kelt, je t'aime tant ! Marions-nous vite, je ne veux plus jamais, jamais te quitter !

Emu et heureux, il l'attira dans ses bras pour l'embrasser passionnément. Au loin, la mer bruissait doucement, éternelle.